अंकित चड्ढा

अंकित चड्ढा का जन्म 21 दिसम्बर, 1987 को दिल्ली में हुआ था। बचपन से ही उनकी रुचि साहित्य और कला में भी दिखने लगी। दिल्ली यूनिवर्सिटी के प्रतिष्ठित हिन्दू कॉलेज से इतिहास में स्नातक करते-करते वे नाटक में पारंगत हो चुके थे। नुक्कड़ नाटक में उनकी विशेष दिलचस्पी थी। अध्ययन के उपरान्त कुछ वर्ष कॉरपोरेट मार्केटिंग में कार्य करने के बाद साहित्य और कला प्रेम ने उन्हें दास्तानगोई से जोड़ा।

सन् 2010 से अंकित ने दास्तानगोई की लगभग विलुप्त हो चुकी कला के पुनरुत्थान में महत्त्वपूर्ण भूमिका निभाई। उन्होंने न सिर्फ़ पुरानी दास्तानों को लोकजीवन में पुनर्जीवित किया बल्कि नए ज़माने की नई समस्याओं को दास्तानगोई के माध्यम से लोगों तक पहुँचाया। एक कलाकार एवं विचारक की दृष्टि से उन्होंने TEDx, राष्ट्रीय नाट्य विद्यालय, IIT, IIM के साथ-साथ हार्वर्ड एवं येल सरीखे मंचों पर भी छात्रों एवं कला-प्रेमियों का मार्गदर्शन किया। अंकित के व्यक्तित्व की तरह उनका कार्य-क्षेत्र भी बहुआयामी था। एक तरफ़ उन्होंने परम्परागत दास्तानगोई को पुनर्जीवन दिया तो दूसरी ओर बच्चों के लिए कहानियाँ लिखीं। उनकी लिखी दो पुस्तकें—'My Gandhi Story' एवं 'Khusrau—the man in riddles' न सिर्फ़ बच्चों के बीच ख़ासी लोकप्रिय रहीं बल्कि राष्ट्रीय पुरस्कार से भी नवाज़ी गई। दास्तानगोई में उन्होंने विरले प्रयोग किए और ऐसी दास्तानें गढ़ीं जिन्हें सुननेवालों के लिए ये कहानियाँ और किरदार बिलकुल जीवन्त हो गए। उन्होंने अपना पूरा जीवन इसी मिशन के नाम कर दिया। 9 मई, 2018 को एक दुर्घटना का शिकार होकर कला जगत का यह सूर्य सदा के लिए आकाश के सितारों में शामिल हो गया।

तो हाज़िरीन हुआ यूँ...

अंकित चड्ढा

राजकमल पेपरबैक्स

राजकमल पेपरबैक्स में
पहला संस्करण : 2022

राजकमल पेपरबैक्स : उत्कृष्ट साहित्य के जनसुलभ संस्करण

राजकमल प्रकाशन प्रा.लि.
1-बी, नेताजी सुभाष मार्ग, दरियागंज
नई दिल्ली-110 002
द्वारा प्रकाशित

शाखाएँ : अशोक राजपथ, साइंस कॉलेज के सामने, पटना-800 006
पहली मंजिल, दरबारी बिल्डिंग, महात्मा गांधी मार्ग, प्रयागराज-211 001
36 ए, शेक्सपियर सरणी, कोलकाता-700 017

वेबसाइट : www.rajkamalprakashan.com
ई-मेल : info@rajkamalprakashan.com

यश प्रिंटोग्राफिक्स
नोएडा-201 301 (उत्तर प्रदेश)
द्वारा मुद्रित

रेखांकन : रोमा कलानी एवं वेदा इन्फॉर्मेटिक्स

मूल्य : ₹299

TO HAZIRIN HUA YUN...
by Ankit Chadha

ISBN : 978-93-93768-28-5

अंकित की कहानियों के अमर संसार को समर्पित

—प्रेमलता चड्ढा

क्रम

भूमिका 9

आभार 13

दास्तान-ए-ख़ानाबदोश 15

प्रार्थना 33

दास्तान ख़ुसरव-ए-शीरीं-सुख़न की 53

दास्तान ख़ानख़ानाँ की 71

दास्तान ढाई आख़र की 93

दास्तान दारा शिकोह की 107

दुर्गा सप्तशती 121

दास्तान टोलबूथ की 131

गौरक्षक 149

दास्तान फ़ॉक्स और डॉग की 153

दास्तान भूख की 165

जंगल में इंटरनेट 173

दास्तान जाल के खेल की और खेल के जाल की 179

दास्तान उर्दू महाठगनी की 187

द बेअर दैट वॉज़ नॉट 197

क़िस्सा चींटी का 205

लखनऊ के बाज़ार में क़िस्सागोई 211

भूमिका

दोस्तो, 'तो हाज़िरीन हुआ यूँ...' एक किताब नहीं है, बल्कि अंकित की यादों का संकलन है, जो उसकी कड़ी मेहनत, साधना, तपस्या, एकाग्रता का प्रतिबिम्ब है। तीस वर्ष के अल्प-जीवन काल में ही उसने जितना कुछ हासिल किया वो अविश्वसनीय है। अंकित का ये सपना था कि उसकी दास्तानों की एक किताब प्रकाशित होनी चाहिए। हम दोनों ने उसी के इस सपने को साकार करने का प्रयत्न किया है। इस संकलन को तहेदिल और निर्मल भाव से एक श्रद्धांजलि के रूप में देखा जा सकता है। हम आशा करते हैं कि ये किताब न केवल आपकी साहित्यिक अभिरुचि में वृद्धि करेगी बल्कि युवा पीढ़ी का मार्गदर्शन भी करेगी।

अंकित का जन्म नई दिल्ली के एक मध्यवर्गीय परिवार में 21 दिसम्बर, 1987 को हुआ। उसकी असाधारण प्रतिभा का संकेत केवल 2 वर्ष की आयु में ही मिल गया था। उस समय ही उसकी कला और संगीत में गहरी रुचि दिखती थी। उसको ये वरदान विरासत में मिला था। अंकित के दादा स्वर्गीय रामलाल 'तायर' उर्दू के विख्यात शायर और लेखक थे और दिल्ली से प्रकाशित होनेवाले उर्दू अख़बार 'मिलाप' में काम करते थे। वो स्वतंत्रता संग्राम सेनानी भी थे जिन्होंने अपना जीवन हिन्दुस्तान की विभिन्न जेलों में कई वर्षों तक बिताया।

अंकित की प्रारम्भिक शिक्षा नई दिल्ली के ईस्ट ऑफ़ कैलाश में स्थित टैगोर इंटरनेशनल स्कूल में हुई। जहाँ उसने सभी परीक्षाएँ प्रथम दर्जे में पास कीं। इसके पश्चात टैगोर इंटरनेशनल स्कूल में ह्यूमनिटीज़ का कोर्स नहीं होने की वजह से उसने ग्यारहवीं और

बारहवीं की शिक्षा कैम्ब्रिज स्कूल श्रीनिवासपुरी से प्राप्त की। यहाँ उसने स्कूल के सभी सांस्कृतिक आयोजनों में बढ़-चढ़कर हिस्सा लेकर अपने आपको स्थापित किया। बारहवीं की परीक्षा उसने सीबीएसई बोर्ड से बहुत अच्छे नम्बरों से उत्तीर्ण की, जिसके आधार पर उसे दिल्ली विश्वविद्यालय के हिन्दू कॉलेज के प्रतिष्ठित हिस्ट्री ऑनर्स पाठ्यक्रम में दाख़िला मिला। उन तीन वर्षों में उसने कला और संस्कृति के क्षेत्र में अभूतपूर्व कार्य किया। वहाँ उसने 'इब्तिदा' नामक नाट्य संस्था से जुड़कर न केवल अपनी प्रतिभा को निखारा बल्कि संस्था को, जो बन्द होने के कगार पर थी, ऊँचे मक़ाम तक पहुँचाया। अपनी मेहनत और लगन के बल पर वो कॉलेज के तीसरे वर्ष में इस संस्था का अध्यक्ष बन गया। कॉलेज छोड़ने के बाद हिन्दू कॉलेज के छात्र उसे बाबा कहकर सम्बोधित करते थे, जो कि निष्ठा और सम्मान का द्योतक है। कॉलेज की पढ़ाई ख़त्म करने के बाद उसने एक कॉरपोरेट हाउस में नौकरी भी की, मगर अपने सपनों को साकार करने और रचनात्मकता के प्रति अपने जुनून के चलते उसने अच्छे-ख़ासे वेतन वाली ये नौकरी कबीराना अन्दाज़ में छोड़ दी।

सन् 2010 में उसने महमूद फ़ारूक़ी की दास्तानगोई वर्कशॉप अटैंड की और इसके बाद दास्तानगोई को ही अपना लक्ष्य और फुल टाइम प्रोफ़ेशन बना लिया। बहुत कम समय में ही उसने इस कला में अपना लोहा मनवाते हुए ख़ूब नाम कमाया। अंकित ने न केवल भारत के तक़रीबन सभी शहरों में अपनी कला और रचनात्मकता का प्रदर्शन किया, बल्कि विश्व के कई देशों में, जैसे अमरीका, कनाडा, साइप्रस, इज़राइल, लेबनान, हंगरी, पाकिस्तान और दुबई में भी अपनी प्रस्तुति से सबको मंत्रमुग्ध किया। इसके साथ ही उसने कई प्रसिद्ध यूनिवर्सिटीज़, जैसे हार्वर्ड, येल, बोस्टन, यूनिवर्सिटी ऑफ़ वाशिंगटन, यूनिवर्सिटी ऑफ़ टोरंटो इत्यादि में लेक्चर दिए और दास्तानगोई की।

उसने ख़ुद तो दास्तानगोई में अपना सुनहरा मक़ाम बनाया ही, कई दूसरे लोगों को भी इसमें आने के लिए प्रेरित किया। इनमें उसके घनिष्ठ मित्र हिमांशु बाजपेयी का नाम सबसे ऊपर है, जिसे न सिर्फ़ वो दास्तानगोई में लेकर आया बल्कि उसे इस कला की

बारीकियाँ भी सिखाईं। दोनों ने बहुत-सी प्रस्तुतियाँ साथ में दीं। हिमांशु के साथ उनकी जोड़ी बहुत मशहूर हुई और ये सम्बन्ध अन्त तक अटूट रहा।

सफलता के स्वर्णिम सोपान चढ़ते हुए अन्ततः 9 मई, 2018 को एक मनहूस दिन ऐसा भी आया जब पुणे के क़रीब एक झील में डूबने से उसका स्वर्गवास हो गया और सभी मित्रों, शुभचिन्तकों और प्रियजनों से विदा लेकर वो बहुत दूर चला गया।

अंकित ने अपनी अद्भुत विचारधारा और प्रस्तुतिकरण से दास्तानगोई को अलौकिक बना दिया। अपनी कला के द्वारा उसने इस आधुनिक, असुरक्षित, असंगठित, अस्थिर समाज को जोड़ने का प्रयास किया। अंकित ने अपनी इन दास्तानों द्वारा उस लोकोक्ति को चरितार्थ करने की कोशिश की।

कौन कहता है कि आसमाँ में सूराख़ नहीं हो सकता, एक पत्थर तो तबीयत से उछालो यारो! ये कला के प्रति उसकी निष्ठा और सम्मान का एक उदाहरण है।

हम आशा करते हैं कि अंकित की दास्तानों को किताब के रूप में प्रकाशित करने के पीछे हमारा जो उद्देश्य है, वो सफल रहेगा।

02/08/2018

हरीश चड्ढा
प्रेमलता चड्ढा
(अंकित के माता-पिता)

आभार

विगत तीस वर्षों में अंकित को देश-विदेश में उसके सहपाठियों, मित्रों, प्रशंसकों और दर्शकों से भरपूर प्यार, सहयोग और वाहवाही मिली जिसको व्यक्त करना अत्यन्त कठिन कार्य है, जिसके लिए हम दोनों उन सभी के तहे दिल से आभारी हैं।

परन्तु यहाँ हमारे लिए कुछ व्यक्तियों का उल्लेख करना अत्यन्त आवश्यक है, जैसे कि अंकित के उस्ताद, महमूद फ़ारूक़ी, जिनके सहयोग और मार्गदर्शन से अंकित ने इन ऊँचाइयों को हासिल किया।

जिस निष्ठा और सम्मान से उन्होंने कला को प्रोत्साहित किया है वो किसी भी देश के नागरिक के लिए समाज के प्रति कर्तव्यनिष्ठा का प्रमाण है।

02/08/2018

हरीश चड्ढा
प्रेमलता चड्ढा
(अंकित के माता-पिता)

दास्तान-ए-ख़ानाबदोश

हाज़िरीन, आजकल हमारी नस्ल के बहुत से नौजवान एक ख़ास काम में मशगूल हैं—ट्रैवलिंग। कोई इनसे पूछता है के आप क्या करते हैं—तो जवाब मिलता है 'आइ ऐम ए ट्रैवेलर'। फेसबुक पर इनके शौक़ की फ़ेहरिस्त देखें तो कहीं-न-कहीं मिल ही जाएगा 'वांडरिंग लाइक ए नोमैड'। ट्वीटर प्रोफ़ाइल के बायो में लिखा होगा 'ख़ानाबदोश'। बहुत गहरा लफ़्ज़ है हाज़िरीन! ग़ौर कीजिएगा, ख़ानाबदोश यानी वो जो अपना खाना, मतलब अपना घर, अपने दोश यानी अपने कन्धों पर लेकर चलता है। नौजवानों की ज़बान में कहूँ तो बैकपेपर। पर सवाल ये उठता है के ख़ानाबदोशी की शुरुआत कब और कहाँ से हुई? तो जिस तरह इस दास्तान की तैयारी कच्छ से शुरू हुई थी, ख़ानाबदोशी का आग़ाज़ भी एक कच्छ यानी एक कछुए से हुआ था।

तो हुआ यूँ कि देवराज इन्द्र की शादी होनेवाली थी। उन्होंने सोचा के बड़ी धूम-धाम से इस मौक़े पर जश्न मनाया जाए। उन्होंने एक दावत की और जितने भी जानवर थे सबको बुलाया। सारे जानवर बन-सँवरकर, सज-धजकर दावत के लिए पहुँचे। सबने भरपेट खाया, देवराज और उनकी दुल्हन को बहुत दुआएँ दीं और ख़ुशी-ख़ुशी लौट गए। बस एक कछुआ उस दावत पर नहीं आया। देवराज को बड़ा ताज्जुब हुआ। जब अगली बार वो कछुए से रूबरू हुए तो उन्होंने पूछा के भई, तुम्हारी ग़ैरमौजूदगी की क्या वजह रही? कछुआ बोला, "मेरा ना घर से बाहर निकलने का जी ही नहीं करता और सच बताऊँ, तो घर जैसी न, कोई जगह है ही नहीं।" ये जवाब सुनकर देवराज इन्द्र ने फ़रमान जारी किया के आज से, अभी इसी वक़्त से कछुआ अपना घर अपनी पीठ पर लिये घूमेगा, और ये पूरी दुनिया उसका घर होगा।" और इस तरह पहला ख़ानाबदोश वजूद में आया।

लेकिन, वक़्त बीता और ख़ानाबदोश की एक ऐसी नस्ल आई जिसका एक नुमाइंदा मालिक के दिए इस हुक्म को भूल गया। वो चलना, घूम-फिरकर जीना भूल गया। वो भूल गया के ये धरती उसका घर है और इस घर की ज़िम्मेदारी भी उसके कन्धों पर है। उसने इस एक घर के कई मकान बना दिए, मकानों के बीच दीवारें खड़ी कर दीं और आपस में क़रारनामे तैयार कर लिए के कोई हिस्सा दूसरे की अमानत में ख़यानत नहीं करेगा। लेकिन वो ये भूल गया के वो

ख़ुद उस घर का बस एक हिस्सा है—बाक़ी नस्लों और बाक़ी पशुओं के बिना वो ख़ुद अधूरा है।

तो हाज़िरीन, पेश है दास्तान-ए-ख़ानाबदोश

पर उससे पहले, रवायत है दास्तान की शुरुआत साक़ी यानी शराब पिलानेवाले की तारीफ़ से की जाती है। पर चूँकि ये दास्तान कुछ अलग है और माहौल के मद्देनज़र, मैं दूध पिलानेवाली की तारीफ़ यानी गाय माता का नाम लेकर शुरू करता हूँ, के फ़रमाते हैं शायर इस्माइल मेरठी

रब का शुक्र अदा कर भाई!
जिसने हमारी गाय बनाई
क्या ही ग़रीब और कैसी प्यारी
सुबह हुई जंगल को सिधारी
सब्ज़े से मैदान हरा है
झील में पानी साफ़ भरा है
पानी मौजें मार रहा है
चरवाहा चुमकार रहा है
पानी पीकर चारा चर कर
शाम को आई अपने घर पर
दूरी में जो दिन है काटा

बच्चे को किस प्यार से चाटा
उस मालिक को क्यों न पुकारें
जिसने पिलाईं दूध की धारें
ख़ाक को उसने सब्ज़ा बनाया
सब्ज़े को फिर गाय ने खाया
कल जो घास चरी थी बन में
दूध बनी अब गाय के थन में
दूध में भीगी रोटी मेरी
उसके करम ने बख़्शी सेरी

तो ख़्वाहिशमन्दे गोश, मुसाफ़िरे पुर-होश, ख़ानाबदोश इस तरह फ़रमाते हैं के पहले से भी पहले का आलम यूँ था के :

पानी-ही-पानी था बस हर जगह, न रुकने की था, ना ठहरने की जा।

के तभी एक कछुआ-ए-कबीरा पानी की सतह से बाहर निकलने लगा। आहिस्ता-आहिस्ता वो विशाल महाकाय कछुआ पानी के ऊपर आ गया। तब ऊपरवाले ने उस कछुए की सख़्त-सी पीठ पर ख़ाक रख दी। जब वो मिट्टी सूख गई, तो धरती बनी और बनानेवाले ने कहा के ऐ कछुए! ये धरती तेरा माल है और तू मालधारी है। तू इसे पालेगा, ये तुझे पालेगी। तू आहिस्ता-आहिस्ता चलता रहेगा बाख़बर, बाशऊर और इसलिए बावजूद इसके के तूने धरा को धरा है, तूने धरा नहीं बल्कि तू ही धरा है।

देखते-ही-देखते उस मिट्टी से, उस धरती पर ज़िन्दगी पैदा होने लगी।

के तख़्ता तख़्ता हर क़िस्म के फूल खिले हैं
और चन्द दरख़्तों में ख़ोशे ख़ुरमों के लगे हैं

उधर ख़ुदा ने उसी मिट्टी से एक और ज़िन्दगी पैदा की—इनसान को बनाया, और जब आदम का जिस्म—वो मिट्टी का पुतला, तैयार हो गया, तो ख़ुदा उसमें जान डालने लगा। तो इनसान का जिस्म यूँ ऐसे लेटा हुआ पड़ा था, यहाँ सिर, वहाँ पैर। अब ख़ुदा ने सिर से पैर तक जान डालनी शुरू की। अभी कमर तक ही जान अन्दर गई थी के इनसान आधा उठ खड़ा हुआ। ऊपरवाले ने कहा, इनसान की औलादें हमेशा यूँ ही जल्दबाज़ी में रहेंगी। अब इस आदम को सब्र तो था नहीं, तो ख़ुदा ने सोचा के ये ख़्वामख़ा रोज़ाना अपनी हर ज़रूरत के लिए मुझे ना तंग करे, इसलिए मैं क़ुदरत में ही इसकी हर ज़रूरत का इन्तज़ाम कर देता हूँ। ख़ुदा ने आदम से कहा के तुम्हारे लिए यहीं तरह-तरह के मेवे मौजूद हैं। भरपेट खाओ, तुम कभी भूख से नहीं मरोगे, ये क़ुदरत की ज़िम्मेदारी है। अगर कभी लगे के आसपास कुछ खाने को नहीं, तो जिस तरफ़ पशु चलने लगे, उसके पीछे हो लेना, पशु क़ुदरत के ज़्यादा क़रीब है और तुम्हें वहाँ ले जाएगा जहाँ भतेरा फल होगा।

पहले-पहल तो आदम ने बाग़ के बाक़ी फल खाए जो उसकी झोली में अपने आप आ गिरा करते थे, पर वक़्त बीता और आदम की औलादें रोज़-रोज़ वोही फल खाकर ऊब गईं। एक दिन इनसान ने ग़ौर किया के पशु हमें तरह-तरह के दरख़्तों की तरफ़ ले जाते हैं, सिवाय एक ख़ास पेड़ के।

हाज़िरीन, ये एक पेड़ ऊपरवाले ने ख़ुद लगाया था—इसका फल खाने से ये इल्म मिलता था के क्या अच्छा है और क्या बुरा है? और ये इल्म किसको कब हासिल होगा, ये अल्लाह की मर्ज़ी पे था। और वो नहीं चाहता था के आदम इस फल को खाए। पर साहब, आदम की औलादों को सब्र कहाँ था? मनाही के बावजूद उन्होंने वो फल खा लिया और उसे खाते ही अपने रहनुमा हज़रत मूसा से बोले के भई :

अब तो अपना क़ाफ़िया तंग है, तबीयत का कुछ और ही रंग है

कितना अच्छा होगा अगर कुछ रोटी मिल जाए और साथ में थोड़ा प्याज़-लहसुन वग़ैरह का इन्तज़ाम हो जाए...ये सुनकर उस नूर से ये ग़ज़ब भरी आवाज़ आई के : ओ नाशुकरे! मैंने तुझे आसमान से खाना भेजा और तू ज़मीन का खाना चाहता है? मैंने तुझे जन्नत का ज़ायका बख़्शा लेकिन तू अपनी जन्नत आप ही बनाना चाहता है? बस। बहुत हो गया। बहुत पल लिया तू हमारे टुकड़ों पर, अब जा, उसी के पास जा, के जिस मिट्टी से तू बना है।

तो हाज़िरीन, सफ़र के इस मक़ाम पर आदम की औलादों के सामने एक दोराहा था—एक भाई ने वोही राह ली—पहले की तरह जानवरों के पीछे चलना और क़ुदरत के फल खाकर अपना पेट पालना, और दूसरे ने धरती को चीरकर अपना खाना ख़ुद पैदा करना शुरू कर दिया। पर इससे उसकी भूख कम नहीं हुई, बल्कि और बढ़ गई। ज़मीन की भूख में तब्दील हो गई। इस ज़मीन को उस भाई ने अपने पसीने से नहीं सींचा, अपने भाई के ख़ून से सींचने लगा। वो ये भूल गया के अगर भाईचारा नहीं रहेगा, तो ना भाई रहेगा और ना चारा।

तो इन्हीं दो भाइयों—इन्हीं दो नस्लों की मौजूदा शक्ल है—मालधारी कच्छप सिंह और ख़रगोश कुमार।

तो एक बार यूँ हुआ
के था एक कछुआ
स्थिर था, दृढ़ था,
रखता था धीर
चलता चुपचाप,
गाता कबीर
के धीरे-धीरे रे मना
धीरे सब कुछ होए
चलना ही तो जगना है
जो दौड़े वो सोये
कछुए के थे कुछ सीधे से
कुछ सादे उसूल
रब को मानो या न मानो,
क़ुदरत को न भूल
मैंने तुमने सब ने इक दिन
बन जाना है धूल
लेकिन इस बात को दे दी इक ख़रगोश ने तूल

उसी ज़िले में करता था वो सबसे हफ़्ता वसूल
गर्म मिज़ाज वो रखता था, और ऐसी उसकी तेज़ी
के जब चलता था, लगता था चली फ़ौज चंगेज़ी
उसके तो जीने का मतलब ही था भागमभाग
हवा से बातें करता था और आँखों में थी आग
जहाँ भी उसकी नज़र थी जाती, कहता मेरा मेरा
ये चाहिए, वो चाहिए, कभी न पड़ा भतेरा।

तो क़िस्सों के जुलाहे और अल्फ़ाज़ के चरवाहे इस तरह फ़रमाते हैं (आइ मीन बेस्ड ऑन ए ट्रू स्टोरी) के कच्छप सिंह जंगल के किनारे खड़ा होकर आसमान में टकटकी लगाए देख रहा था। उसने देखा के हंसों का एक झुंड उत्तर की तरफ़ जा रहा था। आसपास नज़र डाली, तो पाया के जंगल गंजा-सा हो चला था। कच्छप जानता था के उसके चलने का वक़्त आ गया है। पशु भी जैसे कह रहे हों के हम तैयार हैं। अगली रात, जंगल के बीचोबीच उस बिना दरवाज़े के एक कमरे के झोंपड़े में मिट्टी के चूल्हे पर चाय उबल रही थी और मथा जा रहा था मक्खन। बाहर बिस्तर बाँधे जा रहे थे और जो थोड़ा-बहुत माल-ओ-असबाब था उसे घोड़े की ज़ीन में कसा जा रहा था। लम्बरदार कच्छप सिंह अपने कुनबे की कप्तानी करता निकल पड़ा।

लेकिन उस कारवाँ की असली रहनुमा थी—भूरी। इस कुनबे की सबसे बूढ़ी भैंस। भूरी को बहुत तजुर्बा था। उसने ये सालाना हिजरत का सफ़र बचपन से अब तक कई बार तय किया था। उसने अपनी माँ से, मासी से, बुआ से वो सब सीखा था जो एक भैंस को जानना ज़रूरी है--जंगल के मैदानों में चरने के लिए सबसे बढ़िया घास कहाँ मिलती है, बीमार पड़ने पर किस जड़ी-बूटी को खाना है, कैसे परिन्दों और हिरणों की हरकत पर नज़र रख पत्थरों से छुपे चश्मों का पानी पीया जा सकता है। पूरे झुंड पर नज़र रखना, उनके पैरों की टक-टक ताल को सुनना—कहीं कोई आगे ना निकल जाए और ना कोई पीछे छूट जाए, वो हर देवदार के पेड़ को उसकी ख़ुशबू से पहचानती थी। ये ख़ुशबूएँ भूरी के लिए रास्ते के निशान थे। इसलिए बावजूद इसके के भूरी के कान और आँखें कहीं और होते, वो हर वक़्त इस बात से वाक़िफ़ रहती के झुंड रास्ते के किस मक़ाम पर था। वो दूर से अपने चरवाहे के पसीने में हिफ़ाज़त को सूँघ सकती थी, चीते और लोमड़ी में ख़तरे का। पर एक ख़तरे से शायद भूरी भी अब तक नावाक़िफ़ थी।

अपने रस्ते पर चलते-चलते भूरी कच्ची धरती को पार कर एक सड़क पर जा पहुँची। ये बनावटी ज़मीन उसके पैरों को ज़रा न भाती थी। पर थोड़ी ही आगे चल, वो रुक गई। उसके पीछे पूरा झुंड भी रुक गया और चरवाहों की टोली

भी। भूरी ने दाएँ देखा, बाएँ देखा, जैसे कुछ तलाश कर रही हो। उसकी जुस्तजू में एक डर-सा भी था। कुछ खोने का डर। वो जगह उसे कुछ बदली-सी मालूम हो रही थी। भूरी वहाँ खड़ी एक इमारत के चक्कर लगाने लगी और कुछ देर बाद थक के वहीं सड़क पर बैठ गई। उसके साथ पूरा झुंड भी वहीं बैठ गया। ये इमारत थी होटल रिवर व्यू। वो अलग बात है के अब ना रिवर बची थी, ना व्यू। 25 भैंसों के सड़क पर बैठने से सड़क जाम हो गई। मोटरगाड़ी चला रहा एक ट्रैवलर एसी में बैठा, खिड़की के उस तरफ़ से कच्छप सिंह और उसके कुनबे को धिक्कार की नज़रों से देख रहा था, मानो कह रहा हो के पूरी दुनिया बदल गई, लेकिन ये लोग नहीं सुधरे। वो दीवानों की तरह हॉर्न बजाये जा रहा था, इस बात से अनजान के भैंस के आगे बीन बजाने से इनाम में बस गोबर मिलता है। देखते-ही-देखते बदबू होटल रिवर व्यू के कमरों में पहुँच गई। और चन्द ही लम्हों में शिकायत पर फ़ुर्ती से क़दम लेने के लिए मशहूर होटल मैनेजर ख़रगोश कुमार अब कच्छप सिंह के सामने आ खड़ा हुआ। सड़क की हालत देखते ही बोला,

— होली शिट! ए, कहाँ चले आ रहे हो?

— भाईसाहब, हम तो घर से चले आ रहे हैं, और घर को ही जा रहे हैं।

— अरे, यहाँ कौन-सा रास्ता है? तुम देख नहीं सकते हो, सामने इतना बड़ा होटल है?

— होटल को ही तो देख रहे हैं साहब! ये जगह बरसों से हमारा पड़ाव रही है, यहाँ पशु आराम करता रहा है। पास ही एक चश्मा था, उससे हम अपनी प्यास बुझाते रहे हैं। इस साल आए हैं, तो आपका होटल बन गया है।

— देखो बॉस, मेरे पास तुम्हारे साथ बहस करने का टाइम नहीं है! हमारे गेस्ट्स को तकलीफ़ हो रही है। ए चलो, हटाओ इनको!

— तकलीफ़! भाईसाहब, आप जानते हैं तकलीफ़ क्या होती है? आपके ये मेहमान तो पहाड़ों में छुट्टी मनाने आए होंगे। पर हमें कोई शौक़ नहीं है अपना डेरा छोड़कर ख़तरों से खेलने का। सफ़र में एक तरफ़ चोर-लुटेरे, दूसरी तरफ़ ये शहरी गाड़ियाँ। मजबूरी में चलते हैं। हमारे पशु को ना खाने को मिले है, ना पीने को, इसलिए चलते हैं।

— दैट्'स नन ऑफ़ माइ बिजनेस! देखो, ये होटल तो यहाँ से हिलेगा नहीं। तुम लोग अपना रास्ता बदल लो।

— हा हा हा, रास्ता बदल लें? रास्ता तो एक ही है, साहब!

— क्या मतलब?

— आपने हिजरत का क़िस्सा सुना है?

— हह्?

कच्छप सिंह ने अपने बीवी-बच्चों के साथ मिलकर पहले तो सारी भैंसों को सड़क के एक तरफ़ किया, रास्ता साफ़ किया और फिर ख़रगोश कुमार से बोला :

हाँ, तो सुनिए, बात उस वक़्त की है जब पैग़म्बर मोहम्मद ने क़ुरैश के काफ़िरों से तंग आकर सोचा कि मक्का से मदीने का रुख़ किया जाए। इमाम अली ने गुफ़ा के रास्ते के साथ तीन ऊँट भेजे। हुज़ूर पाक उनमें से एक ऊँट पर सवार हुए और रात के अँधेरे में उस गुफ़ा के रास्ते निकले। 8 रोज़ में मदीना पहुँचे। मदीने के बाशिन्दे बेताबी से उनके इन्तज़ार में थे। तभी पहाड़ की चोटी से किसी ने देखकर ऐलान किया के हुज़ूर पाक आ रहे हैं। लोग ख़ुशी के मारे पागल हो गए और हर तरफ़ से अल्लाहू अकबर की गूँज आने लगी। तभी मदीना की सरहद के ठीक बाहर, रसूलल्लाह ऊँट से उतर गए और एक खजूर के दरख़्त के नीचे बैठ गए। सब लोग उनकी तरफ़ दौड़े और उन्हें मोहब्बत से सलाम करने लगे। जब इस्तक़बाल का रवाज पूरा हो गया, तो हुज़ूर पाक फिर से अपने ऊँट पर सवार हुए। हर कोई चाहता था के वो उनके घर में आकर ठहरें, ख़ास तौर पर सभी कबीलों के सरदार उन्हें अपना मेहमान बनाना चाहते थे। सबने ज़ोर दिया, उस वक़्त आपका हुक्म आया, "मैं ऊँट की लगाम खुली छोड़ता हूँ, वो जहाँ चाहेगा रुकेगा, और मैं वहीं उतरूँगा।"

तो साहब, हम भी जहाँ-जहाँ भूरी जाती है, उसके पीछे हो लेते हैं। जहाँ भूरी रुकती है, वहीं हम रुकते हैं। हमारे जीने का तो बस यही एक रास्ता है। कुछ लोग रास्ता बदल लेते हैं, इसलिए वो एक असूल को याद दिलाने के लिए रसूल भेजता है, अवतार लेता है—मूसा आए, कन्हैया आए, ईसा आए, पैगम्बर मोहम्मद आए—सब चरवाहे बनकर आए, चरवाहा क़ुदरत से जुड़ा होता है ना, इस असूल को याद दिलाने के इस कायनात के हर ज़र्रे के बीच एक कशिश है। एक छोटा-सा कीड़ा जिसके वजूद की हमारे लिए कोई अहमियत नहीं है, हमारी साँस से ऐसे जुड़ा है के हमें अन्दाज़ा भी नहीं है। हम साथ हैं, तो ज़िन्दगी है। एक-दूसरे का साथ देंगे तो दोनों का गुज़ारा हो जाएगा।

ख़रगोश सिंह बोला—लेकिन मैं क्यों साथ दूँ तुम्हारा?

साहब जी, हमारा दीन तो यही कहता है के अपने पड़ोसी की मदद करो। अब देखिए, हमारा कोई एक ठिकाना तो है नहीं। ना जंगल में बसेरा है। ना पहाड़ों में। ना शहर में। पर एक तरह से देखा जाए तो हर वो जगह जहाँ भूरी रुक जाए, वो हमारा घर है। तो कुछ लम्हों के लिए तो हम आपके हमसाये हो ही गए। हम आपकी तकलीफ़ समझते हैं, आप हमारी समझिए। हमें कौन-सा यहाँ मकान बनाना है। थोड़ी देर रुकेंगे, फिर आगे चल पड़ेंगे।

पर मैं तुम पर भरोसा कैसे करूँ? यहाँ कुछ चोरी-चकारी का इरादा तो नहीं है?

साहब, पूरा देश घूमे हैं इन्हीं दो पैरों पर। तरह-तरह के लोगों से मिलना हुआ है। आदमी की पहचान है। एक बात और समझ में आती है, हर जगह के लोग एक ही जैसे होते हैं। क्योंकि हर कोई आख़िर इनसान है। बस फ़र्क़ इतना है के कोई ईमानदार तो कोई बेईमान है। अब बात रही हमारी, पूरे हिन्दुस्तान में कोई भी चरवाहा हो, किसी भी जगह, वो हमारा लाकड़ीया भाई है। अपने घर की औरत भी उसके हाथ में सोंटी देखती है, तो उसके साये में हिफ़ाज़त महसूस करती है। क्योंकि वो ईमानदार है। आप अपनी कहिए?

— ओए, कहना क्या चाहते हो तुम? हम बेईमान हैं? हमने तेरी ज़मीन हथिया ली। तेरे बाप की ज़मीन पर क़ब्ज़ा कर लिया?
— साहब, साहब, आप तो ख़्वामख़ा गरम हो रहे हो! बैठिए, आपको ठंडी-ठंडी छास पिलाते हैं।
— नहीं, नहीं।
— अरे, बैठिए ना, साहब!

एक तरफ़ ताज़ी छास तैयार होने लगी, दूसरी तरफ़ कुनबे ने अपने लिए चाय चढ़ा दी।

— कच्छप सिंह ने ख़रगोश कुमार से पूछा, 'आपने मेमने और भेड़िये की कहानी सुनी है?'
— उसने ना में सर हिलाया।

लम्बरदार ने अपना बयान शुरू किया के एक बार क्या हुआ, एक भेड़िये की नज़र एक मेमने पर पड़ी, जो कि अपने झुंड से अलग हो गया था। जब भेड़िये ने देखा कि ये मेमना तो यूँ ही बेचारा है, तो उसकी जान लेने में झिझक रहा था। उसने सोचा कि इस मजबूर-बेसहारा को बेवजह मारना अच्छा नहीं लगेगा। तो कोई माकूल से बहाने की फ़िक्र करनी चाहिए। ये सोचकर उसने अपने इरादे को एक शिक़ायत में तब्दील किया और मेमने के पास जाकर बोला, "अबे ओ भेड़ के बच्चे! पिछले साल, तूने मुझे बहुत ज़लील किया था, सबके सामने मेरी बेइज़्ज़ती की थी।"

मेमना बोला, "नामुमकिन। पिछले साल? मैं तो उस वक़्त पैदा ही नहीं हुआ था।"

भेड़िये ने भबका कर जवाब दिया, "अच्छा, तूने मेरी ज़मीन से चारा खाया है।"

मेमने ने कहा, "नहीं-नहीं, ऐसा नहीं हो सकता। मैंने तो आज तक घास को चखा तक नहीं।"

भेड़िये ने उलटा इल्ज़ाम लगाया, "तो तूने मेरे यहाँ के चश्मे से पानी तो ज़रूर पीया है।"

मेमने ने पूरी मासूमियत के साथ जवाब दिया, "ख़ुदा की क़सम, मैंने अपनी माँ के दूध के अलावा कभी कुछ नहीं पीया।"

अब भेड़िया झल्लाकर बोला, "ख़ैर, मैं अपनी भूख मिटाए बिना तो यहाँ से जानेवाला नहीं हूँ।" ये कहकर भेड़िये ने उछलकर मेमने पर हमला किया और हड़पकर उसे निगल गया।

— साहब, हम चरवाहे भी उसी मेमने की तरह हैं! अपने झुंड से अलग हो गए हैं। तो हम पर इल्ज़ाम लगाया जाता है—खेतों में अपने जानवर छोड़ देने का, जंगलों को नुक़सान पहुँचाने का, और विकास की राह में रोड़ा बनने का। एक तरफ़ बाक़ी समाज है,—वो धारा है जिसका शोर सबको सुनाई दे रहा है। और हमें किनारे कर दिया गया है। लेकिन किनारा है, तभी तो धारा है?

— आह! लो जी, आपकी छास आ गई और मेरी चाय भी। साहब जी, एक बात बोलूँ, हमारा और आपका रिश्ता भी चाय और छास जैसा है! आप चाय हैं, हम छास हैं।

— ख़रगोश कुमार ने पूछा—वो कैसे?

अब देखिए, हमारे यहाँ पहले सिर्फ़ छास होती थी, बाद में चाय आई तो उसका बोलबाला हो गया।

तो छास कहती है :

रंग मेरा वी मक्खन वर्गा, रूप वी मेरा सुच्चा,
दुद्ध-मलाई माँ-प्योह मेरे, मेरा दर्जा उच्चा!
जेहड़ा मइनु रिड़कन बैठे उसदे वारी जावाँ
खड़के ढोल मथानी वाला, मैं विच भँगड़े पावाँ!
फिर छास बोली एक दिन चाय से
मैं लोक्काँ दी सेहत बनावाँ, तू पइ सेहत विगाड़े
मैं पई ठंड कलेज्जे पावाँ, तू पइ सीने साड़े
गल्लां करदी थक्दी नईं, तू जीभ नूं लालै ताला
खंड वी कौड़ी कित्ती आ, ते दुद्ध वि कित्ता काला
मेरी चौधर चार चुफेरे, तेरी मनता थोड़ी
मैं देसां दी सूबे-रानी, तू परदेसन छोरी
देस पराये आ तू रानी दी साली बन बैठी?
आग मंगन आई सी, ते घरवाली बन बैठी

अब देखिए चाय क्या जवाब देती है :

मेरे हुस्न को जो पहचाने, उसका दिल मैं ठगती
हाँ है मेरा रंग यूँ काला, लैला जैसी लगती
मैं हूँ यहाँ की देवी और सब हैं मेरे पुजारी
सेठ भी मेरे भजन है गाये, और जपता है भिखारी

छास को कहती है चाय :

बैठी रह तू घड़े के अन्दर, क्यों हो तुझे तकलीफ़
जब मैं सुन्दर मेज़ों पर रखती हूँ तशरीफ़
मैं क्या जानूँ तेरे गुण को, मैं क्या जानूँ तुझको
दूध करे इंसाफ़ हमारा तो मंज़ूर है मुझको

दूध, इनका बुज़ुर्ग, आके कहता है :

किसको आज सयानी बोलूँ, पगली बोलूँ किसको
मेरा तो दोनों से रिश्ता, दोनों खींचें मुझको
छास गई, तो जाएँगे, पीछे घी और खीर
पंचामृत भी जाएगा, संग में भला सरीर
इश्क़ मोहब्बत जाएँगे, पीछे रांझा हीर
चाय और छास,
तुम दोनों ही क़ाबिल हो अब ख़ुद कर लो निपटारा
प्यार का रिश्ता ज़िन्दा रखना, मरे ना भाईचारा।

और साहब, देखिए, कमाल की बात है के इस वक़्त आपके हाथ में छास है, और हमारे हाथ में चाय। ज़माना बदला है। मेरा दूसरा बेटा, वो नहीं फिरना चाहता। वो मुझसे कहता है, क्या भटकते रहते हो? उसको इस काम में सिर्फ़ दुःख दिखता है, सुख नहीं, बस बीता हुआ कल नज़र आता है, आनेवाला कल नहीं। पर साहब, चमन में इख़्तिलाते रंग-ओ-बू से बात बनती है, हम ही हम हैं तो क्या हम हैं, तुम ही तुम हो, तो क्या तुम हो?

हम्म... पर ठीक ही तो कहता है तुम्हारा लड़का। ये बंजारापन छोड़ो, और एक जगह बसकर, करो जो करना है।

साहब, हम खुली हवा में ही साँस ले पाते हैं! पर आजकल लोग तो पानी को बोतल में बन्द कर रहे हैं, दूध को थैली में बन्द कर रहे हैं। हमारी तो बस आज की ज़रूरत पूरी हो जाए, वोही काफ़ी है। उतना तो फिरकर क़ुदरत से मिल जाता

है। फिर ये जमाखोरी किसलिए और किसके लिए? हम आनेवाले कल की भूख का डर नहीं पालना चाहते।

तो तुम्हें लगता है, इनसान को कुछ नहीं करना चाहिए? वो ज़मीन ना जोते? खेती करना ग़लत है?

नहीं-नहीं। मैं ये हरगिज़ नहीं कह रहा हूँ। एक आदमी चोरी के लिए, लूटने के लिए पेट चीरता है। एक आदमी इलाज करने के लिए। तो पेट चीरना थोड़े ही ग़लत काम है।

तो तुम कह रहे हो के अकाल आने पर हम भूखे मर जाएँ?

साहब, अगर इनसान भुखमरी मिटाने के लिए जमाखोरी कर रहा होता, तो दिक़्क़त ही किस बात की थी? मैं बस इतना कह रहा हूँ के अगर कोई कहे, ये चरवाहे एक जगह टिककर खेती क्यों नहीं कर सकते? या किसान से कहे, ये शहर की फ़ैक्टरी में मज़दूरी क्यों नहीं करते? तो क्या हम ये कह रहे हैं के हम क़ुदरतन जैसे हैं, वैसे ही साथ-साथ नहीं रह सकते?

— ख़रगोश कुमार सोच में पड़ गया।

— कच्छप सिंह ने पूछा, आपने वो शेर और भेड़िये की कहानी सुनी है?

— ख़रगोश कुमार ने ना में सिर हिलाया।

— कच्छप सिंह ने कहा, एक बार की बात है जब शेरों का एक झुंड और भेड़ियों का एक झुंड आसपास के इलाक़ों में रहते थे। ये दोनों झुंड एक दूसरे से चिढ़ते थे, क्योंकि कभी ऐसा होता के भेड़िये आकर शेरों के इलाक़े में शिकार करते और कभी शेर जाकर भेड़ियों के इलाक़े में शिकार करते। फिर एक दिन शेरों ने आपस में ये तय किया—के इस दुश्मनी को हमेशा के लिए ख़त्म कर दिया जाए। बस उसी रात उन्होंने ऐसा धावा बोला के भेड़ियों का पूरा झुंड तबाह कर दिया। बस फिर क्या था, शेरों के लिए ज़िन्दगी बहुत आसान हो गई। कोई मुक़ाबला करनेवाला जो नहीं बचा। अपनी मांद से बाहर क़दम रखते ही उन्हें भरपूर शिकार मिल जाता। उनकी कई औलादें भी हुईं। ये बच्चे अच्छे-ख़ासे मोटे निकलते। पर एक बुज़ुर्ग शेर ये सब देख रहा था और बोला, "लगता है, हमसे कोई ग़लती हो गई है। हमारे बच्चे सुस्त और आलसी पैदा हो रहे हैं। शेरों में तो ज़बरदस्त तेज़ी होनी चाहिए, जैसी हमारे पास थी जब हम जवान थे।" लेकिन बाक़ी शेर उस बुज़ुर्ग की बात सुनकर उस पर हँसने लगे और बोले, "अरे, हमारे बच्चे दुबले-पतले कैसे हो सकते हैं जब इतना सारा शिकार मौजूद है? उन्हें अपनी तेज़ी का मुज़ाहिरा करने की क्या ज़रूरत है? और हमें अब अपनी ताक़त किस पर दिखानी है, जब हमारे सारे दुश्मन पहले ही मारे जा चुके हैं?"

ये सवाल उठाकर उन शेरों ने उस बुज़ुर्ग को ख़ामोश कर दिया और इस तरह शेरों के ये बच्चे बड़े होकर बहुत ही नरमदिल जवान हुए। फिर एक रोज़ उत्तर में पड़े अकाल से तंग आकर जंगली कुत्तों की एक टोली शेरों के इलाक़े की तरफ़ बढ़ी। उनकी तेज़ी ख़ौफ़नाक थी और उनकी फ़ुर्ती ज़बरदस्त। वो भी इतनी के जब शेरों ने अपने इलाक़े पर इन कुत्तों के क़ब्ज़े पर एतराज़ किया तो ये जंगली कुत्ते, शेरों के झुंड पर टूट पड़े और उनके चीथड़े उड़ा दिये।

तो मुख़्तसर सी बात ये के जंग में कोई नहीं जीतता। सबकी हार होती है। बावजूद इसके, के क़ुदरत में सबके जीने का सलीक़ा अलग है, सब साथ रह सकते हैं। इसमें भूखा मरने का तो सवाल ही नहीं।

— हाँ, वो सब तो ठीक है। पर अगर तुम ख़ुद अपना खाना पैदा करो, तो बेहतर नहीं होगा?
— हा हा हा, कमाल बात करते हैं आप भी भाईसाहब! जब मैं जानता हूँ के क़ुदरत मेरा खाना ख़ुद-ब-ख़ुद पैदा करेगी तो मुझे क्या पड़ी है?
— पर कभी तो तुम्हारा दिल करता होगा के काश, मैं थोड़े और बेर खा सकता? लेकिन जंगल में बेर हो ही ना। फिर?
— ऐसा तो आपके साथ भी हो सकता है के खेत में और बेर ना बचे हों।
— लेकिन हम तो दुकान जाकर बेर का एक टिन ले आते हैं।
— हाँ, मैंने सुना है, ऐसा कुछ इन्तज़ाम होता है। एक बात बताइए के ये बेर का डिब्बा जो आप दुकान से ख़रीदकर लाएँगे, इसे वहाँ पहुँचाने के लिए कितने लोगों ने मज़दूरी की होगी।
— ओह, बहुत लोगों ने।
— फिर भी, कितने, अन्दाज़न?
— हम्म... सोर्टिंग, प्रोडक्शन, प्रोसेसिंग, पैकेजिंग, इन्वेंटरी, वेयरहाउसिंग, ट्रांसपोर्टेशन, रिटेल, लगभग तीन सौ लोग।
— माफ़ कीजिएगा, मुझे जितने बेरों की ज़रूरत होती है उतने तो जंगल में मिल ही जाते हैं। लेकिन मेरे थोड़े से ज़्यादा मज़े के लिए तीन सौ लोगों को मेहनत करनी पड़े। शेक्स हेड।
— नहीं-नहीं, तुम समझ नहीं रहे हो जी।
— मैं बिलकुल नहीं समझ पा रहा हूँ। मुझे समझाइए, क्यों?
— अरे, कब तक भगवान भरोसे जियोगे? अपनी क़िस्मत को अपने हाथ में लेना सीखो।
— पर हम तो सदियों से यूँ ही भगवान भरोसे जीते आ रहे हैं। आज तक तो भूखे नहीं मरे। देख लीजिए, ज़िन्दा हैं।

— इसे ज़िन्दगी कहते हो? न घर न ठिकाना, न बच्चों के लिए मौक़े हैं, न बुज़ुर्गों के लिए सहूलियत। भगवान भरोसे रहे तो जानवरों की तरह ही रहोगे। कभी इनसान नहीं बन पाओगे। मैं कहता हूँ अब भी सँभल जाओ, खेती करोगे, अनाज बचा के रख पाओगे, तो चैन की ज़िन्दगी जियोगे।

आपने तो अनाज जमा करके रखा है न साहब, आप चैन से हैं? चिन्ता आपके चेहरे पर दिख रही है। अब ज़रा इन परिन्दों को देखिए, न बोते हैं, न फ़सल काटते हैं, पर किस बेफ़िक्री से घूम रहे हैं। इन्हें कोई नौकरी करने की ज़रूरत नहीं, कोई इनसे नहीं कहेगा, पैसा निकालो वरना खाने को नहीं मिलेगा, क्योंकि उन्हें यक़ीन है के ये क़ुदरत ख़ुद उनकी देखभाल करेगी। तो फिर आप उस क़ुदरत पर भरोसा क्यों नहीं रख सकते।

टुक हिर्सो-हवा को छोड़ मियाँ, मत देस बिदेस फिरे मारा।
क़ज़्ज़ाक़ अजल का लूटे है, दिन रात बजाकर नक़्क़ारा।
क्या बधिया, भैंसा, बैल, शुतर क्या गोने पल्ला सर भारा।
क्या गेहूँ, चावल, मोंठ, मटर, क्या आग, धुआँ और अंगारा।
सब ठाठ पड़ा रह जावेगा, जब लाद चलेगा बंजारा।

ख़रगोश कुमार सोच में पड़ गया के क्या ज़िन्दगी के इस सफ़र में उसकी रफ़्तार ही उसके ख़िलाफ़ हो गई है, या फिर वो ये तसव्वुर करके बीच रास्ते ही सो गया के वो मंज़िल को पा चुका है।

— कच्छप सिंह ने जैसे उसका चेहरा पढ़ लिया और पूछा, "आपके अन्दर भी कुछ चल रहा है?"
— ख़रगोश ने जवाब दिया, "मतलब?"
— मतलब साहब, असली सफ़र तो हमारे अन्दर ही है। गीता में कृष्ण कहते हैं के जैसे मुश्किल घड़ी में कछुआ चलने-फिरने से यकायक रुककर, अपने सभी पाँव और गर्दन अन्दर को खींच लेता है, अगर इनसान बाहर की हर चीज़ के मोह के लिए दरवाज़ा बन्द कर ले, तो उसके मन को ठहराव मिलेगा।
— और इस सफ़र की मंज़िल क्या है?
— आपने क़यामत के सैलाब का क़िस्सा सुना है?

ख़रगोश कुमार ने न में सर हिलाया, कच्छप सिंह ने कहानी शुरू की :

एक बार की बात है, एक बड़ा ही ज़ालिम राजा इस धरती पर राज किया करता था। अजी धरती के सब साधन-संसाधन को ऐसे लूट रहा था के पूछिए मत—लकड़ी के लिए बड़े-बड़े पेड़ काट डाले, खेती के लिए घने जंगल साफ़ करवा दिये, खेल-खेल में न जाने कितने जानवरों का शिकार कर दिया और

खदानों के लिए पहाड़ों को तबाह कर दिया। अब हुज़ूर, जितने पीर, फ़क़ीर, ऋषि, साधू थे, उन्होंने जो राजा की ये ज़्यादती देखी, धरती के साथ खिलवाड़ होते देखा, बहुत ग़ुस्सा आया उनको। तंग आकर सबने मिलकर एक यज्ञ किया, जिसके पूरा होते ही वहाँ पड़ी एक घास की पत्ती एक मिसाइल बन गई। साहब, राकेट में तब्दील हो गई और इस राकेट से उन्होंने उस राजा को मार डाला। फिर उसी के जिस्म से सारी गन्दगी छाँटकर, जो बच गया उससे एक नया राजा बनाया—जो बड़ा नैतिक और धर्मी था। लेकिन वो सिंहासन पर बैठा ही था, के उसकी प्रजा ने उसे बताया, 'महाराज, धरती ने बीज से अंकुर और पेड़-पौधों से फल-फूल निकालने से इनकार कर दिया है!'

जब राजा ने धरती से सवाल किया के इस सुलूक की क्या वजह है, तो धरती माता, गाय माता बन गईं और वहाँ से भाग लीं। पर राजा ने भी ठान ली के हम तो पकड़ के रहेंगे। बस फिर क्या था—वो गैया आगे-आगे, राजा जी पीछे-पीछे, भागते रहे, भागते रहे के तभी राजा ने अपने कमान में तीर लगाया और गाय को धमकाया के उसको निशाना बना दिया जाएगा। गाय माता रुकीं और पलटकर बोलीं, "मैं थक चुकी हूँ इनसान की इस लूट-खसोट से। पर याद रखो, अगर तुमने मेरी जान ले ली, तो सारा जीवन ख़त्म हो जाएगा।"

ये सुनकर राजा ने क़सम खाई के वो धर्म का पालन करेगा—उसके राज में हर इनसान क़ुदरत की इज़्ज़त करेगा। जैसे गोपाल गाय को पालता है, राजा इस धरती की गाय को पालेगा और वो और उसकी प्रजा उसकी हिफ़ाज़त करेंगे। हम धरती से उतना ही चाहेंगे जितनी हमें ज़रूरत है।

अब साहब, जैसा के देखने में आया है, चोट ताज़ी होती है तो आदमी भी एहतियात से चलता है। लेकिन जैसे-जैसे वक़्त बीतता रहा, आदमी भी बदलता रहा। उसी एक धरती के अब कई राजा हो गए। वो फिर से लालच और अधर्म के रास्ते पर चलने लगे, क़ुदरत के क़ायदे तोड़ने लगे। अब उन ऋषियों में से एक ग़ज़बनाक होकर बोला, मैं इन सब राजाओं को भस्म कर दूँगा। अब बाक़ी पीर-फ़क़ीर इस ऋषि को रोकने लगे, कहने लगे, "अरे नहीं, ऐसा मत करो! हालात इतने भी बुरे नहीं हैं जितने नज़र आ रहे हैं। सब्र रखो। इनसान बदलेगा।" ये सलाह सुन वो ऋषि रुक तो गया पर उसके ज़हन में ये सवाल उठा के अपने ग़ुस्से की इस आग का क्या करूँ? तो उस ग़ुस्से से एक शोले उगलनेवाली घोड़ी बनी,जो समंदर की तह में रहती है। उसकी उगली आग से ही सागर का पानी भाप बनकर बादल बनता है और वो वापस पानी बरसाता है। या ये कहा जाए तो ग़लत न होगा के इस घोड़ी की ये आग ही है जो समंदर के पानी को सैलाब और नदियों के पानी को बाढ़ बनने से रोकती है। लेकिन अगर इनसान अपनी आदतों से बाज़ नहीं आया, तो ये घोड़ी आग उगलना बन्द कर देगी और सारा पानी

उमड़कर आतिशफ़िशां की तरह ज़मीन की बुनियाद ही हिला देगा और इनसान की सारी बस्तियाँ अपने में समा लेगा।

पर भाईसाहब, ये कहानी नहीं है! हमने अपनी आँखों के सामने ये होते देखा है। ये धरती हमेशा से क़ुदरत की ही थी। हम, हमारे पशु जहाँ चाहे गोचर मैदान में जाकर अपना पेट भर लेते थे। फिर राजा आए, बोले—ये ज़मीन उनकी मिल्कियत है। और उस ज़मीन पर खेती होने लगी। फिर अलग-अलग सरकारें आईं और बोलीं—ये ज़मीन उनकी है। हमने चरने को चारा माँगा तो कहा गया के भटकना बन्द करो, बस जाओ और ले लो ज़मीन। फिर हम में से ही कुछ लोगों ने ज़मीन पर अपना मालिकाना हक़ माँगना शुरू कर दिया। किसी को मिल भी गया, तो वो कहने लगा ये ज़मीन मेरी है। पर भाईसाहब, हक़ तभी रह सकता है जब ज़िम्मेदारी भी उसके साथ रहे। और क्योंकि वो साथ नहीं रहे, इसलिए एक साल ऐसी बाढ़ आई के सबको अपने साथ ले गई। क़ुदरत ने फिर से साफ़ कर दिया के जमीन उसी की है।

कच्छप सिंह ने अपनी बात पूरी की ही थी के भूरी उठ खड़ी हुई। उसने धीरे-धीरे आगे चलना शुरू कर दिया। झुंड की बाक़ी भैंसें भी उसके पीछे हो लीं। पूरे कुनबे ने अपना आशियाना समेटा, लम्बरदार ने ख़रगोश कुमार का शुक्रिया अदा कर उसे अलविदा कहा और ख़ानाबदोशों का कारवाँ आगे चल पड़ा।

ज़रा आहिस्ता बोल
आहिस्ता
धरती सहम जाएगी
ये धरती फूल और कलियों की सुन्दर सज है नादाँ
गरज कर बोलनेवालों से कलियाँ रूठ जाती हैं
ज़रा आहिस्ता चल
आहिस्ता
धरती माँ का दिल है
इस दिल में तेरे वास्ते भी प्यार है नादाँ
बुरा होता है जब धरती किसी से तंग आती है
तिरी आवाज़
जैसे बढ़ रहे हों जंग के शोले
तिरी चाल
आज ही गोया उठेंगे हश्र के फ़ित्ने
मगर नादान ये फूलों की धरती ग़ैर-फ़ानी है
कई जंगें हुईं लेकिन ज़मीं अब तक सुहानी है।

प्रार्थना

शहर-ए-देहली मुर्दों का शहर बन चुका था। वो हिन्दू और सिख, जो पाकिस्तान बननेवाले पंजाब के हिस्सों से भाग यहाँ रिफ़्यूजी बन गए, वो गांधी को गालियाँ दे रहे थे, कि गांधी मुसलमानों की तरफ़ हैं। प्रार्थना सभा के बाहर नारे लगने लगे, 'गांधी को मरने दो, हमको मकान दो'।

गांधी ने कहा था, 'देश का बँटवारा मेरी लाश पर होगा' तो कुछ लोगों ने कहा, के कैसे सत्य के पुजारी हैं, जो भूल गए अपनी भीष्म प्रतिज्ञा! अनशन करके मर क्यों नहीं जाते? उधर गांधी, बंगाल और बिहार की हिंसा का ज़िक्र कर, कहते कि ज़िन्दगी में जो डरावने दुख उन्हें भोगने पड़े थे, वो काफ़ी थे नदी में डूबकर ख़ुदकुशी करने के लिए, पर मरने का सलीक़ा आते ही जीने का शऊर आ जाता है।

आज़ादी का दिन क़रीब था, भारत सरकार के सूचना विभाग का एक अफ़सर 15 अगस्त पर छापने के लिए गांधी का मैसेज लेने आया। गांधी बोले, कुछ नहीं है उनके पास कहने को। पर भारत सरकार इस जवाब के लिए तैयार नहीं थी। दो और अफ़सर भेजे गए, जो गांधी से गुज़ारिश करने लगे, "अगर ऐसे मौक़े पर आपका कोई मैसेज न छपा, तो बहुत ही ख़राब होगा।" गांधी का जवाब था, "है ही नहीं कोई मैसेज। होने दो ख़राब।" उस दिन का मौन था उनका मैसेज। जिसे समझना हो, समझ ले। बहुत बोल के देख चुके थे। बार-बार, तरह-तरह से। कोई सुननेवाला नहीं था। कहते, "मेरी प्रार्थना में ही कमी होगी।" अब सिर्फ़ दो रास्ते बचे थे—करना या मरना।

ऐकला चलो रे गांधी कहते आइ बिलीव इन वाकिंग अलोन—आइ केम अलोन इन दिस वर्ल्ड, आइ हैव वाक्ड अलोन इन द वैली ऑव द शैडो ऑव डेथ एंड आइ शैल क्विट अलोन, वेन द टाइम कम्स।

ऐकला बोलो रे जब हैदराबाद के एक करेस्पांडेंट ने लिखा कि गांधी को ज़िन्दा दफ़नाया जा रहा है, तो वो बोले "सो लॉन्ग ऐज माइ फेथ बर्न्स ब्राइट, ऐज आइ होप इट विल इवन इफ़ आइ स्टैंड अलोन, आई शैल बी अलाइव इन द ग्रेव एंड व्हाट इज़ मोर, स्पीकिंग फ्रॉम इट!"

ऐकला चलो रे गांधी कहते कि सत्यनारायण तो वो ही पाते हैं जो अकेले खड़े रहने के लायक़ होते हैं। सत्य ही अकेला गुरु है मेरा, जिसके रास्ते पर अकेले चलने की कोशिश कर रहा हूँ **ऐकला चलो रे**।

तो ये प्रार्थना क्यों? गांधी कहते हैं : वी मस्ट लर्न टु बी अटरली इनडिफ़रेंट टु आवर ओन डेथ।

— बट हाउ विल द इनडिफ़रेंस कम?

— जब हमें हर पल इस बात की ख़बर रहे कि जो काम हमें सौंपा गया है, हम उसे कर रहे हैं।

— बट हाउ शैल वी नो व्हाट दैट टास्क इज़?

— ईश्वर की इच्छा को जानने से।

— बट हाउ शैल वी नो गॉड्'स विल?

— प्रार्थना से। बाइ प्रेयर एंड राइट लिविंग - इनडीड प्रेयर शुड मीन राइट लिविंग।

जहाँ-जहाँ डोलूँ सो परिक्रमा, जो कुछ करूँ सो सेवा
जब सोऊँ तब करूँ दंडवत, पूजूँ और न देवा

अपनी ऑटोबायोग्राफ़ी के इंट्रोडक्शन में ही गांधी कहते हैं, "व्हॉट आइ हैव बीन स्ट्राइविंग एंड पिनिंग टु एचीव दीज़ थर्टी इयर्स — इज़ टु सी गॉड फ़ेस टु फ़ेस, टु अटैन मोक्ष" गांधी मोक्ष की रट लगाए थे, जन्म और मृत्यु के चक्कर से आज़ादी पाना चाहते थे। लेकिन ऐसा नहीं है कि वो जन्म से ही मृत्यु और आज़ादी के मायने समझते थे।

गांधी अपने बचपन का एक वाक़या बयान करते हैं कि :

अपने एक रिश्तेदार के साथ मुझे बीड़ी पीने का शौक़ लगा। गाँठ में पैसे तो थे नहीं, इसलिए काका जी बीड़ी पीने के बाद जो ठूँठ फेंक देते, हमने उन्हें चुराना शुरू किया। फिर नौकर की जेब में पड़े दो-चार पैसों में से हम एकाध पैसा चुराकर बीड़ी ख़रीदने लगे। इसी बीच सुना एक तरह का पौधा होता है जिसके डंठल बीड़ी की तरह फूँके जा सकते हैं। हम अब उन्हें फूँकने लगे।

पर बड़ों की इजाज़त के बिना हम कुछ भी नहीं कर सकते थे। कोई आज़ादी न होना हमें अखरने लगा। ऊबकर हमने ख़ुदकुशी करने का फ़ैसला किया। पर ख़ुदकुशी करें कैसे? ज़हर कौन दे? हमने सुना कि धतूरे के बीज खाने से मर सकते हैं। जंगल में जाकर बीज ले आए। शाम का वक़्त तय किया। केदार जी के मन्दिर जाकर दीये में घी चढ़ाया, दर्शन किए और ख़ुदकुशी करने के लिए एक कोना ढूँढ़ लिया। पर ज़हर खाने की हिम्मत नहीं हुई। अगर एकदम ना मारे गए तो क्या होगा? ख़ुद की जान लेने से क्या फ़ायदा?

क्यों न आज़ादी भूलकर, ग़ुलामी ही सह ली जाए?

हम दोनों मौत से डर गए और रामजी के मन्दिर जाकर ख़ुदकुशी का ख़याल

भुला दिया। गांधी बताते हैं कि तब मेरी समझ में आया कि ख़ुदकुशी का ख़याल करना आसान है, पर ख़ुदकुशी करना आसान नहीं।

इसी आत्मकथा में गांधी अपनी दोहरी शर्म बयान करते हैं। मैं 16 बरस का था। पिताजी नासूर की वजह से बिस्तर पर थे। मेरे ज़िम्मे 'नर्स' का काम था। उनके घाव धोना, उसमें दवा डालना, मरहम लगाना, रात को उनके पैर दबाना और इजाज़त मिलने पर सोना, ये मेरा नियम था। पैर तो दबाता था, लेकिन मेरा मन बेडरूम की तरफ़ भटकता रहता और वो भी ऐसे वक़्त जब पत्नी पेट से थी।

उधर पिताजी की बीमारी बढ़ती जाती। सब आज़माकर देखा। कोई राहत न मिली। वो और जीने की आशा छोड़ चुके थे। आख़िरी वक़्त आया। चाचा जी राजकोट में थे। बढ़ती बीमारी की ख़बर पाते ही वो आए। भाई के बिस्तर के पास ही बैठे रहते और रोते।

उस रात, 11 बजे होंगे, मैं पैर दबा रहा था। चाचा जी ने मुझसे कहा, "जा, अब मैं बैठूँगा।" मैं ख़ुश हुआ और सीधा अपने सोने के कमरे में पहुँचा। पत्नी गहरी नींद में थी। पर मैं सोने कैसे देता? मैंने उसे जगाया। पाँच-सात मिनट ही बीते होंगे, इतने में नौकर ने आकर किवाड़ खटखटाया। मुझे धक्का-सा लगा। नौकर ने कहा, "उठो, बापू बहुत बीमार हैं।" मैं समझ गया। पर अब पछताना किस काम आता?

त्याग न टके रे वैराग्य बिना, तें केम करीने तजाय जी

गांधी कहते हैं कि बात समझ में आई कि अगर वासना मुझ पर सवार न होती तो पिताजी की आख़िरी घड़ी में मेरे नसीब में उनसे जुदाई न होती और मैं उनके पैर दबाता रहता।

पत्नी कस्तूरबा के जो पहला बच्चा हुआ वो दो-चार दिन जीकर गुज़र गया। गांधी कहते हैं, कोई दूसरा नतीजा हो भी क्या सकता था?

अन्ते करशे अनरथ जी गांधी का बाल विवाह हुआ था, लेकिन वो बताते हैं कि उसी समाज का एक और रिवाज था कि माता-पिता बचपन में पति-पत्नी को लम्बे वक़्त तक एक साथ नहीं रहने देते, तो 13 से 19 साल की उम्र तक कस्तूरबा का ज़्यादातर वक़्त पीहर में ही बीता, इससे वो दोनों जिस्मानी ख़्वाहिश की आग से बच गए।

गयुं घृत मही माखण थकी, आपे थयुं रे अशुद्ध जी 18 साल की उम्र में गांधी लंदन चले गए, लौटने पर 6 महीने ही बीवी के साथ रहे होंगे, क्योंकि बम्बई आना-जाना लगा रहता। साउथ अफ़्रीका से बुलावा आते-आते गांधी जान चुके थे कि भोग मृत्यु है और त्याग जीवन **पळमाँ जोगी, भोगी पळमाँ।**

जब गांधी ने बम्बई में दफ़्तर खोला, तो एक अमेरिकन इंश्योरेंस एजेंट उनसे मिलने आया। मीठी-मीठी बातें करता था, मानो गांधी का पुराना यार हो, "अमेरिका में तो बीमा कराना हम अपना धर्म समझते हैं। वहाँ तो आपके स्टेटस के सब लोग बीमा करवाते हैं। अरे, ज़िन्दगी का क्या भरोसा? एक छोटी-सी पॉलिसी लेकर आपको भी फ़्यूचर के बारे में निश्चिन्त हो जाना चाहिए।"

गांधी सोचते थे कि लाइफ़ इंश्योरेंस कराने का मतलब है डरना और ईश्वर में विश्वास न होना। पर इस बार वो लालच में आ गए। जैसे-जैसे वो एजेंट बातें करता जाता, वैसे-वैसे उनके सामने पत्नी और बच्चों की तस्वीर खड़ी होती जाती। "भले आदमी, तुमने पत्नी के सब गहने बेच डाले हैं! अगर कल तुम्हें कुछ हो जाए तो पत्नी और बच्चों का भार ग़रीब भाई पर ही पड़ेगा न?"

अपने मन के साथ इस तरह की दलीलें करके गांधी ने 10,000 रुपये का बीमा करा लिया। पर साउथ अफ्रीका में चीज़ें बदल गईं। वो कहते हैं कि वहाँ मैंने जो क़दम उठाए, ईश्वर को हाज़िर और नाज़िर मानकर उठाए। कि "पालन करनेवाला तो ईश्वर है। न तू है, न तेरा भाई है। बीमा कराकर तूने बाल-बच्चों से उनकी ख़ुद्दारी भी छीन ली। अनगिनत ग़रीबों के बाल-बच्चों का क्या होता है? तू अपने को उन-सा क्यों नहीं मानता?" इस सोच के बाद गांधी को बीमा एजेंट के जाल में फँसने पर शर्म आई। और पहली किस्त देने के बाद उन्होंने वो पॉलिसी छोड़ दी।

27 साल की उम्र में गांधी बीवी-बच्चों को लेकर सागर पार कर साउथ अफ्रीका जा रहे थे। सफ़र सिर्फ़ 18 दिन का था। पहुँचने में तीन-चार दिन बाक़ी थे कि इतने में समंदर में भारी तूफ़ान उठा, और इतनी देर तक रहा कि मुसाफ़िर घबरा गए। स्टीमर में से ऐसी आवाज़ें आती थीं, मानो यहाँ कुछ टूटा, वहाँ कोई छेद हुआ। जब जहाज़ हिचकोले खाता तो ऐसा लगता मानो अभी उलट जाएगा। हवा में संजीदगी थी। दुख में सब एक हो गए। सारे भेदभाव मिट गए। हिन्दू-मुसलमान-ईसाई सब एक ईश्वर को याद करने लगे। कुछ लोगों ने क़समें तक खाईं। जहाज़ के कप्तान भी मुसाफ़िरों के साथ प्रार्थना करने लगे, **रघुबर, तुमको मेरी लाज!**

कप्तान ने सबको तसल्ली बख़्शते हुए कहा—'ये ज़ोर का तूफ़ान ज़रूर है, पर मुझे इससे कहीं ज़्यादा ज़ोर के तूफ़ानों का तजुर्बा है। अगर जहाज़ मज़बूत हो तो अचानक डूबता नहीं है।' पर मुसाफ़िरों को तसल्ली न हुई। सबके मुँह से एक ही बात सुनाई पड़ती थी : 'अब सब उसके हाथ में है'।

इस चिन्ता में 24 घंटे बीते होंगे। आख़िर बादल बिखरे। सूरज निकला। कप्तान ने कहा, 'तूफ़ान चला गया है।' लोगों के चेहरों पर से चिन्ता चली गई और साथ ही होंठों से उसका नाम भी चला गया! लोग मौत का डर भूल गए और गाना-बजाना, खाना-पीना शुरू कर दिया। माया फिर से छा गई। नमाज़ और भजन जारी तो रहे, पर उनमें तूफ़ान के वक़्त की संजीदगी चली गई।

गांधी कहते हैं कि प्रार्थना का मतलब माँगना नहीं है। वो तो आत्मा की पुकार है, अपने आपको और पाक, और शुद्ध करने के लिए। प्रार्थना रोज़ अपनी ख़ामियों को क़बूल करना है। कितना भी बड़ा आदमी क्यों न हो, मौत उसे याद दिलाती है कि वो कुछ भी नहीं। हमारे मंसूबों के क्या मायने हैं जब पल भर में हम ही मिट्टी हो जाएँगे। लेकिन अगर हम ये मान लें कि हम उसके मंसूबों पर काम कर रहे हैं, तो हम मिट्टी से सुमेरु पर्वत बन जाएँगे। उस हालत में मौत बस एक बदलाव बनकर रह जाती है।

अगर है शौक़ मिलने का

ज़िन्दगी के तजुर्बों के अलावा किताबों ने भी गांधी की मृत्यु की समझ को ढाला। सन् 1908 में साउथ अफ्रीका में वो पहली बार जेल गए। कमाल की बात ये है कि उनकी इस पहली क़ैद से रिहाई की तारीख़ भी 30 जनवरी थी। इसी साल जेल में उन्होंने प्लेटो'ज डायलॉग्स नाम की किताब पढ़ी, जिसके बाद उन्होंने सुकरात पर चले मुक़दमे को लेकर गुजराती में 'एक सत्यवीर नी कथा' लिखी :

सुकरात या सुक्रात, ऐथेंस में रहनेवाला एक रौशनख़याल आदमी था। उसकी नई सोच ने सत्य और अच्छाई को बढ़ावा दिया। लेकिन हुकूमत उसकी सोच से नाराज़ थी और इसलिए सुकरात को सज़ा-ए-मौत दी गई। उस मुल्क में ज़हर पीकर मर जाने की सज़ा भी दी जाती थी। सुकरात को मीराबाई की तरह विष का प्याला पीना था। उन्होंने अपने आख़िरी बयान में कहा, "मेरा अटूट विश्वास है कि भले आदमी का कभी बुरा नहीं होता—न इस दुनिया में, न दूसरी दुनिया में। ईश्वर भले लोगों का साथ कभी नहीं छोड़ता। और कोई अपने वक़्त से पहले नहीं मरता। तो मृत्युदंड मेरे लिए सज़ा नहीं है। मेरे तो मरने का वक़्त हो गया है, इस संसार के दुख से आज़ाद होने का वक़्त आ गया है। इसलिए मुझ पर इल्ज़ाम लगानेवालों के लिए मेरे मन में कोई ग़ुस्सा नहीं है। उन्होंने मेरा भला नहीं चाहा होगा, पर वो मेरा बुरा नहीं कर सकते।"

सुकरात को ही तरह, गांधी की ज़िन्दगी में एक ऐसे ही सच्चे बलिदान की मिसाल हुई। वलिअम्मा मुन्नुस्वामी साउथ अफ्रीका में पैदा हुई भारतीय माता-पिता की बेटी थी। साउथ अफ्रीका में आठ साल चले सत्याग्रह में कई औरतों ने हिस्सा लिया और 17 साल की वलिअम्मा भी उनमें शामिल थी। गांधी बताते हैं कि उस देश के जिन क़ानूनों के ख़िलाफ़ वो लड़ रहे थे, वलिअम्मा उनकी बारीकियाँ नहीं समझती थी। उसके लिए तो बस इतना ही काफ़ी था कि उसके देश के हज़ारों लोग किसी ऐसी चीज़ के लिए दुख सह रहे थे जिसे वो जानती नहीं थी, पर उसे इस बात की सहज समझ थी कि ये दुख सहना ज़रूरी था और इसलिए वो लड़की

अपनी इच्छा से क़ैदी बनी। गांधी कहते हैं कि जब कोई ज़ालिम हम पर नाइंसाफ़ी थोपता है, तो उसकी नाफ़रमानी करना हमारा धर्म है। लेकिन हमें ये विरोध वैसे करना है जैसे प्रह्लाद ने किया था—दुख सहकर, ना कि हिंसा से। यही सत्याग्रह है। दुख सहने में हार होती ही नहीं। वलिअम्मा ये जानती थी।

उसका शरीर चाहे कमज़ोर रहा हो, लेकिन आत्मा मज़बूत थी। जेल में टाइफ़ॉइड की वजह से उसे रोज़ बुख़ार चढ़ जाता था। साथी क़ैदियों ने उससे कहा कि वो जुर्माना अदा करके रिहाई पा ले, लेकिन उसने इनकार कर दिया और बोली कि उसे जेल में मरना मंज़ूर होगा। इसे कहते हैं, प्राण जाए पर वचन न जाए। सत्याग्रही जब कोई प्रतिज्ञा करता है तो सिर्फ़ सत्य पर भरोसा करते हुए, वो सत्य जो प्रेम का दूसरा नाम है। जेल जाने से वलिअम्मा को क्या मिलना था? वो जहाँ रहती थी, वहाँ तो वो क़ानून जारी तक नहीं हुआ था जिसके ख़िलाफ़ सब लड़ रहे थे।

तीन महीने बामशक़्क़त क़ैद की सज़ा पूरी कर वो बीमार हालत में बाहर आई। जब गांधी उसे देखने गए तो वो बिस्तर पर पड़ी थी। उसका क़द लम्बा था इसलिए छरहरा बदन सूखकर किसी लम्बी लकड़ी जैसा दिखता था। वो डरावनी लग रही थी।

गांधी ने पूछा, "वलिअम्मा, जेल जाने का पछतावा तो नहीं होता?"

वो बोली, "पछतावा क्यों होगा! मुझे फिर गिरफ़्तार करें, तो इसी वक़्त जेल जाने को तैयार हूँ।"

गांधी बोले, "फिर इसका नतीजा मौत हो तो?"

उसका जवाब था, "कोई ग़म नहीं। देश के लिए मरना किसे अच्छा नहीं लगेगा?"

इस बातचीत के कुछ ही दिन बाद वलिअम्मा चल बसी, पर उसका नाम अमर हो गया। वलिअम्मा की सेवा हमेशा रहेगी, क्योंकि उसकी क़ुर्बानी पाक थी। उसका जेल जाना एक प्रार्थना थी—और ईश्वर सत्यवीरों के अन्तर से निकली प्रार्थना को सुनते हैं।

धीर धुरंधरा

एक्टिव रेजिस्टेंस में 'बॉडी फ़ोर्स' का इस्तेमाल होता है, जबकि जीसस क्राइस्ट ने पैसिव रेजिस्टेंस में सोल फ़ोर्स का इस्तेमाल किया। ईसा अपनी आत्मा के मुक़ाबले अपने शरीर को कुछ नहीं समझते थे। उन्होंने पैग़ाम दिया 'रेजिस्ट नॉट इविल' —बुराई का जवाब बुराई से मत दो, उसे भलाई से दूर करो। या ये समझ लीजिए कि शरीर की ताक़त का जवाब आत्मा की शक्ति से दो।

जब कुछ लोग एक वेश्या को घेरकर कहने लगे, "इस पापन को आज सज़ा देंगे मिलकर हम सारे," ईसा आए और आहिस्ता से बोले, "लेकिन जो पापी न हो वो पहला पत्थर मारे।" ये सुनकर किसी की भी पत्थर फेंकने की हिम्मत नहीं

हुई। एक पापी को दूसरे के पाप पर फ़तवा देने का कोई हक़ नहीं है। इसी सोच से अहिंसा का जन्म हुआ।

इसीलिए साउथ अफ्रीका में बापू बोले कि जो भारतीय ईमानदारी की रोज़ी की तलाश में यहाँ आकर बसे और जिन्हें अब समाज से ख़ात्मे का सामना करना पड़ रहा है, ईसा उनके लिए मिसाल हैं। मुमकिन है कि ट्रांसवाल की सरकार आप लोगों की माँगें ठुकरा दे। ईसा को भी ठुकराया गया था, उन पर जुल्म करनेवालों ने ईसा को मौत का डर दिखाया, ऐसी मौत जो ज़ालिमों की नज़र में शर्मनाक थी क्योंकि वो ईसा को चोर-डाकुओं के साथ खड़ा करती थी, लेकिन ईसा ने ईश्वर के ख़िलाफ़ एक लफ़्ज़ नहीं कहा, आख़िर तक लड़े। उन्हें सलीब पर चढ़ानेवालों के लिए उसी क्रॉस से उन्होंने ईश्वर से ये प्रार्थना की, कि इन पर दया करो, 'फ़ॉर दे नो नॉट व्हॉट दे आर डूइंग' ईसा जान से तो गए, लेकिन फिर भी रोमन पाइलेट की हार हुई। अगर शरीर का बलिदान कर, वो समाज में अच्छाई को बल दे गए, तो इसमें उनकी अहिंसा की ही जीत है। और इस तरह वो साबित कर गए कि इनसान ज़िन्दगी खोकर ही ज़िन्दगी पाता है।

स्टिल ऑल माइ सॉन्‍स शैल बी

ईसा मरे ज़रूर, लेकिन आज तक काँटों का वो ताज उस लहूलुहान मस्तक पर फब रहा है।

जब भी ईश्वर के सच्चे भक्तों को याद किया जाएगा, उनका नाम ज़िन्दा रहेगा।

येट इन माइ ड्रीम्स आइ हैड बी

जो तुम्हें सताये, तुम ईश्वर से उसके लिए प्रार्थना करना या मुजरिम को बार-बार माफ़ करना—ये वो उसूल हैं जिनके लिए ईसा जिये और मरे।

दया धर्म का मूल है, देह मूल अभिमान,
तुलसी दया न छोड़िए जब तक घट में प्राण।

एंजेल्स टु बेकॅन मी

गांधी कहते हैं कि मेरी भगवान से यही प्रार्थना रहती है कि वो मुझे अपने हत्यारे के लिए भी दया की प्रार्थना करने की शक्ति दे।

सो बाइ माइ वोज टु बी

गांधी ख़ुद अहिंसा के अपने ज्ञान और रियाज़ के बावजूद अपने हवास को बस दबा ही पाए थे, क़ाबू में नहीं कर सके थे। आसान नहीं था, लेकिन वो कहते कि

हमें मुश्किल से घबराना नहीं है, बल्कि ये याद रखना है कि हम सही रास्ते पर हैं और अपनी मंज़िल के और क़रीब ही जा रहे हैं।

साउथ अफ्रीका से हिन्दुस्तान लौटने के बाद, जून 1917 में गांधी ने अहमदाबाद में साबरमती नदी के किनारे सत्याग्रह आश्रम की स्थापना की। एक तरफ़ जेलख़ाना दूसरी तरफ़ श्मशान घाट। तब से अगले एक साल के दौरान हिन्दुस्तान में प्लेग से 8 लाख लोग मारे गए। बापू ख़ुद तो काम के सिलसिले में अक्सर यात्रा पर रहते—कभी बिहार, कभी उ.प्र., कभी दिल्ली, कभी बम्बई, लेकिन वहाँ आश्रम में उनके भतीजे और साथी मगनलाल गांधी रोज़ाना आश्रम के बग़ल में जल रही चिताओं को देख बेचैन हो जाते। उन्होंने गांधी को इस बारे में ख़त लिखा, गांधी उन्हें मोतीहारी से जवाब भेजते हैं :

आँधी चलने पर जब कच्चे फल टूटकर गिरने लगते हैं, तब हम घबरा जाते हैं। पके फलों के गिरने पर हम इत्मीनान से रहते हैं। यही बात इनसान के जीवन के साथ भी है। प्लेग के आने से लोगों की मौत से हम दुखी हो जाते हैं। लेकिन अगर लोग बाक़ायदा संयम से जियें, तो मौत वक़्त पर आए। मौत के लिए तैयार रहकर बिना किसी डर के अपनी ज़िन्दगी बिताने की सीख देना ही आश्रम का मकसद है।

गांधी चाहे यात्रा पर रहते लेकिन आश्रम में उनके साथ रहे लोगों से वो हमेशा जुड़े रहे। स्थापना के 15 बरस बाद आश्रम में हुई मौतों को याद करते हुए गांधी कहते हैं कि :

फ़क़ीरी की मौत तो एक आश्रमवादी के लिए मुनासिब नहीं थी। वो अपने खाऊपन की बलि हो गया।

व्रजलाल तो सेवा करते हुए मौत को गले लगाकर अमर हो गए। एक लड़के का मटका कुएँ से निकालकर ऊपर चढ़ा रहे थे, डोर से फिसल गए, गिरकर जान चली गई।

गीता तो गीता का पाठ सुनती हुई चली गई। मेघजी बड़ा नटखट लड़का था, लेकिन बीमारी में शान्त रहा।

मगनलाल के बारे में क्या कहूँ? वो तो आश्रम की सेवा करने के लिए ही पैदा हुआ था।

इमाम साहब की मौत से हमारे और मुसलमानों के बीच एक अटूट रिश्ता बना।

गंगादेवी अकेली थीं जो हवा-पानी बदलने के लिए भी आश्रम से जाने से इनकार करती रहीं। जो बच्चे उन्हें सौंपे जाते, उन्हें अपने बच्चे मानकर सँभालतीं। मुझे नहीं याद कि वो कभी किसी से झगड़ी हों या गुस्सा किया हो। ना ज़ीवन से मोह था, ना मरने का डर। मरने की कला जानतीं थीं। हँसते हुए मरीं।

मैंने ख़ुद को जगाये रखने के लिए इन मौतों को याद किया। जब तक शरीर रहे, सेवा करें और इसकी तैयारी के लिए गीता के दूसरे अध्याय के आख़िरी 19 श्लोकों का दिल से पाठ करें।

अब हाज़िरीन, संस्कृत तो मेरी समझ में नहीं आती है, अंग्रेज़ी में गीता का गीत निकल जाता है, बस आह रह जाती है, तो आइए अनवर जलालपुरी साहब की उर्दू शायरी में गीता से ये 19 श्लोक पढ़ें जिन्हें गांधी रोज़ाना पढ़ते थे। सिर्फ़ दो अल्फ़ाज़ के मायने आपको पहले से बता दूँ : नफ़्स यानी इगो, हमारे अन्दर का मैं, और उन्स का मतलब है अटैचमेंट या लगाव।

54. तो अर्जुन ने कृष्ण से पूछा :

किसे ज्ञान और ध्यान वाला कहूँ
हक़ीक़त समझकर मैं किसकी सुनूँ
मुकम्मल उन्हें देखना है मुझे
वो क्या हैं उन्हें जानना है मुझे

55. कृष्ण एक स्थितप्रज्ञ की सिफ़ात बयान करते हुए अर्जुन से :

कहा जिसके दिल में नहीं ख़्वाहिशें
उसी पर तो रहमत की हैं बारिशें

56. रखे ख़ुद को ख़ौफ़ और ग़ुस्से से दूर
किसी की वो चाहत में भी हो न चूर

57. जो दुःख में कभी भी न हो ग़मज़दा
जिसे सुख से कोई न हो वास्ता

58. जो महसूस होवे कहीं कुछ ख़तर
तो फ़ौरन सिमट जाए कछुए का सर
यूँ ही जो भी इनसान है ख़ुद-शनास
वो रखता है क़ाबू में अपने हवास

59. मगर ज़ायके से वो वाक़िफ़ भी है
हर इक रास्ते से वो वाक़िफ़ भी है
उसे जब भी होता है दीदारे रब
उसी दिन तो वो भूल जाता है सब

60. ख़यालों को मोड़े वो ही नफ़्स है
जो इंसां को तोड़े वो ही नफ़्स है

61. सभी ख़्वाहिशों को तू क़ाबू में रख
कि जज़्बात को भी तराज़ू में रख

62. अगर नफ़्स की बात में आएगा
तो फिर नफ़्स से उन्स हो जाएगा
बने उन्सियत ख़्वाहिशों का सबब
यही उन्सियत तो है करती ग़ज़ब

63. ये रखती है ग़ुस्से में इनसान को
बुलाती यही तो है शैतान को
ये ग़ुस्सा ही ग़फलत का कारन बने
कि ग़ुस्से में इंसां न कुछ भी सुने
कि ग़ाफ़िल को कुछ याद रहता नहीं
कभी दिल से वो शाद रहता नहीं

64. मगर जिसका दिल उसके क़ाबू में है
क़नाअत का धन जिसके पहलू में है
सुकूं रूहो दिल का है हासिल उसे
हैं कहते सभी मर्दे कामिल उसे

65. सभी दुख मिटें दिल अगर साफ़ है
नहीं तो ये सोना भी तो ख़ाक है

66. बग़ैर तवाज़ुन ख़ुशी कुछ नहीं
ये अच्छी-भली ज़िन्दगी कुछ नहीं

67. जो करता है ख़ुद पैरवी नफ़्स की
है जिसके लिए रहबरी नफ़्स की
तबाही से बचना है मुश्किल उसे
डुबो देगा इक रोज़ साहिल उसे
मिटेंगे यूँ ही उसके सब हौसले
कि कश्ती को जैसे हवा खींच ले

68. धनंजय तू इस बात को जान ले
जो मैं कह रहा हूँ उसे मान ले

69. ये संसार जिस वक़्त सो जाता है
वो ख़ुद अपने सपनों में खो जाता है
जो योगी है वो जागता है तभी
हक़ीक़त है क्या सोचता है तभी

70. करे हज़म जो ख़्वाहिशों को सभी
मिटा डाले जो लालचों को सभी

वो दरिया नहीं है, समंदर है वो
वो कूज़ा नहीं बल्कि सागर है वो

71. जो ना ख़ुदग़रज़ और ना मग़रूर है
नहीं फिर सुकूं से बहुत दूर है

72. यही तो है योगी की सब ख़ूबियाँ
उन्हीं में है योगी की दिलचस्पियाँ
इन्हीं से ब्रह्मा में वो लीन हो
सदा के लिए उसको तस्कीन हो।

सन् 1924 में दिल्ली में 'द हिन्दुस्तान टाइम्स' अख़बार के उद्घाटन के मौक़े पर गांधी बोले कि उन्होंने सरदार मंगल सिंह (जिन्होंने ये अख़बार शुरू किया था उनका ये न्योता इसलिए क़बूल किया क्योंकि उनके दिल में सिखों के लिए प्रेम है, गांधी बोले मुझे भरोसा है कि ये अख़बार इस ज़िम्मेदारी से भरे पेशे पर खरा उतरेगा और ऐसा कोई काम नहीं किया जाएगा जिससे सिखों के महान नारे 'सत श्री अकाल' पर कोई आँच आए। 'सत श्री अकाल'—हाज़िरीन, इस सत से सत्य शब्द आया है। सत यानी वो जो है, और सत्य का मतलब हुआ होना या उसका होना, क्योंकि उसके अलावा और कुछ तो है ही नहीं। इसलिए सत्य परमात्मा के लिए सही नाम है। इट इज़ मोर कॅरेक्ट टु से दैट ट्रुथ इज़ गॉड दैन टु से दैट गॉड इज़ ट्रुथ। और इस सत्य की तलाश में तपश्चर्या करनी होगी, दु:ख सहना होगा, हो सकता है मरना भी पड़े, क्योंकि सत्य की ये तलाश ही भक्ति है और भक्ति सर का सौदा है।

बापू कहते हैं कि जब-जब मैंने अपने किसी क़रीबी को खोया है, तब-तब मैंने गीता का आसरा लिया है। आइए, गीता में मौत का राज़ समझने की कोशिश करते हैं। दूसरे अध्याय के सोलहवें श्लोक का पहला हिस्सा है : नासतो विद्दते भावो नाभावो विद्यते सत:

असत—यानी वो जो नहीं है—उसका होना, कोई नहीं जानता, असत का अस्तित्व कोई नहीं जानता।

और सत का ना होना, कोई नहीं जानता।

ये शरीर इस दुनिया में आने से पहले भी नहीं था, मरने के बाद भी नहीं रहेगा, और अभी भी हर पल ये बदल रहा है। ये शरीर असत है। फिर भी हम ऐसे जीते हैं मानो ये शरीर हमेशा रहेगा। हम मरने से डरते हैं, जो मर गए उनके लिए रोते हैं। महाभारत में तो उलटा ये कहा गया है कि मातम करने से गुज़रे हुए की आत्मा को दु:ख पहुँचता है।

उधर सत का अभाव नहीं होता, जब शरीर पैदा नहीं हुआ था, तब भी आत्मा थी, शरीर ख़त्म होने पर भी आत्मा रहेगी और अभी शरीर के लगातार बदलते हुए भी आत्मा उसमें रहती है।

यथा पिंडे तथा ब्रह्मांडे, शरीर की ही तरह ये दुनिया भी असत है। ये दुनिया पहले भी नहीं थी, पीछे भी नहीं रहेगी और हर पल इसका भी अभाव हो रहा है। लेकिन जब दुनिया नहीं बनी थी, तब भी परमात्मा था, दुनिया के बाद भी परमात्मा रहेगा और फ़िलहाल भी वो उसमें ज्यों-का-त्यों है।

जैसे शरीर के लिए खाना ज़रूरी है, उसी तरह आत्मा के लिए प्रार्थना ज़रूरी है। इनसान कई दिनों तक खाने के बिना रह सकता है, लेकिन परमात्मा में विश्वास रखते हुए, इनसान एक पल भी बिना प्रार्थना किए नहीं रह सकता, न उसे रहना चाहिए।

ज़िन्दगी आमद बराए बन्दगी, ज़िन्दगी बेबन्दगी, शर्मिन्दगी

करम, वचन अरु हीतें जमनालाल बजाज के जन्मदिन पर बापू उन्हें ख़त लिखते हैं : चिरंजीवी जमनालाल, मुझे अक्सर लगता है कि जन्म मौत से ज़्यादा दर्दनाक होता है। जब बच्चा पैदा होता है तो कितना बेबस होता है। जबकि अगर हमने सूफ़ी जीवन जिया हो, तो मौत में कोई बेबसी नहीं रहती।

अन्त चले उठि रीते बच्चे को ना ज्ञान पाने की इच्छा होती है, और ना ही ये मुमकिन है कि उसके पास पहले से ही ज्ञान हो। लेकिन मौत के वक़्त तक लोग ब्रह्म ज्ञान पा सकते हैं और कुछ ने पाया भी है।

तू न तजै अब ही ते जन्म दुख में दाख़िल होना है, मौत दुःख से मुक्ति। तुम्हें ऐसी मौत मिले ये मेरा आशीर्वाद है—**बापू अब नाथहिं अनुरागु**

गांधी ने अपने एक आर्टिकल में लिखा, "ए वोटरी ऑफ़ अहिंसा मस्ट स्ट्राइव फ़ॉर द ग्रेटेस्ट गुड ऑफ़ ऑल एंड डाइ इन द अटैम्प्ट टु रियलाइज़ द आइडियल।" इसे पढ़कर बर्मा के एक डॉक्टर ने गांधी से पूछा, 'क्या इसका मतलब ये है कि आप एक ज़हरीले साँप को मारकर अपनी जान बचाने के बजाय डसे जाना पसन्द करेंगे? ऐसे तो आप हिन्दुस्तान का बड़ा अहित करेंगे।'

गांधी जवाब देते हैं, मैं नहीं चाहता कि अपनी जान बचाने के लिए मैं एक साँप की भी जान लूँ। लेकिन ये मुमकिन है कि अगर ईश्वर मेरा इम्तिहान लेने के लिए साँप को मुझ पर हमला करने दे, तो मुझमें मरने की हिम्मत न हो और इस शरीर को बचाने के लिए मेरे अन्दर का वहशी साँप को मारने की कोशिश करे। सब जीव एक ही जीव से हैं। अगर मैं ज़हरीले साँप को दूर रखना चाहता हूँ, तो पहले मुझे अपने ख़यालों से ज़हर दूर करना होगा और प्रेम का जीता-जागता स्वरूप

बनना होगा। इस फ़लसफ़े को ज़िन्दगी में उतारना है, क्योंकि जो फ़लसफ़ा जिया ही ना जाए वो ऐसा है मानो बेजान शरीर।

सन् 1928 में साबरमती आश्रम में एक छोटी-सी डेरी और चमड़े का कारख़ाना चलाने की कोशिश की जा रही थी। एक बार यूँ हुआ कि आश्रम में एक बछड़ा घायल हो गया। वो बहुत दर्द में था। सब इलाज करके देखा गया। जिन सर्जन की सलाह ली गई, वो भी बोले कि बछड़े के बचने की कोई उम्मीद नहीं है। उस बेबस पशु से करवट तक न ली जाती और वो लगातार कराहता रहता। गांधी को लगा कि इनसानियत के नाते, बछड़े को दर्द से आज़ाद करने के लिए ज़िन्दगी से ही आज़ाद कर देना चाहिए। आश्रम के सब लोगों के सामने बात रखी गई। सब बापू की राय से सहमत थे, सिवाय एक पड़ोसी के जिसका मानना था कि जो जान दे नहीं सकता उसे जान लेने का कोई हक़ नहीं।

गांधी बोले कि ये दलील तब जायज़ है जब जान लेनेवाला अपने किसी मतलब के लिए, ख़ुदग़रज़ी में जान ले। आख़िर गांधी ने पूरे यक़ीन के साथ एक डॉक्टर से बछड़े को ज़हर का इंजेक्शन दिलवाकर उसे मौत की नींद सुला दिया। बापू जानते थे कि लोग उनके इस क़दम में हिंसा देखेंगे। पर वो ये भी मानते थे कि लोग कुछ भी सोचें, अपना धर्म निभाना ही चाहिए।

पर जब बापू के सामने ये सवाल आया कि क्या वो ये उसूल इनसानों पर भी लागू करेंगे? वो बोले, हाँ। वो अलग बात है कि हम कभी अपने क़रीबी रिश्तेदारों को यूँ मौत देकर दर्द से रिहा करने को तैयार ही नहीं होते। वैसे वो रिश्तेदार ख़ुद भी सोचकर ये फ़ैसला ले सकते हैं कि क्या वो मरना चाहते हैं? पर जिस तरह एक सर्जन की छुरी का मरीज़ के जिस्म से बीमार हिस्सा अलग करना अहिंसा है, उसी तरह सज़ा बन चुके शरीर को आत्मा से अलग करना भी अहिंसा है। अहिंसा परम धर्म है। क्योंकि जो भी इस शरीर में है, वो किसी हद तक तो हिंसा से ही ज़िन्दा है। और इसलिए एक अहिंसावादी हमेशा इस शरीर से मुक्ति की प्रार्थना करता है।

हरिनो मारग छे शूरानो वळती लेवुं नाम जोने आश्रम में बछड़े का क़िस्सा सुनकर तमिलनाडु में एक 20 साल की लड़की जिसका पैरालाइज लाइलाज हो चुका था अपने भाई से बोली, "हाउ कैन आइ इस्केप फ्रॉम माइ कर्म। आइ कैन ओनली पोस्टपोन इट बाइ डेथ — आइ सपोज, दैन, गांधी जी इज़ नॉट राइट इन किलिंग द कॉफ।"

गांधी ने जवाब भेजा, "यू मस्ट नॉट राइड द कर्मा थ्योरी टु डेथ—एवरी क्रीएचर इज़ नॉट ओनली वीविंग हिज़ ओन न्यू कर्मा, बट इज़ ऐक्टेड अपॉन बाई मिलियन्स ऑफ़ कर्माज़ ऑफ़ अदर्स।"

ते कोडी नव पामे जोने वो लोग जो गौरक्षा के नाम पर किसी की जान तक

लेने में नहीं झिझकते, उनसे गांधी बोले कि जान लेना हिंसा है, और जान देकर हिफ़ाज़त करना प्रेम है।

देखनारा दाझे जोने टु डाइ बाइ द हैंड ऑव ए ब्रदर कॉण्ट बी ए मैटर ऑफ़ सौरो फॉर मी—इफ़ आइ ऐम फ्री फ्रॉम हेटरेड अंगेस्ट माइ असाइलेंट, आइ नो दैट विल लीड टु माइ एटरनल वेलफेयर **रजनीदंन नरखे जोने**

ईशोपनिषद के दूसरे मंत्र का पहला हिस्सा है कि कर्म करने के लिए, इस दुनिया में सेवा करने के लिए 125 बरस जीने की इच्छा करनी चाहिए। गांधी का मानना था कि जो इनसान अपने अन्दर ईश्वर की सत्ता बनाए रखे, स्थितप्रज्ञ बने, वो 125 बरस तक जी सकता है। तो 8 अगस्त, 1942 को पहली बार ये इच्छा उन पर ज़ाहिर हुई, और वो बोले—"मुल्क की ख़िदमत के लिए मैं 125 साल तक जीना चाहूँगा। लेकिन अगर मैं कल मर जाऊँ तो मुझे कोई मलाल नहीं होगा। इस इच्छा के पूरे होने की शर्त ही यही है कि हम हर पल अपना शरीर छोड़ देने के लिए तैयार रहें। अगर कोई मुर्दे की तरह पलंग पर पड़ा है, तो उसका परम धर्म है कि वो ईश्वर से मौत की प्रार्थना करे। 125 बरस की ज़िन्दगी तो उसी के लिए है जो त्याग के भाव से आख़िरी साँस तक सेवा करे।"

वैसे इस इच्छा के इज़हार में एक सियासतदां गांधी की चाल भी है के उनके विरोधी ये जान लें के अभी कई सालों तक गांधी कहीं जानेवाले नहीं हैं। गांधी एक नैचुरोपैथ की हैसियत से ऐसी दवाइयों पर प्रयोग कर रहे थे जिन्हें ग़रीब-से-ग़रीब आदमी भी ख़रीद सके। इसके लिए उन्हें वक़्त चाहिए था। इसलिए 125 साल तक जीने की इच्छा दरअसल एक प्रार्थना भी थी। प्रयोग वो चाहे शरीर पर कर रहे थे, पर मक़सद आत्मा के ज़रिये परमात्मा तक पहुँचना ही था। उनका मानना था कि अहिंसा की तरह, 125 बरस जीना भी सबके लिए है। अगर मैं अकेला ही इतनी लम्बी उम्र को पा सकूँ, तो वो ज़िन्दगी बेमानी है।

ख़ैर, अगले ही दिन, गांधी को पत्नी कस्तूरबा और सेक्रेटरी महादेव देसाई के साथ पूना के आग़ा ख़ान महल की जेल में क़ैद कर दिया गया।

हाज़िरीन, जब तक हम अपने को नाचीज़ नहीं बना लेते, तब तक ईश्वर हमें मुक्ति नहीं देगा। भक्त वोही है जो ख़ुद को शून्य बना ले। बापू के सेक्रेटरी महादेव देसाई ऐसे ही भक्त थे, ऐसे ही शून्य थे, जिसके पीछे खड़े हो गए उसकी क़ीमत दस गुना बढ़ गई। महादेवभाई बापू के अख़बार एडिट करना, ट्रांसलेट करना, आर्काइव करना, अनचाहे मुलाक़ातियों से उनका वक़्त बचाना, ज़रूरत पड़ने पर उनके लिए खाना बनाना—सब करते थे। वो एक कवि थे और बापू रवि। जहाँ रवि नहीं पहुँच सकता था, कवि उसे वहाँ पहुँचाता था।

बकौल डॉक्टर सुशीला नैयर : 15 अगस्त, 1942 की सुबह महादेवभाई बड़े आईने के सामने बैठे हजामत बना रहे थे। क़ुदरत जैसे उनसे तैयारी करवा रही थी।

आज उन्हें नींद भी गहरी आई थी, इसलिए जल्दी उठ सब काम सवेरे ही कर लिये थे। प्रार्थना में भी शामिल होना चाहते थे लेकिन ज़रा-सी देर हो गई।

ये क़ैद एक तरह से अच्छी थी। बापू और महादेवभाई दोनों थके हुए थे। सो जेल में ज़बरदस्ती का आराम मिल रहा था। खाने के बाद मैं बापू की मालिश कर रही थी, तभी दूसरे कमरे से सरोजिनी नायडू ने पुकारा, 'सुशीला, यहाँ आओ'। इतने में बा भागती-हाँफती आकर बोलीं, "महादेव को कुछ हो गया है!" बग़ल के कमरे में पहुँची तो महादेवभाई पलंग पर बेहोश पड़े थे। अचानक सर से पैर तक एक झटका-सा लगा। मैंने कोशिश की लेकिन उनकी नाड़ी नहीं मिल रही थी। धड़कन ख़ामोश थी। और दिल की दवा मेरे पास मौजूद नहीं थी। मैंने कहा, "बापू को बुलाओ। ये जा रहे हैं।" बापू आए, कभी महादेवभाई का हाथ पकड़ते, कभी सर पर हाथ रखते। कहते थे, "मुझे विश्वास था कि एक बार भी महादेव मेरी तरफ़ देख लेगा तो उठकर खड़ा हो जाएगा।" महादेवभाई को उल्टी होने लगी। वो कराहने भी लगे। डरावनी कराह थी, मानो किसी गुफ़ा में से निकल रही हो। न हममें से किसी से वो कराहट सही जाती थी, न बापू से। यकायक फिर से एक ज़ोर का झटका-सा लगा। साँस और धीमी पड़ गई। आँख बन्द हो गई। बदन काला पड़ने लगा। पंछी उड़ चुका था।

बा फूट-फूटकर रोने लगीं। बापू ने उन्हें दिलासा दिया, पर बापू ने किसी के सामने अपनी आवाज़ में कंपन या आँखों में आँसू नहीं आने दिये। महादेवभाई ने मुझसे कई दफ़ा कहा था कि "मैं ईश्वर से एक ही प्रार्थना किया करता हूँ कि मुझे बापू से पहले उठा ले! और ईश्वर ने मेरी प्रार्थना को कभी ठुकराया नहीं है। हमेशा पूरा किया है।" बापू के बिना रहना उन्हें गवारा नहीं था, इसलिए 6 बार उनके साथ रहने के लिए जेल गए, और सातवीं बार भी बतौर क़ैदी उनकी मौजूदगी में अपनी आख़िरी साँस ली।

थोड़ी देर बाद बापू बोले, "महादेव की जेबें ख़ाली कर ले।" एक जेब में से पेन निकला, दूसरी से गीता जी। बापू कहने लगे '**वैष्णव जन**' गाओ।

मन अभिमान न आणे रे जो बापू को नहलाते थे, आज बापू उन्हें नहला रहे थे, काँपते हाथों से। जिस तौलिये से महादेवभाई का बदन पोंछा, ख़ुद नहाकर बापू ने उसी तौलिये से अपना तन भी साफ़ किया।

धन धन जननी तेनी रे दाह-संस्कार के लिए अंग्रेज़ी सरकार से इजाज़त चाहिए थी। बापू बोले, "क्या कोई पिता अपने बेटे की लाश किसी अजनबी के हाथ सौंप सकता है? अगर हममें से कोई शव के साथ घाट तक नहीं जा सकता, तो मुझे यहीं जेल में अपने सामने महादेव का शव जलाने दें।" वहीं जेल के एक कोने में संस्कार हुआ। जिसे बापू को कन्धा देना था, आज उसी की चिता को बापू आग दे रहे थे।

परधन नव जाले हाथ रे बा आँसू भरी आँखों से हाथ जोड़कर आसमान की तरफ़ देखतीं और कहतीं, "भाई, तुं सुखी रहेजे, तें बापूजी नी घणी सेवा करी छे, तुं सुखी रहेजे।"

सकल तीरथ तेना तनमां रे बापू ने महादेवभाई के घरवालों को तार लिखा—"महादेव हैज डायड ए योगी'ज एंड पैट्रियॉट्'स डेथ। नो सौरो एलाउड। ओनली ज्वाय ओवर सच नोबेल डेथ" **वणलोभी ने कपट रहित छे**

रोज़ाना, महादेवभाई की चिता की राख बापू अपने माथे पर लगाते। जब 6 महीने बाद महादेवभाई की पत्नी दुर्गाबेन को जेल में आने की इजाज़त मिली तो बापू उनसे बस इतना ही कह पाए, 'महादेव' और टूटकर रोने लगे।

इस मौत ने उस आदमी को हिलाकर रख दिया जो स्थितप्रज्ञ बनना चाहता था। लेकिन ये तो बस शुरुआत थी। डेढ़ साल ही हुआ था। वो अभी जेल में ही थे। अब बा को रात में नींद कम आती। दिन में बेचैनी रहती। बापू काफ़ी वक़्त उनके पास ही बैठते। उन्होंने बा की वैद्य बुलाने की इच्छा पूरी करने के लिए डॉ. शाह से कहा, डॉ. शाह ने भंडारी से कहा, भंडारी ने आयंगर को फ़ोन किया, आयंगर ने दिल्ली को फ़ोन करने की बात कही, कोई नतीजा नहीं निकला। आख़िर जवाब आया, वैद्य बुलाया जा सकता है लेकिन ज़िम्मेदारी बापू को ही लेनी होगी। शर्मा जी वैद्य जेल आते, लेकिन उन्हें जेल के बाहर मोटर में ही सोना पड़ता। उन्होंने बहुत कोशिश की पर कामयाबी नहीं मिली। बा अब रात को राम-राम कहतीं। बापू बोले अब यही बा की दवा है। ईश्वर को बचाना होगा तो ऐसे ही बचा लेगा, नहीं तो बा को मैं जाने दूँगा। तभी ख़बर मिली कि अगर बा की मृत्यु हो गई तो कोई जेल के बाहर न जा सकेगा। सुनते ही वैद्य जल्दी चले गए। उन्हें गाड़ी पकड़नी थी। सरकार का इरादा महादेवभाई की तरह बा की अन्तिम यात्रा भी यहीं जेल में होने देने का लगता था। बा भी हमेशा कहा करती थीं, "मुझे कहाँ बाहर जाना है! मुझे तो महादेव के पास ही आख़िरी नींद में सो जाना है।" इसी जेल में कभी बड़े चाव से बा सबके साथ बैडमिंटन और कैरम खेलती थीं।

बापू रात को बा के पास बैठने आए, तो बा ने बैठने न दिया। इतनी बीमारी में भी उन्हें बापू के आराम का ख़याल था। पर बापू भी जाते हुए बा के वो दो रूमाल धोने के लिए ले गए, जिनसे वो थूक पोंछती थीं। साठ साल का साथ छूट रहा था, दूर भी कैसे रह सकते थे?

फिर बा अंडी के तेल के लिए चिल्लाने लगीं, तो बापू बोले, "अब तू दवा भूल जा, सब कुछ भूल जा, मुझे भी भूल जा, बस राम में ही मन को पिरो ले।" शाम को देवदासभाई आए तो बा रोने लगीं और बोलीं, "तेरे बापू तो साधू हैं। उनको तो बहुत काम है। इसलिए तू सबको सँभालना।" परिवार वाले उनके लिए गाते, नाचते। मीराबेन चॉकलेट बनातीं।

लेकिन अब बा ना के बराबर खाती थीं। पानी और शहद तक निगलने में मुश्किल होती थी।

आख़िरी दिन आया। सुबह-सुबह मुझे आवाज़ दी, "सुशीला, मुझे घर के अन्दर ले चलो।" मैंने कहा, "बा, तुम घर के अन्दर ही तो हो। बापू के कमरे में जाना है?" वो बोली, "हाँ।"

बापू को बुलाया, वो बा वाले कमरे में आए। थोड़ी देर खड़े रहे। फिर बोले, "मैं घूम आऊँ?" बा बोली, "ना।"

वैसे बा हमेशा ख़ुद ही बापू को कहा करती थीं कि घूमने जाओ। मगर आज बा उनकी गोद में पड़ी रहीं। देवदासभाई गंगाजल लाए, तो एक चम्मच पीकर बैठ गईं। आँखें बन्द कर लीं, और प्रार्थना करने लगीं, "हे कृपालु राम, अब तो तेरी भक्ति चाहिए। तेरा ही प्रेम चाहिए। पशु की तरह पेट भर-भरकर खाया है। माफ़ करना।" शाम को फिर बापू की गोद में पड़ गईं। दोनों में बातचीत हो रही थी। बा बोली, "अब जाना चाहती हूँ।" बापू बोले, "जा।" वो पूछती हैं, "आप कैसे रहोगे?" बापू बोले, "अब तो कुछ महीने से इसकी तैयारी कर रहा हूँ।" बा बोलीं, "मेरे बाद क्या करोगे?" बापू बोले, "तुझे ख़ुशी से याद करूँगा।" बा बोलीं, "दर्द भी होगा?" बापू बोले, "तू हर दर्द से आज़ाद हो जाएगी। मौत दर्द नहीं देती।"

वो जोड़ी तस्वीर खींचने लायक़ थी। अचानक, बा का मुँह साँस लेने के लिए खुल गया। दो-चार साँस ली। और बा चली गईं। बापू ने तकिये निकालकर बा का सिर अपने हाथ पर ही टिका लिया और अपनी आँखें बन्द कर लीं। कमरा ख़ाली करवाया गया। बा को नहलाया गया। बापू के काते हुए सूत की बनी साड़ी पहनाई गई। बा बहुत सुन्दर लगती थीं।

कर ले सिंगार चतुर अलबेली

चार ही साल में बापू ये विश्वास खो बैठे कि वो 125 बरस जी पाएँगे, बँटवारे और हिन्दू-मुसलमान हिंसा का दुख एक तरफ़, कस्तूरबा और महादेव के जाने से ख़ालीपन अलग। जवाहर और सरदार जैसे अपने भी दूर होते जा रहे थे। अपनी अहिंसा में उनका भरोसा डगमगाने लगा। कहने लगे, ईश्वर उठा ले! एक हिंसक समाज में अहिंसा के पुजारी के लिए कोई जगह नहीं। 'हे राम' के अलावा अपने आप से ही 'क्या करूँ? क्या करूँ?' कहने लगते। मनु से बोले कि अगर मैं बीमारी से घिसट-घिसटकर मरूँ तो तुम दुनिया से ऐलान कर देना कि ये अल्लाह का बन्दा नहीं, ढोंगी था। लेकिन रामनाम रटते हुए मरा तो अपनी कोशिश में कामयाब रहूँगा।

बचपन में भूत का डर भगाने के लिए रम्भा दाई के कहने पर मोहनदास ने रामनाम का जाप शुरू किया था। इसी रामबाण ने कई बार गांधी को बचाया।

कि जिस सागर को बिना सेतु के, लाँघ सके ना राम
कूद गए हनुमान उसी को, लेकर राम का नाम
वो दिलवाले डूब जाएँगे, जिनमें नहीं है नाम
वो पत्थर भी तैरेंगे जिन पर लिखा है राम
अन्त में निकला ये परिणाम, राम से बड़ा राम का नाम,
वो नाम जो निराकार है,
निर्गुण नाम और यही रामनाम सत्य है।

बापू कहते थे कि राम मेरे क़रीब हैं, पर इतना भी क़रीब नहीं कि उसे देख सकूँ, उसका शाहिद बनूँ। इसी शहादत के लिए राम का नाम लेता हूँ।

30 जनवरी, 1948, पहली बार ऐसा हुआ कि बापू को प्रार्थना सभा तक पहुँचने में देर हो गई हो। वजह थी सरदार पटेल के साथ एक अहम मसले पर गुफ़्तगू। आख़िर, मनु और आभा के सहारे बापू मंच की तरफ़ बढ़े। रास्ते में किसी ने प्रणाम करने के बहाने बापू का रास्ता रोक लिया। मनु बोली, भाई बापूजी को पहले ही प्रार्थना के लिए देर हो गई है। क्यों तंग करते हो? तभी नाथूराम ने ज़ोर से मनु को धक्का दिया। मनु के हाथ से उसकी नोटबुक, बापू का चश्मा, क़लम और थूकदान, सब गिर गए। पहले तो मनु उन सबको भूल नाथूराम का सामना करने लगी, लेकिन जब उसके हाथ से प्रार्थना की माला भी छूट गई, तो वो माला उठाने के लिए झुकी। इससे पहले कि वो कुछ समझ पाती, 3 गोलियों ने उन्हें बहरा कर दिया था। तीनों गोलियाँ सीने पर। जैसी कि गांधी की इच्छा थी। बापू की घड़ी 5 बजकर 17 मिनट पर थम गई और उस वक़्त वहाँ कोई डॉक्टर मौजूद नहीं था। सिवाय रामनाम के **रघुपति राघव**।

दास्तान ख़ुसरव-ए-शीरीं-सुख़न की

ग़ालिब मेरे कलाम में क्यों कर मज़ा न हो
पीता हूँ धोके ख़ुसरव-ए-शीरीं-सुख़न के पाँव

हाज़िरीन, ये सिर्फ़ एक शेर नहीं है। क्योंकि बात अमीर ख़ुसरौ से जुड़ी हो और उसमें कोई पहेली न हो, ये तो मुमकिन नहीं। तो आख़िर कौन है ये 'ख़ुस्रवे शीरीं सुख़न'?

तो अमीर ख़ुसरौ को गुज़रे 500 बरस से ज़्यादा हो चुके थे। मिर्ज़ा ग़ालिब, बहादुरशाह ज़फर के दरबार में बादशाह को ख़ुश करने के लिए चुलबुले शेर कह रहे थे, के तभी मौज़ू हो गया अमीर ख़ुसरौ। तो मिर्ज़ा ने उसी वक़्त ये शेर कह डाला :

मिले दो मुरशिदों को क़ुदरत-ए हक़ से दो तालिब
निज़ामुद्दीन को ख़ुसरौ सिराजुद्दीन को ग़ालिब

पर दो शायर हुए—बेख़ुद देहलवी और बेख़ुद मोहानी—उनका कहना है के 'ख़ुस्रवे शीरीं सुख़न' से दरअसल मिर्ज़ा का इशारा अपने आका बादशाह ज़फर की तरफ़ है। एक तो इसलिए कि ज़फर ख़ुद भी सुख़नवर यानी शायर थे और दूसरा ये कि पाँव धोके पीने से मतलब है दरबार में बादशाह का ख़ादिम होना।

तो हाज़िरीन, ख़ुस्रवे शीरीं सुख़न कौन है ये तय कर पाना आपके हाथ में है। वो ऐसे कि कहानी कितनी सच्ची है ये दो बातें तय करती हैं :

पहला ये कि सुनानेवाले में कितना दम है, दूसरा ये कि सुननेवाले में एतबार करने की ताक़त है के नहीं। मैं अपना ज़ोर लगाता हूँ, आप अपना किरदार अदा कीजिए और ये क़िस्सा सुनिए के—

एक बार ख़ुसरौ अपने पीर हज़रत निज़ामुद्दीन की ख़ानक़ाह में पहुँचे। एक मनक़बत को मौसीक़ी में ढाला था, सो उसे गाकर सुनाने लगे। शेख़ सुनते ही बोले, माँगो ख़ुसरौ, क्या माँगते हो?

ख़ुसरौ बोले, "ख़्वाजा जी, कल रात ख़्वाब में ख़िज़र आए थे! मैंने उनसे कहा के आप से शीरीनी-ए-सुख़न चाहता हूँ। पर वो बोले के उन्होंने अपने होंठों की मिठास उस ईरानी शायर सादी को अता कर दी है। तो हुज़ूर, अब आपसे गुज़ारिश है के मेरे कलाम में वो शीरीनी आ जाए।"

पीर ने कहा—"वहाँ उस पलंग के नीचे एक तश्त में मिसरी पड़ी है। थोड़ी चख लो, और बाक़ी अपने सर पे डाल दो।"

अब देखिए के मिर्ज़ा इस मंज़र, के जिसमें शक्कर ख़ुसरौ के सर से होती हुई, पूरे बदन को छूकर, उनके पाँव पर जाकर गिरती है, से कहना क्या चाह रहे हैं। ग़ालिब मेरे कलाम में भी ख़ुसरौ का असर आए क्योंकि उनके शक्कर धुले पाँव को धोकर पीने से मेरे सुख़न में भी हज़रत निज़ामुद्दीन की बरकत आएगी।

हाज़िरीन, ये तो एक शेर था जो ख़ुसरौ के बारे में कहा गया। जरा सोचिए के ख़ुसरौ के फ़ारसी में लिखे पाँच दीवान और 4 लाख से ज़्यादा शेर अपने में कितना मानी समाये हुए हैं। लेकिन वो सिर्फ़ फ़ारसी के शायर ही नहीं थे, अवामी ज़बान में भी उन्होंने ख़ूब लिखा।

और ये तो बात रही शायरी की, वो तो उमरा भी थे, जहाँ सुलतानों को जाना होता, ख़ुसरौ उनके साथ जाते। अगर आप उनकी लिखी किरान-उस-सादैन और देवल रानी खिज़र ख़ान पर एक नज़र मार लें, तो ये जान लेंगे के शायरों में उनसे बड़ा तारीख़ लिखनेवाला नहीं हुआ, और तारीख़ लिखनेवालों में उनसे बड़ा शायर नहीं गुज़रा, आज तक।

और हाज़िरीन, इतना जब आप सोच चुके हों, तो बता दीजिएगा के क्या आप में इतनी कुव्वत बाक़ी है कि आप ख़ुसरौ और उनके पीर के रिश्ते के बारे में सोच सकें?

इस सबका अहाता एक दास्तान में तो नहीं किया जा सकता। तो ये जो प्रेम का दरिया ख़ुसरौ ने खींचा है, इसमें एक उँगली डुबोने की दावत आपको देता हूँ और शुरू करता हूँ **दास्तान ख़ुसरौ-ए-शीरीं सुख़न की**

हालाँकि ख़ुसरौ का ज़्यादातर काम फ़ारसी में उनकी लिखी क़रीबन 45 किताबें हैं। मुझे उनके तर्जुमों से काम चलाना पड़ा और आप में से वो लोग जो इस शर्मिन्दगी में मेरे साथ शिरकत कर रहे हैं उनको इस बात से तसल्ली पहुँचेगी के हज़रत ख़ुसरौ ख़ुद कह गए हैं—

जो आदमी ये समझता है के अक़्ल की बात सिर्फ़ फ़ारसी में कही जा सकती है, वो ग़लत है।

हिन्दी ज़बान भी किसी तरह फ़ारसी से कम नहीं। फ़ारसी अगर साफ़ की हुई शराब है तो हिन्दी उसकी तलछट है। और ये सभी जानते हैं के साफ़ शराब के मुक़ाबले में तलछट ज़्यादा नशा देती है।

तो आइए, इसी नशे के लुत्फ़ उठाने की शुरुआत करें शराब पिलानेवाले की तारीफ़ से। रवायत को आगे बढ़ाते हुए, पेश है अमीर ख़ुसरौ के कलाम से ये साक़ीनामा :

ज़ाद चूं अज़ सुभे रौशन आफ़ताब
साक़ी-ए ख़ुर्शीद रू दर दे शराब
साक़ी वो जाम ला, जो चमके आफ़ताब-सा,
रौशन करे जो 9 सिपहर को हज़ारहा
लगूँ मैं करने रक़्स, उसमें ऐसा हो नशा
गर अक़्ल कल भी रखता हूँ, हो जाए गुमशुदा
मानी के मटके की मुझे, पिला दे तू शराब
मुझे गर्दिश-ए-ज़माना, न कर सके ख़राब
आक़िल-पसन्द मय हो, चाहे तल्ख़ ही सही
मुफ़ीद हो जैसे नसीहत बाप की कही
ऐ राहत-रसा, ये दिल मज़रूह कर दे,
ऐसा राग गा, के सोज़-ओ-साज़ भर दे,
सितारे चर्ख़-ए-हश्तम से मुझपे टपक पड़ें
आँखें अब्र-ए-नौरोज़-सी बरस पड़ें
मेरे जाम में भरा हो, वो ऐशो निशात
मसर्रतें ही बाँटे मेरी कही हर बात
पहुँच जाए हिन्दी में फ़ारसी की तरबनाकी
आज मय है, मैं हूँ, और तू है साक़ी

तो गुलगूना कशाने आरिज़े शाहिदे बयान इस तरह फ़रमाते हैं के अमीर ख़ुसरौ देहलवी सन् 1253 में दिल्ली सल्तनत के एक फ़ौजी सैफ़ुद्दीन शम्सी के घर पटियाली में पैदा हुए। पाँच साल के हुए तो उनके वालिद ने दिल्ली में उन्हें एक मुल्ला के पास पढ़ने को बैठाया।

वो ख़ुद तो पढ़े-लिखे न थे, मगर चाहते थे के मुझे कुछ आ जाए। पर दूध के दाँत गिरने के साथ ही मेरे मुँह से शेर झड़ते। मकतब में मेरे उस्ताद की मुझे शायरी से दूर करने की कोशिशें लम्बी और मुसलसल थीं, ठीक वैसी जैसे किसी हसीना के सर से निकलकर पीठ से होते हुए पैर तक पहुँचनेवाली ज़ुल्फ़ें। पर मैंने उस हसीना के गाल के तिल का साथ न छोड़ा और शायरी के शौक़ से बाज़ न आया। नतीजा ये हुआ के उस्ताद भी मेरे ज़हनी इन्तेशार को भाँप गए और उन्होंने मुझे शायरी की तरफ़ माइल किया।

एक दिन वो मुझे किसी महफ़िल में ले गए जहाँ एक बड़े आलिम मौजूद थे।

उनसे कहा, "ये मेरा शागिर्द है। बचपन से इसे नज़्म पढ़ने का शौक़ है और शेर कहता भी बहुत अच्छा है।"

ख़्वाजा ने मुझे चार अलग-अलग लफ़्ज़ दिये—'मो' यानी बाल, 'बैज़ा' यानी

अंडा, ख़रबूज़ा और तीर; और इन्हें मिलाकर शेर कहने को कहा। मैंने उसी वक़्त ये रुबाई तैयार की :

बर मोए के दुर दु ओ-ज़ुल्फ़ ऑन सनम अस्त
सद बैज़ा-ए-अम्बरीं बरान मोए जमस्त
चूं तीर मैदोन रास्त दिलश राज़ी राके
चूं खरपुज़ा दंदानश मियाने शिकम अस्त

ये जो बाल महबूब की चोटी में हैं
इनमें सैकड़ों अंडों जैसे मोती से हैं
उसके दिल को तीर-सा सीधा न समझो
उसके दाँत ख़रबूज़े की तरह पेट के अन्दर हैं

बताइए इस कमसिनी में ये शायरी। अभी 8 बरस के ही थे के उनके वालिद चल बसे। फिर वो अपने नाना की देखरेख में बड़े होने लगे, जो के बादशाह बलबन के दरबार में दस हज़ार फ़ौज के अफ़सर थे। घर में आलिमों और अमीरों का आना-जाना लगा रहता। ख़ुसरौ ऐश-ओ-इशरत के माहौल में बड़े हुए, अपने नाना और आलिमों की गुफ़्तगू सुनते, शायरों के अल्फ़ाज़ और मौसीक़ारों के नग़मों पर ग़ौर करते और घर आए मेहमानों की तारीफ़ में कुछ लिखकर अपने हाथ की आज़माइश भी करते। ख़ुसरौ ने 20 के सिन में क़दम रखा भी न था के नाना का साया भी सर पे न रहा।

अब हुई शुरुआत उनकी ज़िन्दगी के दोहरे सफ़र की—मज़ाजी और हक़ीक़ी

वो मक़ाम आ गया था जहाँ ख़ुसरौ अपनी शायरी को पेशे के तौर पे शुरू करते। वक़्त भी मुनासिब था। दिल्ली तहज़ीब-ओ-तमद्दुन का मरकज़ बना हुआ था।

बलबन की हुकूमत में अमन-चैन था। अमीरों और ख़ानों के ज़हन में मैदान-ए-जंग से ज़्यादा रुबाब-ओ-चंग था और वो उन क़ाबिल शायरों की तलाश में रहते जो अपने क़सीदों से उनकी शान को चौगुना करने का दम रखते। इसके लिए उनके बीच ये मुक़ाबला रहता के कौन शायर को बड़ा इनाम दे सकता है। इन्हीं में से एक थे मलिक छज्जू जिनके बारे में मशहूर था के उन्होंने एक शायर को सिर्फ़ एक क़सीदे के बदले अपने अस्तबल के सारे घोड़े दे दिए थे। यही मलिक छज्जू ख़ुसरौ के पहले सरपरस्त बने।

इसी वक़्त ख़ुसरौ की अम्मा अपने लड़के को एक पीर की ख़ानक़ाह पर लेकर जाती है और उसके बाहर पहुँचकर बेटे से कहती है के ये शेख़ जो अन्दर महबूब-ए-इलाही हैं। बहुत पहुँचे हुए हैं।

अब ख़ुसरौ बहुत फ़्रॉड बाबाओं को देख चुके थे। माँ से बोले कि मैं यहीं

खड़े-खड़े दिल में इनसे अपनी बात कहता हूँ। इन तक तो पहुँच जानी चाहिए, ये तो बहुत पहुँचे हुए हैं न?

इतना कहकर ख़ानक़ाह के बाहर खड़े मन-ही-मन ये शेर कहा के :

तेरे दर पे आ कबूतर बन जाता बाज़ है
ऐ शाह तूने दी क्या मुझको आवाज़ है?

ये कहना था कि ख़ानक़ाह के अन्दर से उन पीर साहब का एक ख़ादिम आया और ख़ुसरौ से पूछा, "क्या तुम तुर्क हो?" उन्होंने कहा, "जी हाँ, क्यों? क्या हुआ?"

खादिम ने जवाब दिया, वो हज़रत ने आपके दिल की बात सुनकर जवाब भेजा है :

जो जानता है सच, वो मेरा हमराज़ है
नादाँ है वो, इस दर से जिसे एतराज़ है

ख़ुसरौ हक्के-बक्के रह जाते हैं। ख़ानक़ाह के अन्दर दौड़े-दौड़े जाते हैं। देखते हैं के सैकड़ों लोग जमा हैं और उनके बीच ख़्वाजा साहब के चेहरे पर एक ऐसा नूर, एक ऐसा रंग है, जिसे वो आज तक तलाश कर रहे थे।

ख़ुसरौ अब हज़रत निज़ामुद्दीन के क़दमों में गिर पड़ते हैं। बहुत देर तक वहीं बैठे रहते हैं और ख़्वाजा को देखते रहते हैं और फिर अपनी माँ से बोलते हैं :

आज रंग है री माँ, आज रंग है।

हज़रत का हाथ सर पर पड़ते ही उनका पहला दीवान निकला। दीवान का नाम रखा 'तोहफत-उस-सिग्र' यानी बच्चे का तोहफ़ा। इसके पीछे भी एक क़िस्सा है। दरअसल ख़ुसरौ ने लड़कपन में अपने कलाम को कभी जमा नहीं किया। मगर उनके दोस्त ताजुद्दीन ज़ाहिद ने इन अशार को इकट्ठा कर एक दीवान बना लिया। ख़ुसरौ ने उसे पढ़कर कहा, ये तो आग में झोंक देने के लायक़ हैं। पर ज़ाहिद ना माना। ख़ुसरौ को डर था कि दिल्ली के मशहूर शायर उनकी तनक़ीद करने में कोई कसर नहीं छोड़ेंगे, पर ताजुद्दीन ने समझाया के नाक़िद दो क़िस्म के होते हैं—जाहिल और जानकार। जो दानिशमन्द होंगे वो ज़रूर तुम्हारी उम्र का लिहाज़ करेंगे। और बेवकूफ़ों से डरना अपने आप में बेवकूफ़ी है।

बड़े-बड़े आलिमों ने ख़ुसरौ का लोहा मानना शुरू कर दिया। इसी वक़्त बलबन का शहज़ादा—मुहम्मद, ख़ुसरौ को अपने साथ मुल्तान ले गया। वो साढ़े चार साल वहाँ रहे। जहाँ खुरासानी मौसीक़ारों ने हिन्दुस्तानी रागों को इस्तेमाल करना शुरू कर दिया, वहीं हिन्दुस्तानी गानेवाले ने फ़ारसी ग़ज़ल गा सकने के लिए फ़ारसी

ज़बान और मौसीक़ी सीखना शुरू किया। ख़ुसरौ ने इन दो तहज़ीबों के संगम को अपनी शायरी में ढाला :

ज़े-हाल-ए-मिस्कीं मकुन तगाफ़ुल दुराय नैनाँ बनाए बतियाँ
कि ताब-ए-हिज्राँ नदारम ऐ जाँ न लेहू काहे लगाए छतियाँ
शाबान-ए-हिज्राँ दराज़ चूँ ज़ुल्फ़ ओ रोज़-ए-वसलत चूँ उम्र-ए-कोताह
सखी पिया को जो मैं न देखूँ तो कैसे काटूँ अँधेरी रतियाँ।

जिस फ़िज़ा में दो तहज़ीबें टकराकर परवान चढ़ीं, ख़ुसरौ भी उसी में परवान चढ़े। वो लिखते हैं के वेदान्त और इस्लाम दोनों में तौहीद की रूह है—एक ही जगह पहुँचती है, एक ही जगह पहुँचाती है।

मुल्तान के दरबार में ईरान के माहिर-ए-नग़मा-ओ-आवाज़ ख़ूब वाहवाही लूटते। तो ख़ुसरौ बताते हैं कि एक दिन एक गवय्या मुझसे कहने लगा कि मौसीक़ी शायरी के फ़न से ऊपर है क्योंकि मौसीक़ी इतनी नाज़ुक चीज़ है के क़लम उसे गिरफ़्तार नहीं कर सकता, जब के शायरी सिर्फ़ किताबों में ही समा सकती है।

मैंने उससे कहा शायरी गानेवाले या सुननेवाले की मोहताज नहीं होती। अगर कोई तरन्नुम के बगैर भी नज़्म को पढ़े, तो उससे नज़्म के मानी में कोई फ़र्क़ नहीं आएगा। गाना क्या है? सिर्फ़ हाँ-हाँ, हूँ-हूँ की आलाप है। जब तक गानेवाला उसमें लफ़्ज़ को शामिल नहीं करेगा, सब बेकार है। शायरी एक दुल्हन है और मौसीक़ी उसका ज़ेवर। दुल्हन अगर ख़ूबसूरत हो, तो ज़ेवर के बग़ैर भी उसके हुस्न में कोई ऐब नहीं आता।

पर वो मौसीक़ी ही थी जिसने ख़ुसरौ की शायरी को और भी ऊँची बुलंदियों पर पहुँचाया—वो ख़ुद तो बेजान चीज़ों में भी मौसीक़ी ढूँढ़ लेते थे। एक बार यूँ हुआ के हर दिन की तरह बड़ी शान से सैर के लिए निकले—एक तरफ़ किताबदान और दूसरी तरफ़ तलवार लटकाए। रास्ते में बाज़ार से गुज़रे तो एक आवाज़ ने उन्हें अपनी तरफ़ खींचा। उसका पीछा करते चले गए तो एक धुनिये की दुकान पे पहुँचे जहाँ धुनकी से रुई धुनने पर सुर और ताल का एक बेमिसाल मेल पैदा हो रहा था। बस फिर क्या था—मौसीक़ी जैसी नाज़ुक चीज़ को ख़ुसरौ ने अपनी क़लम से गिरफ़्तार कर ही लिया और फ़ारसी में ये शेर लिखे :

दर पै जाना जान हम रफ़्त
जान हम रफ़्त, जान हम रफ़्त
रफ़्त रफ़्त जान हम रफ़्त
ईं हम रफ़्त ओ आं हम रफ़्त

आं हम रफ़्त आं हम रफ़्त
ईं हम आं हम ईं हम आं हम
आं हम रफ़्त, रफ़्तन रफ़्त

आवाज़ को अल्फ़ाज़ देने के इसी हुनर के चलते, कहा जाता है कि तराने की शुरुआत भी ख़ुसरौ ने ही की। पर भाई, कहा तो ये भी जाता है के ख़ुसरौ ने सितार और तबला बनाया, ख़याल और क़व्वाली की शुरुआत भी की। इसमें कौन-सी बात सच्ची है, ये हम नहीं जानते पर देखनेवाली बात यहाँ ये है के कबीर की तरह ख़ुसरौ की अज़मत का भी लोगों ने आनेवाली सदियों तक ऐतराफ़ किया और अपने कारनामे उनके नाम से जोड़ दिए।

ख़ुसरौ रौनक़-ए-दरबार में भी शरीक हुए जहाँ हसीन रक़्क़ासाएँ होतीं और सुनहरे जामों में लाल शराब चमकती। और उन फ़ौजी चढ़ाइयों में भी जिनमें फ़तह के नाम पर क़त्लेआम और लूट का मौक़ा होता। पर बादशाह को ख़ुश करने के लिए वो रज़्म में भी बज़्म को ढूँढ़ लेते। दरबारी शायर के दर्जे से ख़ुसरौ ठीक उन हाथी, घोड़ों, क़िलों और ग़ुलामों की तरह थे जो बादशाह की जायदाद थे। उस ज़माने में ताज-ओ-तख़्त जल्दी-जल्दी हाथ बदलते थे। जो भी बादशाह आता—जवान, बुज़ुर्ग, सख़्त मिज़ाज, ऐश पसन्द, उसे ख़ुसरौ की तारीफ़ पर अपनी तलवार से ज़्यादा भरोसा होता। बादशाह आते, चले जाते। ख़ुसरौ की शायरी रौशन होती चली गई।

रहे न ऐबक ओ घोरी के मारके बाक़ी
हमेशा ताज़ा ओ शीरीं है नगमा-ए-ख़ुसरौ

ख़ुसरौ अपनी शायरी से हर एक को ख़ुश रखते थे और उनसे इनाम पाते। पर उनके पीर हज़रत निज़ामुद्दीन औलिया कभी भी किसी बादशाह से मिलना या उनसे तोहफ़े लेना पसन्द नहीं करते थे। एक दफ़ा सुलतान जलालुद्दीन खिलजी ने ख़ुसरौ से कहा, "मैं हज़रत निज़ामुद्दीन से उनकी इजाज़त के बग़ैर मिलना चाहता हूँ, तुम इस बात को राज़ ही रखना।" ख़ुसरौ सख़्त परेशान हुए, मगर जान पर खेलकर उन्होंने ये बात निज़ामुद्दीन से बयान कर ही दी। आपने फ़रमाया के बादशाह अगर ख़ानक़ाह के एक दरवाज़े से दाख़िल होगा तो मैं दूसरे दरवाज़े से चला जाऊँगा, और आप बाबा फ़रीद के दरबार को अजोधन के लिए रवाना हो गए।

बादशाह को मालूम हुआ के ख़ुसरौ ने राज़ खोल दिया, तो ख़ुसरौ को दरबार में बुलाकर पूछा, "क्या तुम्हें अपनी जान प्यारी नहीं?" ख़ुसरौ ने कहा के आपको ख़फ़ा करने में जान का ख़तरा था, मगर अपने पीर को ख़फ़ा करने में ईमान का ख़तरा था।

जलालुद्दीन खिलजी की नर्मदिली के लिए ख़ुसरौ के दिल में ख़ास जगह थी। पर अलाउद्दीन खिलजी ने जब उसका क़त्ल कर ताज पहना, तो ख़ुसरौ उन पहले

लोगों में से थे जिन्होंने नये सुलतान को मुबारकबाद दी। ऐसे वक़्त में जब बेटा, बाप को मारकर, ग़ुलाम मालिक का क़त्ल करके तख़्त हथिया रहा था, ख़ुसरौ समझते थे कि मौसम कभी भी एक-सा नहीं रहता।

हज़रत भी कहते, "देखो ख़ुसरौ, ये न भूलो के तुम दुनियादार हो। दरबार सरकार से अपना सिलसिला बनाए रखो। हाँ, लेकिन साथ-साथ अवाम से जुड़ो, अवाम को जोड़ो। कुछ लोग हैं जिन्हें फ़ारसी, अरबी, तुर्की में हिन्दी के अल्फ़ाज़ की मिलावट पसन्द नहीं है। तुम एक ऐसी बोली ईजाद करो जो हिन्दियों और ग़ैर हिन्दियों—दोनों की ज़बान पर चढ़े। तो ख़ुसरौ जो एक मुसलमान तुर्क की औलाद थे, और जिनकी माँ हिन्दी थी, उन्होंने हिन्दवी को जना—जिसे आज हम उर्दू के नाम से जानते हैं। सुलतानों के लिए क़सीदे लिखनेवाला शायर जब बाज़ार में पहुँचता है तो अवामी ज़बान में भाँग बेचनेवाली चम्मो, जिसके चर्चे शहर भर में थे, उसके लिए भी गीत लिख डालता है।

औरों की चौपहरी बाजे, चम्मो की अठपहरी
बाहर का कोई आए नाहीं, आए सारे सहरी
साफ़ सूफ कर आगे राखे, जामें नाहीं तूसल
औरों के जहाँ सींक समाए, चम्मो के वाँ मूसल

एक बार ख़ुसरौ चल रहे थे सड़क पर। रास्ते में प्यास लगी, देखा कुछ औरतें बावली पर मटकी भर रही हैं तो उनके पास जाकर पानी माँगा।

उनमें से एक पहचान गई और अपनी सखियों से कहने लगी : 'अरे, यही तो ख़ुसरौ है? बस फिर चारों औरतों ने मिलकर थोड़ा मज़ा लेना चाहा। बोलीं, "अजी सुनियो मीर ख़ुसरौ, पानी पियोगे? ऐसे ना पानी देंगे हम, हाँ...पहले हमारे लिए भी कुछ लिखो तब मिलेगा पानी।" ख़ुसरौ ने बोला, "जी ठीक है, बताइए। किस बारे में लिखूँ?"

बोली—एक दोहा तो कह के बताओ खीर पे, दूसरी कहे खीर नहीं चरखे पर, तीसरी ने कहा कुत्ते पे, चौथी बोली छी! कुत्ते पे भी कोई दोहा कहता है, अजी तुम ऐसे ही ख़ुसरौ बने फिरते हो, ढोल पे सुनाओ कुछ तो जानें। कुछ चटपटी, ठनकदार ख़ुसरौ ने फ़िल्बदी ये दोहा कहा कि :

खीर पकाई जतन से और चरखा दिया चलाए,
आया कुत्तो खा गयो, तू बैठी ढोल बजाए

शायद ही तारीख़ में किसी शायर ने दरबार से बाहर निकलकर अवाम को यूँ सीने से लगाया। और ऐसा करके ख़ुसरौ ये बता गए कि समेटने के लिए सिमटना पड़ता है। और ऐसा करते ही।

गाँव की गोरियों ने बिरहा की आग में,
उस्तादों ने अपने पसन्दीदा राग में
हज़रत अमीर ख़ुसरौ का कलाम गाया
फ़ारसी, खड़ी बोली, ब्रजभाषा में फैलाया

हिन्दवी में लिखे उनके गीत सावन के बादलों में, गाँव की चौपालों में, चक्की की रूँ रूँ में, क्वारियों की उमंगों में और खेतों के दानों में मिल जाएँगे।

शक्करे मिसरी न दारम, कज अरब गोयम सुख़न
तुर्क-ए-हिन्दुस्तानिअम, दर हिन्दवी गोयम सुख़न

अपने पीर का कहा मानकर ख़ुसरौ ने ज़बान-ए-खल्क को नक्कारा-ए-ख़ुदा समझा।

अच्छा, हज़रत ख़ुद तो शादीशुदा नहीं थे पर उनकी बहन का एक पोता, नेकदिल इनसान था, हज़रत को बहुत अज़ीज़ था। उसे अपना जानशीं बनाना चाहते थे। पर कमसिनी में चल बसा। हज़रत बड़े उदास रहने लगे। ख़ुसरौ हर दिन ख़ानक़ाह जाते कि पीर को मनाएँगे, उनका मन बहलाएँगे। तो ऐसे ही एक दिन जब ख़ुसरौ ख़ानक़ाह गए तो देखा कि पीर तो वहाँ हैं ही नहीं। मालूम हुआ कि वो मरहूम की क़ब्र के पास बैठे हैं, जो कि चबूतरा यारां में थी। अब चबूतरा-ए-यारां वहाँ से बहुत दूर था। पर ख़ुसरौ बोले कि पीर के पास जाना तो है ही, तो ख़ानक़ाह क्या और चबूतरा-ए-यारां क्या? तो ख़ुसरौ वहाँ को चले। अब रास्ते में देखते हैं कि लोगों के जत्थे सरसों के फूल हाथों में लिये कालका मन्दिर की तरफ़ जा रहे हैं। एक आदमी को रोक के पूछा कि भई, क्या माजरा है? उसने बताया कि उस दिन बसंत का त्योहार था और वो अपनी देवी के चरणों में पीले-पीले फूल भेंट करने जा रहे थे। ख़ुसरौ ने उस आदमी से उन्हीं फूलों का एक गुलदस्ता लिया और चबूतरा यारां पहुँचकर अपने मायूस पीर को ख़ुश करने के लिए इस गीत पर नाचने लगे।

सकल बन फूल रही सरसों
अम्बवा फूटे, टेसू फूले
कोयल बोले डार डार
और गोरी करत सिंगार
मलनियाँ गुन्दवा ले आई कर सों
सकल बन फूल रही सरसों
तरह-तरह के फूल खिलाए
ले गुन्द्वा हाथों में आए
निज़ामुद्दीन के दरवज्जे पर
आवन कह गए शोख रंग

और बीत गए बरसों
सकल बन फूल रही सरसों

जब हज़रत ने पूछा ये फूल कैसे, तो ख़ुसरौ ने जवाब दिया :

हिन्दू भक्त जिस बुत को पूजते हैं, उसके पैरों में आज फूल चढ़ाते हैं। मैं उसके पैरों में ये फूल रखने आया हूँ जिस सनम को पूजता हूँ। पर सूफ़ी होने का मतलब ये नहीं के आपका ऊपरी लिबास फटा-पुराना या झूठा हो। अपने दुनियावी फ़र्ज़ निभाओ, नौकरी करो और उसके साथ भी सूफ़ी हो सकते हो।

नौकरी के मसायेल तब भी कुछ अलग ना थे। ठीक वैसे जैसे आज का राइटर, एड एजेंसी में बैठकर एमएनसी की शान में क़सीदे लिखता है ताकि अपनी ड्रीम फ़िल्म बना सके। ख़ुसरौ दिन भर दरबार में सुलतान का गुणगान करके उसे फ़लक तक पहुँचाकर अमर कर देते, तो कुछ लम्हे चुराकर ख़ुसरौ अपनी उस सौतेली औलाद के लिए निकालते जिसे शायरी कहते हैं। ऊपर से उनके मालिक अलाउद्दीन ने ख़ुसरौ की तनख़्वाह घटा दी। इतना ही नहीं, जहाँ ख़ुसरौ वर्क फ्रॉम होम की दरख़्वास्त करते, बॉस बिलकुल फ्लेक्सिबल नहीं था। तो ख़ुसरौ, अलाउद्दीन को ख़त में लिखते हैं कि :

कुछ बादशाहों ने तो एक कसीदे के बदले शायरों को हाथी के वज़न बराबर सोना तक बख़्श दिया। आज से सौ साल बाद—जो लोग बादशाह की तारीफ़ पढ़ेंगे, वो मेरी ख़िदमत की क़द्र करेंगे। और आपका नाम बाक़ी रहेगा। पर हुज़ूर, बारिश बिना तो घास नहीं उगती ना?

रोज़ाना हज़ारों सर जिनके ऊपर ताज सजे हैं, आपको सजदे करते हैं, फिर इस नाचीज़ की ग़ैरमौजूदगी से क्या फ़र्क़ पड़ जाएगा। मुझे तो ताज़ा ख़यालों के मोती पिरोने हैं ना। पर इन मोतियों का इनाम ना मिले तो मुझमें और बोझ लादनेवाले गधे के मेहनताने में क्या फ़र्क़ है?

ख़ुसरौ ने अलाउद्दीन की हुकूमत में जो भी मुश्किलें देखीं, उन्हें सहने की ताकत उनमें अपने पीर की सोहबत से आई। हज़रत निज़ामुद्दीन भी कहते, "ख़ुसरौ, मैं सबसे तंग आ सकता हूँ, पर तुमसे मेरा जी कभी नहीं ऊब सकता।"

गुफ़्तम के रोशन अज़ क़मर गुफ़्ता के रुख़सार-ए-मनअस्त
गुफ़्तम के शीरीं अज़ शकर गुफ़्ता के गुफ़्तार-ए-मनअस्त
गुफ़्तम के मर्ग-ए-आशिक़ां गुफ़्ता के दर्द-ए-हिज्र-ए-मन
गुफ़्तम इलाज-ए-ज़िन्दगी गुफ़्ता के दीदार-ए-मनअस्त
गुफ़्तम के हूरी या परी गुफ़्ता के मन शाह-ए-बुतां
गुफ़्तम के ख़ुसरौ नातवाँ गुफ़्ता परस्तार-ए-मनअस्त

तो वो पीर जिसके गाल चाँद से ज़्यादा रौशन हैं, जिसकी गुफ़्तगू शक्कर से मीठी है जिससे जुदाई का दर्द मौत है, जिसका दीदार ज़िन्दगी का इलाज है, उस पीर के लिए उसका परस्तार ख़ुसरौ अपना सब कुछ लुटाने के लिए तैयार था।

एक बार एक ग़रीब आदमी बड़ी उम्मीद के साथ हज़रत निज़ामुद्दीन औलिया की ख़ानक़ाह पर गया। पर उस वक़्त तक लंगर पूरा हो चुका था और ग़रीब नवाज़ के पास उसको देने के लिए कुछ भी न था। अपने को इस बेबसी में पाकर जब उन्होंने अपनी नज़रें झुकाईं तो अपने पैरों में फटी जूतियाँ पाईं। झट से उन्हें अपने हाथों में लिया और उस आदमी से बोले—ये तुम्हारे किसी काम आ जाएँ तो... उस ग़रीब के पास कोई चारा तो था ही नहीं इसलिए उसने वो जूतियाँ क़बूल कीं और दिल्ली से वापस अपने गाँव की तरफ़ चल पड़ा। रास्ते में भूख लगी तो एक ढाबे के बाहर खड़ा होकर लोगों को खाते हुए देख रहा था। उसी वक़्त ख़ुसरौ एक मुहिम से वापस लौट रहे थे। शाही क़ाफ़िले में उनके दस ऊँट आगे थे दस ऊँट पीछे थे और सब-के-सब जवाहिरात, सोने-चाँदी हीरे-मोती से लदे पड़े थे। जैसे ही काफिला ढाबे के सामने से गुज़रा, ख़ुसरौ बोले—बू-ए-शेख़ मी आयद। मुझे अपने पीर की ख़ुशबू आ रही है। और उस ख़ुशबू का पीछा करते-करते उस आदमी तक पहुँच गए जिसके हाथ में हज़रत निज़ामुद्दीन की जूतियाँ थीं। ख़ुसरौ के पूछने पर उस आदमी ने पूरी कहानी सुनाई और बोला—काहे के ग़रीब नवाज़, एक वक़्त की रोटी माँगने गया था और ये फटी-सी जूतियाँ पकड़ा दीं। ख़ुसरौ बोले—वहाँ पीछे कुछ घोड़े और ऊँट खड़े हैं मेरे, उन पर हीरे-मोती-जवाहरात भी हैं। उन्हें ले जाओ और मेरे पीर का सामान मुझे दे दो। उस आदमी का मुँह खुला-का-खुला रह गया। उसने सौदा क़बूल किया और ख़ुसरौ अपने पीर की जूतियाँ सर पर रखे ख़ानक़ाह की तरफ़ दौड़े। जब निज़ामुद्दीन ने ख़ुसरौ को आते देखा तो बोले—ओ तुर्कल्लाह मेरे लिए क्या लाए हो? ख़ुसरौ ने अपने सर से पगड़ी उतारी और उसमें से जूतियाँ निकालकर हज़रत निज़ामुद्दीन के पैरों में रख दीं। पीर ने जो जूतियाँ देखीं तो ख़ुसरौ से पूछा—अरे, ये तुम्हें कहाँ मिल गईं? ख़ुसरौ ने उस ग़रीब से हुए सौदे का पूरा क़िस्सा बयान किया जिसे सुनने पर हज़रत की आँखों में आँसू आ गए और ख़ुसरौ को गले लगाते हुए बोले—काफ़ी सस्ते में मिल गईं।

तो सीस दिए गर गुरु मिले तो भी सस्ता जान
ख़ुसरौ मौला के रूठते, पीर के सरन में जाए
कहे पीर के रूठते, मौला नहि होत सहाय

और पीर ने ख़ुसरौ को सिर्फ़ स्पिरिचुअली अपना शागिर्द नहीं बनाया बल्कि उनके टैलेंट की ग्रूमिंग में जो दिलचस्पी ली, उसका असर ख़ुसरौ की शायरी में देखने को मिलता है। अब जैसे हज़रत ने एक दिन ख़ुसरौ से कहा कि भई आप

अच्छी शायरी कर लेते हैं, आख़िर मेरे शागिर्द हैं, पर साथ-ही-साथ ये मशवरा दिया के जो सूफ़ी सहारे करके आप मेरे पैग़ाम को लोगों तक पहुँचाना चाहते हैं, उसे ज़रा इश्क़िया बनाइए। आप तो उस साजन की ख़ूबसूरती का बयान कीजिए जिसे आप देख सकते हैं, हम उस साजन में उसे देख लेंगे जिसे देखा नहीं जा सकता।

ये सुनना था कि देखिए ख़ुसरौ ने कैसे आवारापन और इंटेंडिड पन का इस्तेमाल करते हुए चाँद और तारों से हटकर लोटा, जूता, जाड़ा, पंखा, सपना, हार, बुख़ार, यहाँ तक के मक्खी और मच्छर तक में अपने महबूब को ढूँढ़ लिया। कैसे? वो ऐसे कि...

ये सुनना था कि देखिए ख़ुसरौ ने किस-किस में अपना साजन ढूँढ़ लिया :

हर रात मोरे घर वो आए
मैं सोती हूँ मुझे जगाए
पढ़त फिरत है बिरहा के अच्छर
ए सखी साजन, न सखी मच्छर

बात कहने को एक है, पर मुकर गए तो दो हो गईं। इसे एक पहेली मान लीजिए। एक खिलाड़ी सामने की बात को लफ़्ज़ों में लपेटकर सवाल पूछता है, दूसरा उस गुत्थी को इशारों में खोलकर जवाब देता है। ख़ुसरौ इस खेल के उस्ताद थे। इसीलिए उन्हें अमीर ख़ुसरौ देहलवी की जगह अमीर ख़ुसरौ पहेलवी भी कहा जाता था। ऐसी हालत में जब उनका कौन-सा कलाम उनका अपना है, ये ख़ुद एक पहेली बन चुकी है, मैं भी बहती गंगा में हाथ धोकर एक अंग्रेज़ी कहावत उनके नाम करता हूँ :

द आंसर टु रिडिल इज़ ऑलवेज इन द मिडिल जो है—बीच में है।

क्योंकि ख़ुसरौ कहते हैं कि जवानी में न वो पुख़्तगी होती है और न ही तकनीकी कमाल। बुढ़ापे में जुनून का जज़्बा और तख़य्युल नहीं रहता। इसलिए इनके बीच की ही उम्र वो वक़्त होता है जब आपकी कलम से आपकी बेहतरीन शायरी निकलती है।

और यही वो वक़्त था जब ख़ुसरौ ने निज़ामी के ख़म्सा की तर्ज़ पर अपना ख़म्सा लिखा यानी पाँच रूमानी मसनवियाँ। और इन्हें अपने पीर और सुलतान दोनों के नाम किया। ये ख़ुसरौ का ख़ास अन्दाज़ था। उनकी लिखी ग़ज़ल जब ख़ानक़ाह में गाई जाती तो सूफ़ी सुनाई देती। और अगर दरबार में सुनाई जाती तो ऐशो-इशरत के माहौल में चार चाँद लगा देती। दो दुनियाओं में झूलते हुए ख़ुसरौ दरबार में भी अपने पीर के लिए एक बहुत संजीदा किरदार अदा करता था—उनके एम्बेसडर का। अब हज़रत तो किसी सुलतान से नहीं मिलते थे, लेकिन किस सरकार में क्या चल रहा है, उन्हें ख़ुसरौ के ज़रिये ये सब ख़बर रहती थी।

अब गयासुद्दीन तुग़लक सुलतान बना और उसने शाही ख़ज़ाना खुलवाया। सुलतान के पूछने पर बक्शी ने बताया के दिल्ली पर उसकी चढ़ाई से पहले 200 साल से जमा किया गया ख़ज़ाना अमीरों, फ़ौजदारों और फ़क़ीरों में बाँट दिया गया। गयासुद्दीन ने फ़रमान जारी किया के जिसके घर जितना माल पहुँचा हो वापस कर दे।

बक्शी ने बताया के कैसे ख़्वाजा निज़ामुद्दीन औलिया की ख़ानक़ाह में रोज़ 2000 टन खाना पकता है, हर दिन 20 ऊँट तो सिर्फ़ प्याज़ का छिलका फेंकने जाते हैं। हज़ारों आदमी—हिन्दू-मुसलमान, अमीर-फ़क़ीर साथ बैठ के खाते हैं, रोज़ रात को झाड़ू दिया जाता है और वहाँ आज का पहुँचाया हुआ माल कल की सुबह नहीं दिखता।

सुलतान ने ख़्वाजा को मक्कार कहकर इस लंगर को साज़िश का नाम दिया और समा की महफ़िल को शरीअत की पाबन्दी के ख़िलाफ़ तमाशा बताया। वो बोला, एक सल्तनत में दो बादशाह नहीं हो सकते। और हुक्म दिया के शाही फ़ौज के अवध और बंगाल की मुहिम से लौटने से पहले, निज़ामुद्दीन अपनी फ़क़ीरी में बादशाहत का ड्रामा लेकर किसी और शहर चले जाएँ।

ख़्वाजा समझते थे के सुलतान सब बातों में एक बात पते की कर गया--एक सल्तनत में दो बादशाह नहीं हो सकते। और अगर कोई सच्चा बादशाह है तो वही वाहिद ख़ुदा है और जो बन्दा ख़ल्क-ए-ख़ुदा की ख़िदमत करता हो उसे वो बादशाह सलामत रखता है। इसीलिए जब साल भर बाद गयासुद्दीन फ़तह के नक्कारे बजाता हुआ दिल्ली के क़रीब पहुँचा, तो उन्होंने कहा हनूज़ दिल्ली दूर अस्त।

सुलतान के दो शहज़ादे थे—छोटा उसके ज़्यादा क़रीब था और वो उसे ही अपने तख़्त का वारिस बनाना चाहता था। बड़े शहज़ादे मुहम्मद तुग़लक और ख़ुसरौ की आपस में अच्छी थी और वो पीर को भी मानता था। सो ख़ुसरौ ने जाकर मुहम्मद से बोला कि देख तेरा बाप क्या कह गया। मुहम्मद ने जवाब दिया कि फ़िक्र न कर, मैं आऊँगा पीर से मिलने। ख़ुसरौ बोले—"ना ना वो शाही ख़ानदान के किसी शख़्स से नहीं मिलते।" मुहम्मद तुगलक बोला, "अरे भई, भेस बदलकर आऊँगा।"

अगले ही दिन शहज़ादा मुहम्मद तुग़लक ख़ानक़ाह में एक फ़क़ीर का भेस लिए पहुँचता है, इधर-उधर फिर रहा है, पर हज़रत भी आख़िर हज़रत हैं—एक ही नज़र में पहचान जाते हैं और आँखें बन्द कर कहते हैं, "एक सुलतान आता है, एक सुलतान जाता है।" इशारे-इशारे में कह दिया कि अगला सुलतान तू ही है।

तो जो छत गयासुद्दीन के मुहिम से वापसी पर इस्तक़बाल के लिए तैयार की गई थी, उसी नई बनी-बनाई छत के नीचे दबकर सुलतान मारा गया। ख़्वाजा साहब ने दोहराया, हनूज़ दिल्ली दूर अस्त।

हज़रत निज़ामुद्दीन ने एक बार फ़ख़्र के साथ कहा था कि अगर क़यामत के दिन ख़ुदा मुझसे पूछेगा के दुनिया से मेरे लिए क्या लाए हो, तो मैं तुर्कुल्लाह के सोज़-ए-सीना पर नाज़ करूँगा। उसकी रूह की आँच से मेरे आमाल की फ़ेहरिस्त पाक हो जाएगी।

पर हाज़िरीन निज़ामुद्दीन थे तो सूफ़ी चिश्ती सिलसिले के खलीफ़ा! यहाँ एक कहानी के सौ पहलू हैं। पहला ये कि ख़िलाफ़त के लिए मोहब्बत शायद काफ़ी नहीं होती।

जब वक़्त आया कि हज़रत अपनी ज़िम्मेदारी किसे सौंप के जाएँ, तो उन्होंने ख़ुसरौ और नसीरुद्दीन चिराग़ देहलवी को बुलाकर कहा के हज़रत रुकनुद्दीन फ़िरदौसी के पास जाओ, जो वो कहें, करना, और मेरे लिए उनका पैग़ाम लेते आना। दोनों रुकनुद्दीन के पास पहुँचे तो देखते हैं के वो तो मैले से कपड़े पहने एक गन्दी नाली में से कुछ उठाकर खा रहे हैं। लगता है, नहाए हुए महीने हो चले हैं। रुकनुद्दीन ने इन दो मुरीदों की तरफ़ जो देखा, तो मुस्कुराकर, उन्हें भी नाली से निकालकर एक-एक मुट्ठी खाने को दी और कहा, 'खाओ'। नसीरुद्दीन ने बिना सोचे मुँह में डाल लिया। उधर ख़ुसरौ ठहरे अमीर, बड़ी मुश्किल से किसी तरह खा गए। रुकनुद्दीन ने दोनों को खाते देखा और बोले, "जाओ, हज़रत से कह देना निज़ाम चाहे ख़ुसरौ को, पर अल्लाह चाहे नसरू को।"

दूसरा पहलू ये कि ख़िलाफ़त मोहब्बत से बड़ी नहीं होती।

ख़्वाजा जानते थे कि उनके जाने के बाद ख़ुसरौ बिना उनके जी न सकेगा। और वो ख़ुद भी ख़ुसरौ के बिना जन्नत नहीं जाना चाहते थे। इसलिए जब ख़िलाफ़त आगे बढ़ाने का वक़्त आया तो इस बात के मद्देनज़र उन्हें नसीरुद्दीन में अपना वारिस नज़र आया। पर हज़रत चाहते थे के ख़ुसरौ को कहीं ये न लगे के उन्होंने उसे इस लायक़ नहीं समझा। इसलिए उन्होंने नसीरुद्दीन और ख़ुसरौ दोनों को बुलाया और कहा के हज़रत रुकनुद्दीन फ़िरदौसी के पास जाओ, जो वो कहें करना, और मेरे लिए उनका पैग़ाम लेते आना। दोनों रुकनुद्दीन के पास पहुँचे तो देखते हैं के वो तो मैले से कपड़े पहने एक गन्दी नाली में से कुछ उठाकर खा रहे हैं। लगता है, नहाए हुए महीने हो चले हैं। रुकनुद्दीन ने इन दो मुरीदों की तरफ़ जो देखा, तो मुस्कुराकर, उन्हें भी नाली से निकालकर एक-एक मुट्ठी खाने को दी, और कहा 'खाओ'। नसीरुद्दीन ने बिना सोचे मुँह में डाल लिया, वहीं ख़ुसरौ समझ गए कि ये ख़िलाफ़त के लिए इम्तिहान है। पीर के कहे के ख़िलाफ़ जाना ख़ुसरौ की फ़ितरत न थी पर वो जानते थे कि ख़लीफ़ा बनने का मतलब है, हज़रत के बाद उनकी गद्दी सँभालना। पर ख़ुसरौ अपनी क़िस्मत में सुलतान-उल-मशैख के बाद ज़िन्दगी नहीं चाहते थे। इसलिए रुकनुद्दीन को दिखाने के लिए उनका दिया हुआ बेमन से खाया। रुकनुद्दीन ने दोनों को खाते देखा और बोले, "जाओ, हज़रत से कह देना निज़ाम चाहे ख़ुसरौ को, पर अल्लाह चाहे नसरू को।"

निज़ामुद्दीन ने ख़िलाफ़त नसीरुद्दीन को सौंपी और इसके कुछ वक़्त बाद ही उनकी तबीयत नासाज़ रहने लगी। सारी ज़िन्दगी हर रात बस एक सूखी रोटी को पानी में डुबोकर खाया किए, आख़िरी वक़्त में वो भी छोड़ दी। हर पल बस यही दोहराते ख़ुसरौ कुजास्त, ख़ुसरौ कुजास्त? ख़ुसरौ कहाँ है, मेरा ख़ुसरौ कहाँ है? एक बार ये तक कह दिया था कि अगर इस्लाम में इजाज़त होती तो यही चाहता के ख़ुसरौ को मेरे साथ ही दफ़नाया जाए।

ख़ुसरौ उस वक़्त दिल्ली में नहीं थे। हज़रत के जाने की ख़बर जो ख़ुसरौ को मिली तो तड़पते हुए दिल्ली पहुँचे। उनकी मज़ार के पास पहुँचकर ज़मीन में लोटते हुए बिलबिलाकर रोने लगे। ये सिलसिला रुका नहीं। और 6 महीने तक यूँ ही रोते रहे और फिर उनकी भी विदाई का वक़्त आ गया, और वो रैन थी सुहाग की :

साजन, ये मत जानियो तोहे बिछड़त मोहे को चैन।
दिया जलत है रात में और जिया जलत बिन रैन॥
रैन बिना जग दुखी और दुखी चन्द्र बिन रैन।
तुम बिन साजन मैं दुखी और दुखी दरस बिन नैन॥
ख़ुसरौ सरीर सराय है क्यों खोवे सुख चैन।
कूच नगारा साँस का बाजत है दिन रैन॥

दास्तान ख़ानख़ानाँ की

लगता नहीं है पढ़ने में, लगने लगेगा दिल
ऐसा करो, रहीम के दोहे पढ़ा करो

हाज़िरीन, सर सैयद अहमद ख़ान ने 19वीं सदी में लिखा के आसिफ़ुद्दौला के वक़्त में रहीम के मक़बरे का तमाम पत्थर उखाड़कर लखनऊ ले जाया गया। ये मक़बरा बिलकुल लुंडा रह गया। इसका तावीज़ भी उखाड़ ले गए हैं, अब इसमें गाय-भैंसें बाँधी जाती हैं और गोबर की बदबू से अन्दर जाना तक मुश्किल है। देखिए, क्या अज़मत और शान थी ख़ानख़ानाँ की और अब क्या हाल है? जिसके दीवानख़ाने में सैकड़ों मन गुलाब छिड़का जाता था, अब उसके मक़बरे में हज़ारों जानवरों का पेशाब पड़ा है।

पर हाज़िरीन मेरे ख़याल में ये बर्बादी तो बस ऊपरी थी। हद तो ये के इस शख़्सियत की तारीख़ को भुला दिया गया। मेरा घर, दिल्ली में, इस मक़बरे से कुछ ही क़दम दूर है। हमारे बचपन का मशहूर क़िस्सा है के जब भी इस मक़बरे का ज़िक्र छेड़ा जाता, तो इसका नाम खनखना टूम्ब बताया जाता। बस्ती में लोग आज भी इसे इसी नाम से जानते हैं। जब हम छोटे थे और सड़क से गुज़रते हुए इसे देखते थे और अन्दर जाने की ख़्वाहिश ज़ाहिर करते थे, तो हमें डरा दिया जाता था—"नहीं-नहीं, अन्दर मत जाना और रात को अकेले तो हरगिज़ जाने की कोशिश तक मत करना के खनखना टूम्ब में सफ़ेद साड़ी पहने एक चुड़ैल आती है और जब उसके पैरों की पायल खनखनाती है तो पूरा खनखना टूम्ब खनखना जाता है।"

लेकिन आज हम जानते हैं के यहाँ वो ही अब्दुर रहीम ख़ानख़ानाँ दफ़्न हैं जिनके दोहे हम स्कूल में हिन्दी की किताबों में पढ़ा करते थे। बचपन में अम्मा जब भी खीरा काटकर देती थीं, तो साथ में दोहा भी सुनाती थीं—

खीरा सिर ते काटिए, दीजे लून लगाय,
ऐसे कड़वे मुखन को चाहिए यही सजाय।

तो उस शख़्सियत की याद में, पेश है संत कवि का लिखा ये क़सीदा—

सेर सम सील सम धीरज सुमेर सम
सेर सम साहेब जमाल सरसाना था

गाहक गुनी के, सुख चाहक दुनी के बीच,
'संत' कवि दान को ख़ज़ाना ख़ानख़ानाँ था

सात दीप सात सिंधु थरक-थरक करै
जाके उर टूटत अखूट गढ़ राना के
कंपत कुबेर बेर मेर मरजाद छाँड़ि
एक-एक रोम झर पड़े हनुमाना के

करन कुबेर कलि कीरति कमाल करि
तले बंद मरद दरदमंद दाना था
गाहक गुनी के, सुख चाहक दुनी के बीच,
'संत' कवि दान को ख़ज़ाना ख़ानख़ानाँ था

धरनि धसक धस मुसक धसक गई
भनत प्रसिद्ध खम्भ डोले खुरसाना के
सेस फन फूट-फूट चूर-चकचूर भए
चले पेसख़ाना जू नवाब ख़ानख़ानाँ के

दरबार दरस-परस दरवेसन कौ
तालिब तलब कुल आलम बखाना था

गाहक गुनी के, सुख चाहक दुनी के बीच,
संत कवि दान को ख़ज़ाना ख़ानख़ानाँ था

तो गुलगूना कशाने आरिज़े शाहिदे बयान इस तरह फ़रमाते हैं के तैमूर अपने ख़ानदान में पहला बादशाह हुआ और उसकी औलादें, बाबर तक, बादशाह नहीं कहलाते थे, वो मिर्ज़ा कहलाते थे। बाबर ने अपने आपको बादशाह कहलाना शुरू किया। तब से बादशाह का ख़िताब उनकी औलादों में भी जारी रहा और अमीरों को ख़ान के ख़िताब मिलने लगे और सबसे बड़े अमीर को ख़ानख़ानाँ का ख़िताब मिलता था। यानी सब ख़ानों का ख़ान। मुग़लों की बादशाही में पहला ख़ानख़ाना दिलावर ख़ाँ लोदी था, जिसके बाप ने बाबर बादशाह का अमल पंजाब में करवाया।

दूसरे ख़ानख़ाना बैरम ख़ान हुए यानी रहीम के वालिद। तुर्की ज़बान में बैरम लफ़्ज़ के मायने हैं एक बड़ा तीर, और वो थे भी अपने नाम की तरह - 16 साल की उम्र में हुमायूँ के अतालिक यानी उस्ताद हो गए। फिर जब बादशाह हुमायूँ शेरशाह पठान से हारकर ईरान को गए थे तो वहाँ के शाह तहमस्प सफवी ने उनसे

कहा था कि आपने हिन्दुस्तानी ज़मींदारों से रिश्तेदारी नहीं की, इसी से वहाँ आपके पैर नहीं जमे। अब जो फिर वहाँ की बादशाही आपके हाथ आए तो दो काम ज़रूर कीजिएगा—एक तो पठानों को जहाँ तक बने हुकूमत से अलग करके तिजारत में लगाना, दूसरे वहाँ के राजाओं और ज़मींदारों से रिश्तेदारी गाँठना। दोबारा हिन्दुस्तान के तख़्त पर बैठने के बाद हुमायूँ ने आस-पास के ज़मींदारों की हिमायत हासिल करने के लिए उनके साथ शादी के रिश्ते बनाए। मेवात के एक बड़े ज़मींदार जिनकी दो बेटियाँ थीं उनकी एक बेटी से हुमायूँ ने ख़ुद शादी की और दूसरी बेटी सलीमा बेगम से बैरम ख़ान ने। हुमायूँ के अफ़ग़ानिस्तान को दुबारा हासिल करने में बैरम ख़ान ने एक अहम किरदार अदा किया और उसी दौरान हुमायूँ ने उन्हें ख़ानख़ानाँ के ख़िताब से नवाज़ा।

बैरम एक बहादुर, जज़्बाती, ईमानदार दरियादिल, मोहब्बत करने वाले और खरे आदमी थे, पर बैरम ख़ान के बारे में एक बात जो कम ही सुनने में आती है वो ये कि वो शायराना तबीयत के मालिक थे। फ़ारसी और तुर्की में एक दीवान भी लिखा : 'अदीबों के यार', मौसीक़ी के तजुर्बेकार नाक़िद। इतना ही नहीं शायरों और मौसीक़ारों के सरपरस्त भी थे—एक बार तिजोरी ख़ाली होने के बावजूद लखनऊ के मशहूर मौसीक़ार राम दास को 1 लाख टका की क़ीमत का सामान इनाम में दिया।

बदायूँनी, जिनसे शिओं की तारीफ़ बड़ी मुश्किल से होती थी, बैरम ख़ान के बारे में दिल खोलकर लिखते हैं। उनकी बज़लासंजी का बयान करते हुए ये क़िस्सा सुनाते हैं कि एक बार बादशाह हुमायूँ और बैरम ख़ान के बीच कुछ गुफ़्तगू चल रही थी। अब बात शुरू हुई, तो देर तक चली, आधी रात होने को आई लेकिन बादशाह हुमायूँ कहे जा रहे हैं के तभी बैरम ख़ान को ऊँघ आ गई, उन्होंने झपकियाँ लेना शुरू कर दिया। बादशाह ने मलामत करते हुए कहा, "बैरम ख़ान, मैं तुमसे बात कर रहा हूँ।" बैरम ख़ान ने जवाब दिया, "जी बादशाह सलामत, मैं हाज़िर हूँ और ग़ौर से सुन रहा हूँ पर कहते हैं ना कि बादशाहों की ख़िदमत में अपनी आँखों पर नज़र रखनी चाहिए, दरवेशों के सामने अपने मन पर क़ाबू रखना चाहिए और आलिम की सोहबत में अपनी ज़बान सँभालकर रखनी चाहिए। इस वजह से कशमकश में हूँ क्योंकि हुज़ूर आप तो बादशाह भी हैं, दरवेश भी और आलिम भी।"

बैरम ख़ान, हुमायूँ के सबसे भरोसेमंद साथी थे। जब पंजाब में हालात बिगड़े तो हुमायूँ ने बैरम को शहज़ादे अकबर का अतालिक बनाया और उसके साथ पंजाब भेजा। यहाँ दिल्ली में एक रोज़ बादशाह शुक्र के तारे को देखने के लिए, जिसके उगने का भरम शाम को ही था, किताबख़ाने की छत पर चढ़े थे, मगर बैठते वक़्त पाँव फिसल जाने से नीचे गिर पड़े और उनकी मौत हो गई। वज़ीरों ने इस बात को 17 दिन तक छुपाकर आसपास के अमीरों को बुलाया, शहज़ादे के नाम का ख़ुतबा पढ़वाया और एक क़ासिद दौड़ाया जिसने बैरम ख़ान को बादशाह के मरने की ख़बर

दी। बैरम ख़ान ने आगे जाना मुनासिब न समझकर, शहज़ादे को लेकर कलानुर में आए। वहाँ उनको ये ख़बर सुनाई और दरबार करके उन्हें तख़्त पर बैठाया।

सबकी रज़ामंदी से बैरम ख़ान को वजीरे आज़म करार दिया गया, क्योंकि मुग़लों का उनसे ज़्यादा वफ़ादार कोई था ही नहीं। अकबर ने बैरम ख़ान से कहा, "ख़ान बाबा, क़सम खाइए मेरे मरहूम वालिद के रूह की, और मेरे सर की, के जो भरोसा बादशाह हुमायूँ ने आप पर किया था, आप उसके वफ़ादार रहेंगे!" उस दौर में बैरम ख़ान का अपनी सल्तनत खड़ी कर लेना किसी के लिए ताज्जुब की बात न होती, पर उन्होंने अकबर को सियासत की तालीम देकर अपनी वफ़ादारी का सबूत पेश किया।

थत मथत माखन रहै, दही मही बिलगाय
रहिमन सोई मीत है, भीर परे ठहराय

पानीपत की दूसरी लड़ाई में बादशाही फ़ौज की दाहिनी और बाईं अनी तो हेमू से शिकस्त खाकर भाग निकली, मगर बैरम ख़ानेखानां के अमीर, जो बीच की फ़ौज में थे, पैदल ही तलवार लेकर दुश्मनों पर दौड़ पड़े। इसी बीच एक तीर आकर हेमू की आँख पर लगा और सिर के पार निकल गया। ये देख उसकी फ़ौज भागने लगी। इस तरह बैरम ख़ान ने अपनी बहादुरी से लड़ाई के साथ बादशाह अकबर का भरोसा भी जीत लिया।

इसी वक़्त बैरम ख़ान को औलाद होने की ख़बर आई, तो बादशाह ने उसका नाम अब्दुल रहीम रखा और इस ख़ुशी से अपनी फ़तह का शगुन लिया। पर रहीम ने अभी चार गर्मियाँ ही देखी थीं कि उनके वालिद और बादशाह अकबर के रिश्ते में गाँठ पड़ गई। बैरम ख़ान के शिया होने की वजह से सुन्नी अमीर उनसे हमेशा नाख़ुश रहे। कहते हैं कि बैरम ख़ान ने अकबर के हरम तक का ख़र्चा कम कर दिया था और बादशाह के कुछ हाथी अपने भरोसे के अमीरों को बाँट दिए। बादशाह अकबर ग़ुस्से को पी गए।

आख़िर जब बादशाह ने इतनी माफ़ी देते-देते और ख़ान बाबा कहते-कहते भी बैरम ख़ान को रास्ते पर आते न देखा तो शिकार के बहाने से बयाने में जाकर उनके दबाव से निकल आए। दिल्ली में दाख़िल हुए और सब जगह फ़रमान लिख भेजे कि बैरम ख़ान उलटा चलने लगा है जिससे हम उसको अपनी नज़रों से गिराकर दिल्ली में चले आए हैं। जो अपना भला चाहता हो यहाँ हाज़िर हो जाए। लोग बैरम ख़ान को छोड़कर बादशाह के पास आने लगे। दोनों ओर के चुगलख़ोरों ने दोनों ओर आग लगाकर इधर बादशाह को भड़काया, उधर ख़ानख़ाना को इस बात पर जमाया कि इज़्ज़त से मर जाना बेइज़्ज़ती की ज़िन्दगी से बेहतर है। यही उनकी बर्बादी की वजह हुई। आख़िरकार, बैरम ख़ान बादशाह के पैरों में आ गिरे और फूट-फूटकर रोने लगे। बादशाह ने बैरम ख़ान को छाती से लगा लिया। आँसू पोंछे और दाहिने

हाथ की जगह पर बैठाया और ऐसी बातें कीं जिनसे बैरम ख़ान के मुँह से शर्मिन्दगी जाती रही थी और ख़ुशी-ख़ुशी मक्का जाने की इजाज़त दी।

बैरम ख़ान नागौर से गुजरात को जा रहे थे, जब पाटन, गुजरात में आराम करने के सिरा ठहरे तो उनका ख़ानदान भी साथ था। उन दिनों वहाँ के हाकिम मूसा ख़ाँ फ़ौलादी के पास पठानों की भीड़ हो रही थी। उनमें मुबारक़ ख़ाँ लोहानी भी था जिसका बाप माछीबाड़े की लड़ाई में मारा गया था, जो बैरम ख़ान की अफ़सरी में हुई थी। उस रंजिश में इस बावले पठान को अब बदला लेने की सूझी, और बैरम ख़ान का क़त्ल कर दिया।

ख़ैर, ये रहीम की ख़ुशकिस्मती समझिए, कि क़ातिल ने उन्हें बख़्श दिया। अकबर बादशाह ने ये समझते हुए कि बैरम ख़ान ने मुग़ल सल्तनत को एक नई रौशनी दी थी, मरहूम के वारिस को अहतियात के साथ आगरा के दरबार में लाने का हुक्म दिया, और हर ख़ादिम से कहा, "याद रहे, ये मेरी औलाद है। हमेशा मेरी नज़रों में रहे।" और बैरम ख़ान की बेवा को अकबर ने अपने हरम में ले लिया। जिसके वालिद ने अकबर की रखवाली की थी, अकबर ने उसकी देखभाल के लिए ख़ास लोगों को रखा जो यतीम को ख़ान बाबा की कमी ना महसूस होने दे। अकबर ने रहीम को अपने दौर की बेहतरीन तालीम दिलवाई। मीर अबुल फ़तह और राजा मानसिंह जैसे लोगों ने रहीम का जिम्मा लिया। अकबर बादशाह चाहते थे कि रहीम सिर्फ़ जंग के मैदान के गुर ना सीखे, अमन की बात करना भी जाने, सिर्फ़ फ़ौजी न बने, आलिम भी हो,—ताकि उसमें वो क़ाबिलियत आए जिससे वो अपने दम पर ऊँचा ओहदा पाने के लिए मुक़ाबला कर सके। ये लड़का अपने ज़माने के सबसे मशहूर मुल्लाओं के मकतब में पढ़ा। रहीम को अल्लाह ने तेज़ अक्ल ही नहीं, कमाल की याददाश्त भी बख़्शी थी, सो इस लड़के ने अपनी तरबियत से पूरा फ़ायदा लिया। क़ुरान, फ़लसफ़ा, क़ातिबी और मुस्सविरी सीखते-सीखते, रहीम ने अदब की तरफ़ माइल होना शुरू किया। क़दीम उस्तादों के कलाम बहुत गहराई से पढ़ता, अरबी, फ़ारसी, तुर्की, संस्कृत और हिन्दी ज़बान में रवानी हासिल की साथ-ही-साथ एक सूफ़ियाना झुकाव आता गया।

हर नज़र से रहीम, अकबर के दौर में नौजवानों के लिए एक मिसाल थे। अकबर भी रहीम के लिए अपने प्यार की वजह से उन्हें ऐसी बीहड़ ज़िम्मेदारियाँ सौंपते जो बड़े-बड़ों को इम्तहान के बाद ही दी जातीं। जब रहीम बड़े हुए तो बादशाह अकबर ने उन्हें मिरज़ा ख़ाँ का ख़िताब दिया।

अब रहीम कह तो गए हैं—

> यह रहीम निज संग लै, जनमत जगत न कोय
> बैर, प्रीति, अभ्यास, जस, होत-होत ही होय

लेकिन कहीं-न-कहीं रहीम का ख़ानख़ानाँ बैरम के घर जन्म लेना ही इस जगत में बैर और प्रीति दोनों के साथ आना था। उन पर बादशाह की ये मेहरबानियाँ देखकर बैरम ख़ान के पुराने दुश्मन दरबारी इनसे भी जलने लगे। बादशाह अकबर इस बात से वाक़िफ़ थे कि रहीम पर ये मेहरबानियाँ माहमअंगा के दल के लोगों की आँखों में काँटों की तरह चुभ रही थीं। वो बैरम ख़ान से अपनी दुश्मनी का बदला उसके लड़के से लेना चाहेंगे तो अकबर ने अपने वालिद हुमायूँ के रास्ते पर चलते हुए, रहीम का निकाह उसी दल के अमीर मिर्ज़ा अज़ीज़ कोका की बहन माहबानो बेगम से करा दिया। अज़ीज़ कोका बादशाह की धाय माहमअंगा का बेटा था।

अकबर की चाल क़ामयाब हुई। इस शादी से रहीम का भी बादशाह के घराने से वही रिश्ता हो गया जो इनके वालिद का था।

जब रहीम 16 साल के हुए, तो बादशाह के साथ गुजरात फ़तह करने को चढ़े। बादशाह के डेरे पाटन गुजरात में हुए तो उनको बैरम ख़ान की याद आई। बादशाह ने कहा, हमने पाटन मिरज़ा ख़ाँ को दी। पाटन गुजरात का पहला परगना था जो बादशाह के क़ब्ज़े में आया और यही इनकी पहले जागीर भी थी जो बाप के पीछे मिली। क़िस्मत की बात है के जिस ज़मीन पर इनके बाप का लहू गिरा था, वहीं से इनकी नई शुरुआत हुई।

रूप भी इनका बड़ा ही सुन्दर था। मुसव्विर तस्वीर बनाते, उन तस्वीरों से अमीर उमरा अपने दीवानख़ाने सजाते। इनकी ख़ूबसूरती की चर्चा सुन एक लड़की के दिल में इनके लिए कशिश पैदा हुई। वो भी बला की हसीन थी। उसने अपनी एक तस्वीर बनवाकर एक औरत के हाथ ख़ानख़ाना को भिजवाई। ख़ानख़ाना से मिलकर उस औरत ने कहा कि आप बादशाह की आँखें, ज़बान और बाज़ू हैं। ये बेगम चाहती हैं के उनकी भी एक औलाद हो, जो आपके रूप और गुण रखती हो। कुछ देर सोचकर ख़ानख़ाना ने उस औरत से कहा—तुम मेरी तरफ़ से उनसे कहना कि इस बात में तो कुछ भी दिक़्क़त नहीं, पर मुश्किल ये है के ख़ुदा जाने औलाद हो-न-हो, लड़की हो या लड़का, वो भी ज़िन्दा रहे या न रहे। ज़िन्दा रहे तो लड़का ख़ूबसूरत हो या न हो, ख़ुशशक्ल हो तो उसके गुण उसे मशहूर करें ना करें। इससे बेहतर तो ये हो के अगर वो मेरे जैसा बेटा चाहती हैं तो मैं ही उनका बेटा बन जाता हूँ और उन्हें हर महीने उतने ही रुपये भेज दिया करूँगा जितना मैं अपनी माँ को भेजता हूँ।

प्रीतम छवि नैनन बसी, पर छवि कहाँ समाय
भी सराय रहीम लखि, पथिक आप फिर जाय

बादशाह जब लड़ने के वास्ते फ़ौज लेकर जाते, तो रहीम को बीच के व्यूह में रखते। इससे इनकी भी मैदान-ए-जंग में मश्क़ बढ़ी। दो साल तक रहीम मेवाड़ के पहाड़ों में दौड़-धूप करते रहे, और आख़िरकार कुम्भलमेर का वो नाक़ाबिले रसाई

क़िला भी फ़तह किया। बादशाह ने इन्हें मीर अर्ज़ के ओहदे पर बैठाया। मीर अर्ज़ का ये काम होता था कि जो लोग बादशाह से अपनी मुश्किल कहने आएँ, उनका बयान बादशाह के सामने पेश करें, और बादशाह का जवाब अर्जी देने वाले को पहुँचाए। अब तक यह काम किसी एक आदमी को नहीं दिया गया था। हर रोज़ किसी होशियार आदमी को इस काम के लिए चुना जाता था। पर जब बादशाह ने बढ़ती भीड़ को देखा तो ये फ़ैसला लिया के ये ज़िम्मेदारी रहीम को सौंपी जाए - उनकी ये ख़ुसूसियत थी के वो बड़े छोटे सबको एक नज़र से देखते थे और कोई नतीजा ना मिलने पर मायूस ना होकर फिर से सुनने और हल तलाश करने की हिम्मत रखते थे।

दुख नर सनि हाँसी करे, धरत रहीम न धीर
कहि सुने सुनि-सुनि करे, ऐसे वे रघुबीर

पंडित जगन्नाथ त्रिशूली ने एक दिन रहीम को ये श्लोक सुनाया—

प्राप्य चलानाधिकारान शत्रुषु मित्रेषु बन्धु वर्गेषु
नापकृतं नोपकृतं न सत्कृतं किं कृतं तेन

यानी जिसने राजा का अधिकार पाकर शत्रुओं का अपकार, मित्रों का उपकार, तथा बन्धु वर्गों का सत्कार न किया तो उसने क्या किया। इस पर ख़ानख़ाना ने हँसकर उत्तर दिया—

प्राप्य चलानाधिकारान शत्रुषु मित्रेषु बन्धु वर्गेषु
नापकृतं नोपकृतं न सत्कृतं किं कृतं तेन

जिसने राजा का अधिकार पाकर सभी का उपकार न किया तो उसने क्या किया।

राजस्थानी ग्रंथ वंश भास्कर में सूरजमल ने रहीम के पांडित्य पर रौशनी डालते हुए बताया के वो अरबी और तुर्की ज़बान के अथाह सागर तो थे ही, संस्कृत के शास्त्रीय ज्ञान में भोज के बराबर थे। उनका लिखा संस्कृत का एक श्लोक बहुत मशहूर है—

रत्नाकरोस्ति सदनं गृहिणी च पद्मा
किं देयमस्ति भवते जगदीश्वराय
राधागृहीतमनसे मनसे च तुभ्यं
दत्तं मया निजमनस्तदिदं गुहाण

अर्थात हे जगदीश! समुद्र आपका घर है! और लक्ष्मी आपकी पत्नी। अब आपको देने लायक़ बचा ही क्या? हाँ, राधा जी ने आपका मन बुरा किया है, अत: आपको मन की आवश्यकता है। मेरा मन अभी मेरे पास ही है, सो मैं आपको अपना मन समर्पित कर रहा हूँ।

एक बार एक ग़रीब ब्राह्मण ने गुस्से में आकर संस्कृत में शाप दिया के मुसलमानों का नाश हो जावे। सुनकर ख़ानख़ाना ने कहा के यहाँ आपने षष्ठी विभक्ति के समास से श्राप दिया है, वहाँ पंचमी विभक्ति का समास होना चाहिए। क़ायदा है कि समास में विभक्ति का लोप हो जाता है। ब्राह्मण रहीम की संस्कृत में ऐसी जानकारी देखकर हैरतनुमा रह गया और जज़्बाती होकर उसने अपनी फटी पुरानी पगड़ी रहीम के क़दमों में डाल दी। ख़ानख़ाना ने पगड़ी अपने सर पर पहन ली और उस ब्राह्मण को बहुत-सी दौलत देकर विदा किया।

दीन सबन को लखत है, दीनहिं लखै न कोय
जो रहीम दीनहिं लखै दीनबन्धु सम होय

जब बड़े शहज़ादे सलीम की अतालीक़ी की जगह ख़ाली हुई तो उसके वास्ते भी बादशाह ने रहीम को क़ाबिल जानकर शहज़ादे का अतालीक़ बनाया।

अब गुजरात में पहले-सा अमन नहीं था, वहाँ के अगले सुल्तान मुज़फ़्फ़र ने, जिसे बादशाह पकड़कर लाए थे, क़ैद से भागकर ज़्यादातर मुल्क फिर से जीत लिया और हुकूमत का दावा किया। बादशाही अमीर जो गुजरात में थे, वो लड़ाई में हारकर पटने में चले आए और बादशाह को अर्जी-पर-अर्जी भेजते रहे। बादशाह ने एक बड़ा लश्कर रहीम के साथ विदा किया। कुलीच ख़ाँ और नवरंग ख़ाँ इस हुक्म के साथ मालवे भेजे गए कि वहाँ के लश्कर को लेकर इनसे जा मिलो। सबने कहा, अभी आगे बढ़ना ठीक नहीं क्योंकि मुज़फ़्फ़र के पास 40,000 सवार और 1 लाख पैदल फ़ौज थी। इधर इनके पास सिर्फ़ 10 हज़ार थी।

उधर रहीम के सिपहसालार दौलत ख़ाँ लोदी ने इनसे कहा, के मालवे के अमीरों के आने पर तो जीत में उनका साझा पड़ जाएगा, जो ख़ानख़ानाँ बनना चाहते हो तो अकेले फ़तह करो। इन्होंने ये सुनकर अहमदाबाद के सूबेदार एतमाद ख़ाँ को, जो भागकर आया था, उसको पट्टन ही में छोड़ा और बाक़ी लश्कर के साथ लड़ाई की फ़ौज में सरगर्मी पैदा करने के वास्ते ये तरकीब की के बादशाह की तरफ़ से एक फ़रमान बनाया और बड़ी धूम से अगवानी जाकर उसको लाए और फ़ौज को सुनाया। उसका खुलासा ये कि हम आते हैं, हमारे आने तक लड़ाई मत करना ये अफ़वाह सुनकर मुज़फ़्फ़र भी उधर से चला और ये ख़बर उड़ी के पीछे से आवेगा इसलिए इन्होंने कुछ फ़ौज अलग भेजी और बाक़ी फ़ौज आगे बढ़ीं और दुश्मन से भिड़ी। लड़ाई छिड़ी, दोनों ओर से बहादुर लड़े, कटे और मरे तो भी ख़ानख़ाना होनहार 300 लड़ाकुओं और 100 हाथियों के साथ जहाँ खड़े थे वहीं जमे रहे। मुज़फ़्फ़र इनके सामने ही 7 हज़ार सवारों के साथ खड़ा था। इनके पास थोड़ी-सी फ़ौज देखकर लड़ने को आया। उस वक़्त इनके कुछ ख़ैरख़्वाहों ने इनके घोड़े की लगाम पर हाथ डाला कि मैदान-ए-जंग से निकाल ले जावें, पर इन्होंने लगाम छुड़ाकर

हाथियों को आगे बढ़ाया और दुश्मनों को सामने से हटाकर मैदान जीत लिया। इस फ़तह में इन्होंने अपना सब लूट का माल सिपाहियों को दे दिया। जब बादशाह तक इस फ़तह की ख़बर पहुँची तो उन्होंने ख़ुश होकर इनको ख़ानख़ाना का ख़िताब और पाँच हज़ारी मनसब बख़्शा।

रहिमन सीधी चाल सों, प्यादा होत वज़ीर
फ़र्ज़ी मीर न हुइ सकै, टेढ़ी के तासीर

कहते हैं कि ख़ानख़ाना बरसात के मौसम में अपने सिपाहियों को चार महीने की तनख़्वाह देकर घर जाने दिया करते थे, के बरसात भर आराम से अपने जोरू-बच्चों में रहें और जाड़े के लगते ही नौकरी पर आ जाएँ। अब इस साल कोई लड़ाई होने वाली थी, इस वजह से घर जाने की इजाज़त तो न दे सके पर हर सिपाही को एक-एक मोहर देकर कहा कि लड़की मोल लेकर यहीं उनके साथ मौज उड़ावें उस समय एक सिपाही ने कहा के मैं तो दो मोहरें लूँगा। रहीम ने उसको बुलाकर पूछा कि सबको एक-एक मोहर मिली है, तू दो क्यों माँगता है? उसने कहा कि एक तो यहाँ मैं लौंडी ख़रीद के मौज करूँगा और दूसरी भेज दूँगा जिससे एक ग़ुलाम मोल लेकर जोरू वहाँ गुलछर्रे उड़ावे। इस पर रहीम बहुत हँसे और सब सिपाहियों को घर जाने की छुट्टी दे दी।

शहज़ादे मुराद का निकाह इनके साले ख़ान आज़म मिर्ज़ा अज़ीज़ कोका की बेटी से ठहरा था, इसलिए बादशाह अकबर ने उनको लिखा कि अगर उस मुल्क में अमन हो, तो दरबार में हाज़िर हो जाओ उसी वक़्त रहीम ने अकबर के दादा बादशाह बाबर की तारीख़ का तुर्की से फ़ारसी में तर्जुमा किया था, जब ज़िल्ले-ए-इलाही के पेशे नज़र किया, तो अकबर ने इनका बहुत शुक्रिया अदा किया। इससे अब हिन्दुस्तानी अवाम भी इस किताब को समझ सकते थे।

अच्छा, रहीम ज़बानों पर कमाल पकड़ रखते थे। एक रात क्या हुआ के अकबर को अरबी भाषा के हिजाजी बोली में लिखे हुए तीन ख़त आए। बादशाह जल्द-से-जल्द उनमें दिया पैग़ाम जानना चाहते थे, इसलिए उन्होंने अपने दरबार के तीनों आलिमों अबुल फ़ज़ल, अबुल फ़तह गिलानी और रहीम को तुरन्त बुलाया और उनसे तर्जुमा करने को कहा। बाक़ी दोनों ने ख़तों पर सरसरी निगाह डाली और कहा के हम कल सुबह को आपके सामने तर्जुमा पेश कर देंगे—रहीम उन ख़तों को ले, एक दीए के क़रीब गए और उन पर उड़ती हुई निगाह डाली और उसी वक़्त ज़बानी ही सारा तर्जुमा बिना कहीं रुके बादशाह को सुना दिया।

मआसिरे रहीमी से पता चलता है के रहीम ने अंग्रेज़ी, फ्रेंच वग़ैरह बोलियाँ भी सीख ली थीं। अकबर की यूरोपीय बादशाह से भी ख़तो-किताबत रहती थी इसलिए अकबर बादशाह ने रहीम को उनकी ज़बान सीखने का हुक्म दिया। रहीम ने इस

जाति के ख़ास लोग जो बादशाही दरबार में थे, और सौदागरों और मुसाफ़िरों से थोड़ा मेल-जोल करके उनके अक्षरों और भाषा में ऐसी मश्क़ कर ली के अब उनसे बढ़कर जानने लगे। जब इस तरह इनकी ख़ूबियों पर बादशाह को यक़ीन आ गया तो उन्होंने इनको वकालत का ओहदा दिया, जो राजा टोडरमल के मर जाने से ख़ाली हुआ था। वकालत का ओहदा मुग़लों के राज में सबसे ऊपर था।

फिर जब हिरावल में सुहैल ख़ाँ के साथ लड़ाई चल रही थी तो दौलत ख़ाँ लोदी ने रहीम से कहा के हम सिर्फ़ 600 सवार हैं। अगर सुहैल ख़ाँ के तोपख़ानों और हाथियों के सामने जाकर लड़े तो टिक नहीं पाएँगे इसलिए उसकी पीठ पर जाकर धावा करते हैं। ख़ानख़ाना ने कहा—अरे, ये क्या करता है, दिल्ली का नाम डुबोता है। दौलत ख़ाँ ने कहा, "जो जीते रहेंगे 100 दिल्ली बसा लेंगे और जो मारे गए तो ख़ुदा से काम है बताइए कि आपको हार के बाद कहाँ तलाश करें? ख़ानख़ानाँ ने जवाब दिया, "लाशों के नीचे।"

उस दिन रहीम ने मैदान-ए-जंग में फिर से फ़तह हासिल की, 75 लाख रुपये रोकड़ जीता और सब उन्होंने लुटा दिया। सिवाय ऊँटों के बोझ के कुछ भी अपने पास नहीं रखा। दान देने में रहीम की मिसाल नहीं थी, और कवि गंग ने इनकी सखावत पर ये दोहा इन्हें लिख भेजा—

सीखे कहाँ नवाब जू, ऐसी दैनी दैन,
ज्यों-ज्यों कर ऊँचौं कियौं, त्यों-त्यों नीचे नैन

रहीम ने बड़ी शाइस्तगी से जवाब दिया—

देनहार कोउ और है, देत रहत दिन-रैन,
लोग भरम हम पै करैं तासों नीचे नैन

ये वोही महाकवि गंग हैं जिन्होंने रहीम की तारीफ़ में ये छंद कहा :

चकित भँवर रहि गयो, गमन नहिं करत कमलवन
उहि फनि मति नहिं लेत, तेज नहिं बहत पवन घन
हंस मानसर तज्यो, चक्क-चक्की न मिले अति
बहु सुंदरि पद्मिनी, पुरुष न चहें, न करें रति
खलभलित सेस कवि गंग अति अमित तेज रवि रथ खस्यो
ख़ानेख़ानां बैरमसुवन जिस दिन क्रोध करि तंग कस्यो

यानी बैरम के बेटे ख़ानख़ानाँ ने जब ग़ुस्से में आकर अपनी तलवार म्यान से बाहर निकाली तो भँवरों ने हैरत में आकर कमल के फूलों पर मँडराना छोड़ दिया। शेषनाग अपने फन पर मणि नहीं धर रहे, हवा की रफ़्तार धीमी पड़ गई है। हंसों ने

मानसरोवर त्याग दिया, पुरुष पद्मिनी जैसी सुन्दरी देख भी उससे दूर रहते हैं और रात में जुदा रहने वाले चकवा-चकवी अब डरकर दिन में भी एक-दूसरे से अलग हैं।

कहते हैं सिर्फ़ इस एक छंद को लिखने के लिए अब्दुर रहीम ख़ानख़ानाँ ने कवि गंग को 36 लाख का इनाम दिया था और एक आजकल के पैट्रनस हैं, फ़नकारों से कहते हैं : वी डोंट हैव ए बजट, बट दिस प्लेटफॉर्म दैट विल गिव यू विजिबिलिटी।

भक्तिकाल के सबसे बड़े कवियों में से एक गोस्वामी तुलसीदास से रहीम की दोस्ती मशहूर थी। एक बार यूँ हुआ कि एक ब्राह्मण के पास अपनी लड़की की शादी के ख़र्चे तक के पैसे न थे। जब कोई और चारा न रहा, तो वो उदास होकर तुलसीदास के पास पहुँचा और पूरा हाल बयान किया। तुलसीदास ने ये सुनकर दोहे का एक मिसरा लिखा, और ब्राह्मण को देकर रहीम के पास भेजा। मिसरे में रहीम की तारीफ़ छिपी थी—

सुरतिय नरतिय नागतिय चाहत है सब कोय

रहीम ने पहले ब्राह्मण की ज़रूरत को पूरा किया, और फिर तुलसी की तारीफ़ में दोहे को—

गोद लिये हुलसी फिरै, तुलसी सो सुत होय

बादशाह अकबर ने रहीम के ज़रिये तुलसीदास को मुग़ल मनसबदार बनाने का प्रस्ताव भिजवाया। रहीम उन दिनों बनारस के सूबेदार थे। तुलसीदास ने उनसे जवाब में कहा—

हम चाकर रघुबीर के, पटौ लिखी दरबार,
तुलसी अबका होएँगे नर के मनसबदार

जब बनारस के रूढ़िवादी पंडितों ने इस बात को लेकर तुलसीदास का बहिष्कार किया कि उन्होंने देववाणी संस्कृत को छोड़कर अवधी में रामचरितमानस क्यों लिखा, उस दौर में भी उन्हें रहीम का साथ हासिल रहा।

नवाब अब्दुररहीम ख़ानख़ाना की सेवा में किसी ऊँचे ओहदे पर बैठा एक अफ़सर अपनी शादी के लिए कुछ दिनों की छुट्टी लेकर घर गया था। अब जैसा के आप लोग समझ सकते हैं, शादी के बाद जो होता है, उसे वापस दरबार में हाज़िरी देने में देर हो गई। दरबार और ख़ानख़ानाँ के हुक्म के ख़िलाफ़ देरी से आने से ये परेशान और डरा हुआ था। कुछ दिनों तक यूँ ही टाल-मटोल करता रहा तो उसकी नई-नवेली दुल्हन ने इसकी वजह पूछी। तब उसने सब बता दिया। दुल्हन ने उसे बहुत समझा-बुझाकर वापस सेवा पर भेजा और चलते वक़्त एक पद्य लिखकर दे

दिया कि पहुँचने पर जब नवाब साहब डाँटें तो सब कारण बता देना और उन्हें मेरी तरफ़ से ये पद्य दे देना...

प्रेम पंथ को बिरवा चलेहु लगाय
सींचन की सुधि लीजो मुरझि न जाय

जब दरबार में पहुँचा तो जैसा सोचा था वैसा ही हुआ। रहीम ने ग़ज़बनाक होकर देरी से आने का कारण पूछा। इसने सब साफ़-साफ़ बता दिया और बीवी का दिया हुआ पद्य ख़ानख़ाना को दे दिया। पद्य को पढ़ते ही ख़ानख़ाना का सारा गुस्सा ग़ायब हो गया।

और इस पर वह इतना मसरूर हुए कि उसे कुछ और दिन की छुट्टी और इनाम देकर घर वापस भेज दिया। यह पद्य रहीम को इतना पसन्द आया कि वे ख़ुद भी इसी छन्द में कविता करने लगे और बोले कि—

कवित कह्यो दोहा कह्यो तुलै न छप्पय छंद
बिरच्यो यहै विचार कै यह बरवै रस कंद

रहीम ने नायिका भेद और कुछ फुटकर पद्य इसी बरवै छंद में लिखे। कुछ लोगों का ये भी मानना है कि रहीम से ही मुतास्सिर होकर तुलसीदास ने भी इस छन्द में बरवै रामायण लिखी ख़ानख़ानाँ की हिन्दी और फ़ारसी कवियों, मौसीक़ारों और तारीख़ लिखने वालों से दोस्ती मशहूर है। वो ख़ुद तो एक बेहतरीन अदीब थे ही, और उनके दरबार में दो अलहदा तहजीबों—फ़ारसी और संस्कृत, हिन्द और मुस्लिम का संगम हुआ—और इस संगम का पानी आज भी इस सरज़मीन के दिल को सींच रहा है। रहीम अगर ख़ुद अदीब या शायर ना भी होते और सिर्फ़ कवियों के सरपरस्त ही रहे होते तो भी उनका नाम अदब की दुनिया में जावेद रहता। उनके जैसा कवियों के लिए मानप्रद कोई नहीं हुआ। जितने कवियों ने रहीम की तारीफ़ लिखी है उतने कवियों ने और किसी की महिमा नहीं गाई।

रहीम अपने किताबख़ाने में कवि सम्मेलन और मुशायरे का भी इन्तज़ाम किया करते थे और इनके लिए उन्होंने समितियाँ मुकर्रर कर दी थीं। उस समय देश-विदेश के फ़ारसी एवं हिन्दी शायरों में और कवियों में शायद ही कोई ऐसा हो जो इनकी बज़्म-ए-मुशायरा में शामिल न हुआ हो।

एक बार यूँ हुआ के एक भाट शायर हिन्दी में लिखी अपनी गीतगाथा लेकर अन्दर रहीम ख़ान-ए-ख़ाना के पास पहुँचा—

चकवा-चकवी दो जने इन मत मारो कोय,
ये मारे करतार के, रैन बिछोया होय

चकवा-चकवी दिन में साथ रहते हैं, पर शाम ढलते ही, रात भर के सिरा जुदा हो जाते हैं तो एक दिन चकवा बोला चकवी से, "वक़्त आ गया है कि ये रात जो हम दोनों के बीच पर्दा बन जाती है, ये रात अब इस दुनिया में कभी न आएगी।" चकवी ने पूछा—"वो कैसे?" तो चकवा बोला, "जिस ख़ानख़ाना की दरियादिली की कोई हद नहीं है, उसने अपना हाथ देने के सिरा उठाया है। दुनिया भर के खजाने बाँट देने के बाद, वो सुमेरु पर्वत की तरफ़ जो देखेगा, वहाँ से सारी दौलत लेकर उड़ा देगा। तब ये सूरज किसके पीछे जाकर छुपेगा? नतीजा ये कि पूरा दिन रौशनी रहेगी और हमें जुदाई के अँधेरों की फ़िक्र न करनी होगी!"

रहीम ने कहानी ख़त्म होने पर कवि से पूछा, "पंडित जी, आपकी उम्र क्या है?"

पंडित जी बोले, "हुज़ूर, पैंतीस बरस का सिन रखता हूँ।"

रहीम बोले, "हम्म और इंसान आम तौर पर कितने साल जी लेता होगा?"

पंडित जी ने जवाब दिया, "ज़्यादा-से-ज़्यादा 100 साल।"

रहीम अपने खजांची से बोले, "अगले 65 साल के हर दिन के 500 रुपये के हिसाब से इन्हें इनाम दे दिया जाए।"

ख़ानख़ाना मुसव्विरी के भी बेजोड़ पारखी थे। इसकी एक छोटी-सी मिसाल ये कि एक बार किसी मशहूर मुसव्विर ने ख़ानख़ाना को एक तस्वीर तोहफ़े में दी। उस तस्वीर में ये दिखलाया गया था कि एक रूपवती सरधा नहाने के बाद कुर्सी पर बैठी एक तरफ़ झुकी हुई अपने बालों को सुखा रही है और उसकी कनीज झाँवे से रगड़ती हुई उसके पैर धो रही थी। ख़ानख़ाना तस्वीर देखकर बहुत ख़ुश हुए और उन्होंने असल को पाँच हज़ार रुपये का इनाम भी दिया लेकिन मुसव्विर ने उसी वक़्त कहा के वो ये इनाम तभी लेगा जब ख़ानख़ाना तस्वीर की वो ख़ासियत भी बतला देंगे जिसकी वजह से उसे ये इनाम दिय। जा रहा है। कला पारखी ख़ानख़ाना ने हँसते हुए कहा कि चित्रगत सुन्दरी के अधरों पर जो मन्द मधुर मुस्कान की छटा है और चेहरे पर जो मधु का तिल है वह अत्यंत मुग्धकर और आकर्षक है। पर इसका कारण समझने के लिए इसके कमल पत्र पादों की ओर देखना चाहिए, जहाँ चतुर दासी के परिहास भरे उद्गम से गुदगुदिया हो रही हैं। मुसव्विर ने इस जवाब पर हैरानी ज़ाहिर की और हमेशा के लिए ख़ानख़ाना का ग़ुलाम हो गया।

एक रोज़ यूँ हुआ के शाही दरबार के सभी जानकार लोगों की महफ़िल सजी थी—तानसेन ने सूरदास का ये पद गाकर सुनाया कि—

जसोदा बार-बार यौं भाखै
है कोउ ब्रज मैं हितू हमारौ चलत गुपालै राखै

रहीम ने गायकी की तारीफ़ में ये दोहा कहा के—

बिधना यह जिय जानि कै, सेसहि दिये न कान
धरा मेरु सब डोलि हैं, तानसेन के तान

बादशाह अकबर ने चाहा कि कोई इस पद का खुलासा तो करे, कि यहाँ बार-बार से क्या मुराद है।

तानसेन बोले, "जसुदा बार-बार यानी पुनः-पुनः कहती है, ऐसा कौन हिमायती है हमारा जो गोपाल को मथुरा जाने से रोके?"

शेख पौदी बोले, "बार-बार से मतलब है रोना, इसलिए पहला मिसरा यूँ हुआ कि 'जसुदा रोते-रोते कहती है।"

फिर बीरबल की बारी आई, सो उन्होंने फ़रमाया, 'बार-बार यानी द्वार-द्वार तो पद का आधा हिस्सा ये है कि, 'जसुदा एक दरवाज़े से दूसरे दरवाज़े जाती है और कहती है...'।"

मिर्ज़ा अज़ीज़ कोका, जो कि ज्योतिषी भी थे, उनका कहना था कि—बार का अर्थ है दिन, तो अर्धपद ये है कि "जसुदा रोज़-रोज़ कहती है...।"

बादशाह ये सब सुनकर बोले, 'बार-बार' के इतने सारे मायने? इसकी क्या वजह है? तो रहीम ने बाअदब फ़रमाया कि 'हुज़ूर, एक लफ़्ज़ में कई मायने समेट लेने में ही शायर का हुनर है जिसे जो मानी सही मालूम हो, वो शेर को उस तरह पढ़े। अब तानसेन क्योंकि गवैये हैं, उनका तो फ़र्ज़ है कि वो बार-बार आपकी शान में राग दरबारी गायें तो उन्होंने शेर को वैसे पढ़ा। फैदी तो फ़क़त शायर हैं और शायर को रोने-धोने, शिकायत करने और टेसुये टपकाने के अलावा और क्या आता है? तो वो जसुदा को भी रुला रहे हैं। बीरबल ब्राह्मण हैं, जिनका काम है दरवाज़े-दरवाज़े जाकर भिक्षा माँगना तो उनका शेर में दर-ब-दर का मतलब लाना लाज़िमी है। बात रही नजूमी कोका की तो इन्हें सितारों की चाल और दिन-रात के सिवाय क्या इल्म? अब मैं आपको बताता हूँ, बार-बार के माकूल माने—बार-बार का मतलब है 'बाल-बाल' तो पद का आधा हिस्सा ये है कि "जसुदा का बाल-बाल, उसका रोम-रोम ये कह रहा है कि बृज में कोई है, जो मेरे जाते हुए गोपाल को रोक ले।"

रहीम की अप्रतिम भक्ति-भावना से जुड़े अनगिनत क़िस्से लोक में रचे-बसे हैं। सन् 1814 के लगभग रचित वैष्णवदास कृत भक्तमाल की प्राचीन प्रति से ये कथा मिलती है कि—एक रहीम नाम पठान विलायती में रहे ताने सुनी नाथ जी बहुत खूबसूरति है तब बा ने कही—खूबी बिना मिठाई कौन काम की? यह विचारी फेरि चाहि भई रात दिला चल्योई आयो जब दरवाजे पर आयो तब रोक्यो भीतर मत जाय तब बगदि के बोल्यो यह साहब और यह बेसुरी चाह क्यों दई और चाह दई तो जामा बैलों क्यों दयो।

हरि रहीम ऐसी करी ज्यों कमान सरपूर,
खेचि आपनी ओर को डारि दियो पुनि दूर

तब ऐसे कहिके परवत के नीचे जाय बैठे तब श्रीगुसाईं जी ने सुनि के थार को प्रसाद लेके रहीम पै बायो तब बाने कही बाबा तुम यहाँ क्यों आवते हो तुम सो हमारा क्या काम है मैं तो जिसन बुलाया हूँ जिसे ही कहता हूँ तब नाथ जी थार लाए तब बाने पीठ फेरि लयी तनाने दोहा—

खिचे चढ़त ढीले ढरत यही कौन यह प्रीति,
आज काल मोहन गही बंस दिए की रीति

यह विचारि कै पीठि दई तब थारि धरि के चले गए तब यह पीछे पछता-से, बुरी करी बाको तो मोसे बहुत आसिक हैं मोको ऐसो मासूक कहाँ।

बजलासंजी भी इनमें अपने बाप जैसी थी। एक शाम ख़ान-ए-ख़ाना और राजा मानसिंह शतरंज खेलने बैठे। शर्त ये लगाई गई कि हारने वाला जीतने वाले के बताए जानवर की आवाज़ की नकल करेगा। जब दोनों कुछ चालें चल चुके, तो बाजी उस मक़ाम पर पहुँची जहाँ रहीम की हार लगभग तय नज़र आ रही थी। मानसिंह ने एक ठहाका मारा और बोले, "मैं चाहूँगा कि आप बिल्ली की आवाज़ निकालकर बताएँ।" ख़ानख़ानाँ को जब जीत की कोई उम्मीद न रही, तो अचानक खड़े हुए, वहाँ से जाने लगे और बहाना बनाते हुए बोले, "ओह! दिमाग़ से ही निकल गया था। अच्छा हुआ याद आया।" राजा मानसिंह ने पूछा, "क्या हुआ?" रहीम ने कहा, "वो बादशाह सलामत ने एक काम दिया था, जो यकायक याद आया।" मानसिंह बोले, "ऐसे कैसे? बिल्ली की आवाज़ निकाले बिना कहाँ जा रहे हैं।" ख़ान-ए-ख़ाना शर्त पूरी करते और अपने ओहदे की इज्ज़त भी रखते हुए बोले, "मैं यहाँ हूँ...मैं यहाँ हूँ...मैं आ रहा हूँ।"

बुरहानपुर में अब्दुर रहीम ख़ानख़ाना ने अपने रहने के लिए एक शानदार इमारत बनवाई थी। कारीगरों ने उसे तस्वीरों से सजाया था और एक निराला रंग दिया था। एक बार किसी ग़रीब आदमी ने इस मकान के अन्दर दाख़िल होने की कोशिश की। पहरेदारों ने उसे रोका जिस पर वो बोला, ख़ानख़ाना से मेरा रिश्ता है। मैं उनकी बेगम की बहन का शौहर हूँ।" पहरेदारों में से एक ने अन्दर जाकर मालिक को इत्तेला किया। रहीम ने पहरेदार से कहा कि वो उस आदमी को अन्दर आने दें। फिर ख़ानख़ानाँ ने बाइज़्ज़त उसका इस्तक़बाल किया के तभी घर में आए हुए एक दूसरे मेहमान ने रहीम से पूछा, "ये फटेहाल शख़्स आपका रिश्तेदार है? कैसे?" रहीम ने नरमी भरे लहजे में जवाब दिया, "ये आदमी सही कहता है। सम्पदा और विपदा बहनें हैं। मैं सम्पदा का स्वामी हूँ और विपदा इसके घर रहती है। हुआ न मेरी बेगम की बहन का शौहर?"

कोउ रहीम जनि काहु के, द्वार गए पछिताए
संपति के सब जात हैं विपति सबै लै जाए

जब दक्कन के बादशाहों की फ़ौज आगे बढ़ने लगी थी, और यहाँ मुग़ल लश्कर में अनाज, घी, घास और दूसरी ज़रूरी चीज़ों के न होने से घोड़ों और आदमियों की हिम्मत जाती रही। शहज़ादे मुराद ने रहीम को कहा कि अब मौक़ा है, चलकर अहमदनगर को ले लें। रहीम ने जवाब दिया कि अभी तो यही ठीक है के इस साल वराड में रहकर यहाँ के क़िलों को फ़तह करें और जब ये देश पूरी तरह से दब जाए तो दूसरे देशों पर जावें इस बात से शहज़ादे ने बुरा माना।

कैसे निबहीं निबल जन, करि सबलन सों ग़ैर,
रहिमन बसि सागर विषे, करत मगर सों बैर

मुराद ने बादशाह को शिकायत की अर्जियाँ भेजीं जिस पर बादशाह ने रहीम को बुलाकर अबुल फ़ज़ल को दक्कन का सिपहसालार करके भेजा। रहीम इसके बाद आगरा चले आए। कुछ वक़्त सुकून से बिताना चाहते थे लेकिन बेटा हैदरी, जो अंधाधुंध शराब पीता था, उसकी अचानक मौत हो गई। इस ग़म से अभी उबर भी नहीं पाए थे कि उनकी बेगम माहबानो, जो कि पहले से ही बीमार थी, बेटे की मौत के सदमे से चल बसीं। अब रहीम पर दुखों का पहाड़ टूट पड़ा किसी काम में मन नहीं लगता था। अकबर ने दक्कन का राज्य रहीम के दामाद दानियाल को सौंपा और रहीम को उसकी हिदायत करने के लिए राजी किया। चार महीने की जद्दोजहद के बाद रहीम ने दानियाल के साथ मिलकर अहमदनगर का क़िला फ़तह किया मगर ये ख़ुशी भी ज़्यादा दिन तक नहीं टिकी क्योंकि हैदरी की ही तरह दानियाल भी शराबनोशी के चलते मौत के घाट उतर गया। रहीम एक बार फिर राज-काज से बेज़ार हो गए।

इसी दौरान रहीम पर एक और गाज गिरी। बादशाह अकबर जिन्होंने हमेशा रहीम की इज़्ज़त करी और उन्हें बेटे की तरह मोहब्बत दी, इस जहाँ से गुज़र गए। जहांगीर बादशाह बना तो रहीम दक्कन को क़ाबू करने में ही लगे थे। जहांगीर को लगा कि रहीम उनसे दूर-दूर हैं तो उसने एक ख़त लिखकर अपनी नाराज़गी ज़ाहिर की अब रहीम, जहांगीर से मिलने पहुँचे और उनसे वादा किया कि दो साल में वो दक्कन का मसला पूरी तरह सुलझाकर इसका राज जहांगीर के हाथ में दे देंगे, जहांगीर ने उनकी सब ज़रूरतें पूरा कर वापस भेजा मगर तब तक दक्कन के हालात बिगड़ चुके थे। मलिक अंबर ने अपनी सेना को मज़बूत करके अहमदनगर क़िले को चारों तरफ़ से घेर रखा था। मुग़ल फ़ौज को ज़बरदस्त हार का सामना करना पड़ा। अब रहीम ने घबराकर जहांगीर से मदद माँगी मगर जहांगीर इस उलटफेर के कारण रहीम से बहुत नाराज़ हो गया। उसने न सिर्फ़ मदद से इनकार कर दिया। बल्कि रहीम से

सब हक़ छीनकर अपने बेटे परवेज़ को दक्कन का सूबेदार बना दिया। परवेज़ भी अहमदनगर क़िले को बचा न सका और इस हार का ठीकरा रहीम के सर फूटा के उनकी लापरवाही से जीता-जिताया क़िला हाथ से निकल गया जबकि वो बादशाह से बड़े-बड़े वादे करके गए थे। रहीम दक्कन से लौट आए तो जहांगीर ने उनसे बात तक करने से इनकार कर दिया।

उधर जहांगीर की तरफ़ से उनकी मलिका नूरजहां राजकाज में कुछ ज़्यादा ही दिलचस्पी रखती थीं शाहजहाँ उन दिनों अपनी सियासी महत्त्वाकांक्षाओं के चलते नूरजहां की आँख की किरकिरी बना हुआ था। वो शाहजहाँ के ख़िलाफ़ जहांगीर को भड़काती थी और रहीम के बारे में बराबर ये शक ज़ाहिर करती थी कि जहांगीर की नाराज़गी के बाद रहीम, शाहजहाँ के क़रीब हो गए हैं, क्योंकि शाहजहाँ की शादी रहीम की नातिन से हुई थी, आख़िर जब बात ज़्यादा बढ़ी तो जहांगीर ने एक ग़ुस्से भरा ख़त लिखकर रहीम को बहुत गालियाँ दीं—

"अगर ख़ानख़ाना जैसा अमीर, जो अतालीक़ी के ऊँचे ओहदे को पहुँचा हुआ था, 70 बरस की उम्र में अपना मुँह नमकहरामी से काला कर ले तो दूसरों से क्या गिला है। उसके बाप ने भी अपने आख़िरी दिनों में मेरे बाप से ऐसा ही बर्ताव किया था। भेड़िये का बच्चा आदमियों में बड़ा होकर भी भेड़िया ही होता है।"

रहीम बूढ़े हो चुके थे तभी हैदरी और दानियाल के बाद शराब अब बेटे इरीज के लिए मौत बनकर आई। रहीम पागल से हो गए। इसी बीच शाहजहाँ ने जहांगीर के ख़िलाफ़ बगावत कर दी। नूरजहां का ये शक पुराना था कि रहीम, जहांगीर पर शाहजहाँ को तरजीह देते हैं, सो इस बार उसने महावत ख़ाँ को बाक़ी बागियों के साथ रहीम और उनके साथियों को भी ठिकाने लगाने का हुक्म जारी किया।

रहीम तो अपनी ही परेशानियों में घिरे थे, सो क्या शाहजहाँ, क्या जहांगीर, सबसे ही दूर हो रहे थे। बहरहाल उनको गिरफ़्तार किया गया। रहीम के बेटे दाराब ख़ाँ को महावत ख़ाँ ने पत्नी और बच्चों समेत मार डाला और दाराब ख़ाँ का सर एक थाली में सजाकर रहीम के सामने लाया गया। रहीम ने ये सब देखा और ज़िन्दा रहे।

बुरा वक़्त जानकर वो चुपचाप चित्रकूट चले आए और एक भड़भूजे के यहाँ नौकरी करने लगे क्योंकि उनका विश्वास था कि—

रहिमन चुप हो बैठिए, देखि दिनन के फेर
जब नीके दिन आइहैं, बनत न लगिहैं देर

ख़ानख़ाना रहीम भड़भूजे के यहाँ भाड़ झोंका करते थे। एक दिन एक ग़रीब आदमी ने इन्हें देखा तो पहचान गया कि ये तो महादानी ख़ानख़ानाँ हैं जो भाड़ झोंक रहे हैं। उसने इनसे पूछा—जाके सिर अस भार, सो कस झोंकत भार अस। यानी जिसके सिर पर इतनी बड़ी रियासत का भार है वो इस तरह भाड़ क्यों झोंक रहा

है? इस पर रहीम ने जवाब दिया—रहिमन उतरे पार, भार झोंक सब भार में। यानी मैं अपने सर का सारा भार इस भाड़ में झोंककर भवसागर के पार उतर गया हूँ। ये जवाब सुनकर वो ग़रीब बहुत मुतास्सिर हुआ। रहीम ने देखा कि उसे मदद की ज़रूरत है तो उन्होंने फ़ौरन एक दोहा लिखा—

चित्रकूट में रमि रहे रहिमन अवध-नरेश,
जा पर विपदा परति है सो आवत यहि देश

और ये दोहा उस ग़रीब के हाथ देकर उसे रीवा के राजा के पास भेज दिया। दोहा पढ़कर रीवा के राजा समझ गए कि रहीम मुश्किल में हैं और इस ग़रीब की मदद करना चाहते हैं। उन्होंने फ़ौरन उस आदमी को एक लाख सोने के सिक्के दे दिए।

दो साल तक रहीम ने ख़ामोशी से गुमनामी में वक़्त के बदलने का इन्तज़ार किया लेकिन हिन्दुस्तानी साहित्य के लिए ये वक़्त बहुत अच्छा रहा क्योंकि रहीम ने इस दौरान काफ़ी साहित्य रचा और धीरे-धीरे वाकई रहीम का बुरा वक़्त ख़त्म होने लगा। जहांगीर जब दक्कन गया और उसने ज़मीनी हालात का जायजा लिया तो उसे समझ में आया कि जो कुछ हुआ उसमें रहीम की ज़्यादा ग़लती नहीं थी बल्कि रहीम तो दक्कन के हालात को बेहतर समझते हैं। अब जहांगीर ने रहीम को दोबारा बुलवाया और उन्हें फिर से दक्कन का सिपहसालार बनाया। उनका ख़ानख़ाना का ख़िताब भी वापस कर दिया। रहीम भी दुनियादारी को समझते थे। अब उस दुनियादार बेशर्म बूढ़े ने अपनी अँगूठी में यह शेर खुदवाया था—

मरा लुत्फ़े जहांगीरी, जे ताई दोत खब्वानी
दोबार: ज़िन्दगी दाद: दोबार: ख़ानख़ानी

अपने आख़िरी दिनों में जब वो बहादुरी से बुरे वक़्त को देख रहे थे, उस हाल में भी माँगने वालों का उनके घर के बाहर तांता लगा रहता। इससे उनके दिल को और ठेस पहुँचती। आख़िरकार, ये दोहा कह दिया कि—

ए रहीम दर-दर फिरें, माँगि मधुकरी खाहिं
यारो यारी छोड़िये, वे रहीम अब नाहिं

तासों ही कुछ पाइए, कीजै जाकी आस
रीते सरवर पर गये कैसे बुझे पियास

फिर उनके बेटे का हत्यारा महावत ख़ाँ ख़ुद जहांगीर के लिए ख़तरा बन गया अब नूरजहां ने रहीम को क़ैदख़ाने से निकलवाकर महावत ख़ाँ को क़ाबू में करने का हुक्म दिया। रहीम, महावत ख़ाँ की तलाश में रवाना हुरा मगर अब उनकी हालत

जंग लड़ने की नहीं रह गई थी। अभी लाहौर तक ही पहुँचे थे कि तबीयत बिगड़ गई। रहीम को भी अन्दाज़ा हो गया था कि उनके पास ज़्यादा वक़्त नहीं है, सो उन्होंने अपने साथियों से कहा कि उन्हें दिल्ली ले जाया जाए। दिल्ली पहुँचने के कुछ ही वक़्त बाद 1627 में उनकी मौत हो गई। अपनी बेगम के सिरा उन्होंने जो मक़बरा बनवाया था उसी में रहीम को दफ़ना दिया गया और इस तरह शमशीर और कलम के जौहर से भरी एक दिलफ़रेब दास्तान अपने इख़्तिता को पहुँची—

रहिमन ठहरी धूरि की, रही पवन ते पूरि
गाँठ युक्ति की खुलि गई, अंत धूरि को धूरि

सदा नगारा कूच का, बाजत आठों जाम
रहिमन या जग आइ कै, को करि रहा मक़ाम

रहिमन बात अगम्य की, कहन सुनन को नाहिं
जे जानत ते कहत नहिं, कहत ते जानत नाहिं

जो सुलगे ते बुझि गए, बुझे ते सुलगे नाहिं
रहिमन दाहे प्रेम के बुझि-बुझि कै सुलगाहिं

सहलेखक—
हिमांशु बाजपेयी

दास्तान ढाई आख़र की

कबीर, तुम कब से भये बैरागी
तुम्हारी सुरती कहाँ को लागी वैचित्र का मेला नाही,
नाही गुरु, नाही चेला
सकल पसारा जिन दिन नाही, जिहि दिन पुरुष अकेला
गोरख हम तब के अहैं बैरागी
हमारी सुरती ब्रह्मा सों लागी
हमारी प्रीती ब्रह्मा सों लागी
हमारी सुरती ब्रह्मा सों लागी

हाज़िरीन, तो ये सवाल करनेवाले हैं गोरख जो कि योग के महागुरु बनकर गुरु गोरखनाथ कहलाए और जवाब देनेवाले हैं कबीर। तो एक बार हुआ ये कि ये जानने के लिए कि कबीर किसके प्रेम में लीन हैं, गोरख गंगा किनारे पहुँचे और कबीर से बोले—कबीर, चलो मुझे ढूँढ़कर दिखाओ! ये कहते ही गोरख ने एक मेढक बनकर गंगा में छलाँग मार दी। कबीर ने गंगा में एक हाथ जो डाला कि गोरख उनके हाथों में थे। अब कबीर बोले—गोरख अब तुम ढूँढ़ोगे। ये कहते ही उन्होंने गंगा में डुबकी लगा दी। गोरख उनके पीछे-पीछे कूदे। वो यहाँ गए, वहाँ गए लेकिन कबीर का कोई निशान नहीं था। जब थक के गोरख ने हार मानी तो कबीर ने ख़ुद को सामने लाकर बताया कि उन्होंने गंगा की एक लहर का रूप धर लिया था। ये उनकी सुरती थी, उनकी प्रीति थी, उनका प्रेम था।

हाज़िरीन, गुरु ग्रन्थ साहिब से ये पता चलता है कि कबीर के घरवाले उनसे ख़ुश नहीं थे। ख़ासकर उनकी अम्मी को लगता था कि अल्लाह, ये लड़का कर क्या रहा है...हम जुलाहे, कपड़े बुनते हैं पर ये तो लगता है सब धन्धा-वन्धा छोड़कर जोगी बननेवाला है। दिन भर बस पता नहीं क्या बोलता रहता है। जैसे माँओं की आदत होती है कि सुनाते रहो बेटे को, उस हद तक जब उसे आपका हर एक लफ़्ज़ मालूम हो जाए और उस हद के बाद भी। ऐसे हाल में बेचारा बेटा सर हिलाते रहने के अलावा और कर भी क्या सकता है? अब जब मैंने नौकरी छोड़ी और सोचा कि भाई अब तो बस कहानियाँ ही सुनाएँगे, तो मेरी माँ भी मुझे लगी सुनाने—

इसमें कुछ नहीं रखा है...अपना फ़्यूचर बर्बाद कर लेना है तूने...कब तेरी समझ में आनी है? कब कुछ ढंग का काम करेगा?

जवाब में मैंने अपनी माँ से वही कहा जो कबीर कहते थे, अपनी माँ से नहीं, सबसे—

धीरे-धीरे रे मना, धीरे सब कुछ होय
माली सींचे सौ घड़ा रितु आए फल होय

जवाब मिला कि बेटा मुझे तो बड़ी चिन्ता होती है कि तेरा क्या होगा? कहानियों से पेट नहीं भरता है। पैसा बड़ी ज़रूरी चीज़ है।

मैंने कहा, "माँ—चाह गई चिन्ता मिटी मनवा बेपरवाह, जिसको कुछ नहीं चाहिए, वो ही शाहनशाह"

बेटा ऐसा है, शायर तो कहते रहते हैं, उन्हें तो छूट है। तुम काम पे ध्यान दो और ये सब भूल जाओ।

अब जहाँ एक तरफ़ माँ, कबीर को भुलवाने में लगी थी, वहीं बचपन में हमें कबीर का एक-एक दोहा पकड़-पकड़कर याद करवाया गया और कहा गया कि 'चलो, इसकी प्रसंग सहित व्याख़्या बताओ' काश...काश बस इतना बता देते कि कबीर कविता का प्रसंग सिर्फ़ 'प्रेम' है और हर दोहा इस प्रेम की व्याख़्या।

पर ऐसा ना हुआ। और इसलिए हाल बड़ा बुरा है। पर हाल चाहे बुरा सही, कहानी चाहे अकथ सही पर दास्तान सुनाती रही जाएगी...तो हाज़िरीन पेश है दास्तान

ढाई आखर की

बड़ा बुरा है हाल कबीरा
छेड़ो फिर सुरताल कबीरा
सच के हिस्से में है फ़ाक़े
झूठ उड़ाए माल कबीरा
हम मछली, हर ओर मछेरे
फैलाए हैं जाल कबीरा
बचपन से हक़ माँग-माँगकर
पके हमारे बाल कबीरा
मीठी बानी बोल रहे थे
खिंची हमारी खाल कबीरा
बड़ा बुरा है हाल कबीरा
छेड़ो फिर सुरताल कबीरा

तो गुलगूना कशाने आरिज़े शाहिदे बयान इस तरह फ़रमाते हैं कि असली कबीर की तलाश करना उतनी ही बड़ी बेवकूफ़ी और अक़्लमन्दी का काम है जितना असली हिन्दुस्तान और असली भारतीय संस्कृति की तलाश करना।

हमने आज तक असली कबीर को या तो उनकी बानी में ढूँढ़ा है या उनकी कहानी में...पर समझनेवाली बात तो यही है कि कबीर की कहानी में ही उनकी बानी है।

तो हाज़िरीन, एक गाँव में दो लड़कियाँ रहती थीं—सत्य और कहानी। दोनों को अपनी ख़ूबसूरती पर बड़ा गुमान था। एक दिन बातों-बातों में दोनों दावा करने लगीं कि वो एक-दूसरे से ज़्यादा ख़ूबसूरत हैं।

दोनों अपनी बात पे अड़ गईं। जब बहस बहुत ज़्यादा गरम हो गई, तो उन दोनों ने इस पहेली को सुलझाने के लिए एक तरकीब निकाली। तरकीब ये थी कि एक मुक़ाबला हो जाए। करना ये था कि दोनों को एक-एक कर गाँव के बीच जो सड़क थी उस पर चल के जाना था, गाँव वालों के सामने से होते हुए। जो लड़की अपनी ख़ूबसूरती से ज़्यादा-से-ज़्यादा लोगों को अपनी तरफ़ खींचेगी वही ज़्यादा ख़ूबसूरत कहलाएगी।

पहली बारी सत्य की थी। वो अपनी ख़ूबसूरती पे इतराती, गाँव की तरफ़ चली। सत्य को अपनी तरफ़ आते देख, सभी गाँव वाले जो खेतों में काम कर रहे थे, नुक्कड़ पर चाय की चुस्कियाँ ले रहे थे, मौसम पर गुफ़्तगू कर रहे थे, ना जाने क्यों अपना काम छोड़-छाड़कर अपने-अपने घरों को लौटने लगे। थोड़ी ही देर में आधा गाँव अपने घरों के अन्दर था । यही नहीं, लोगों ने तो सत्य को देख अपने घरों की खिड़कियाँ तक बन्द कर ली थीं। जब तक बेचारी सड़क के एक छोर तक पहुँची, उसे पसन्द करना तो दूर, कोई देखनेवाला तक मौजूद न था।

सत्य यह बात जान गई थी कि उसकी हार लगभग तय है। वो सोचने लगी कि क्या किया जाए जो लोग उसे पसन्द करें? न जाने उसके दिमाग़ में क्या ख़याल आया, कि अचानक उसने अपने सारे कपड़े उतार डाले। वो मुड़ी, इस उम्मीद से कि उसे ऐसे देखकर, वो सब लोग, जिन्होंने उससे मुँह मोड़ लिया था, वापस आ जाएँगे। उसके मुरीद हो जाएँगे। पर हुआ इसका ठीक उलटा। जो इक्का-दुक्का लोग बाहर बचे हुए थे, वो भी अपने-अपने घर को भागे और कस के दरवाज़े बन्द कर लिये। सत्य को अपनी आँखों पर बहुत मुश्किल से यक़ीन आया। उसे यह एहसास हो चुका था कि वो ये मुक़ाबला हार चुकी है। इसलिए मुँह लटकाए वो उस तरफ़ चली जहाँ कहानी खड़ी थी। जब वो वहाँ पहुँची, तो उसकी सहेली—कहानी जो बड़ी बेचैनी से उसका इन्तज़ार कर रही थी, आगे आई, सत्य का हाथ थामा और पूछा "क्यों? कैसी रही?" सत्य ने अपना उतरा हुआ चेहरा सँभाला, कहानी की आँखों में देखा और बोली "कोई नहीं। कोई भी नहीं आया मेरे सामने।"

कहानी मुस्कुराई। उसने अपने हाथ-पाँव महावर से रंगे, पोर-पोर छल्ले पहने, लहँगा ग़िन्गाम का पहना, चुनरी सुर्ख रंग ओढ़ी, सिन्दूर माँग में भरा, पट्टियाँ पार के काजल आँखों में लगाया, माथे बिंदिया लगाई और टीका पहना, हाथों में पहुँचियाँ और पाँवों में कड़े और पैर की दसों उँगलियों में अनवट बिछवे पहनकर कहने लगी, "चलो, अब मेरी बारी।"

कहानी ने जैसे ही गाँव की सड़क पर क़दम रखा, बन्द दरवाज़ों से लोग बाहर निकलने लगे, सब-की-सब खिड़कियाँ खुल गईं। हवा भी ऐसे चलने लगी जैसे उसकी दीवानी हो। जैसे उसे कहानी से कहनी अपनी कहानी हो। गाँव वाले घर से बाहर निकले, एक-दूजे से बातें करने लगे, हँसने लगे, गुनगुनाने लगे। वो कहानी की तरफ़ अपनी नज़रें करते हुए ख़ुशी से झूमते और उसकी ख़ूबसूरती में खो जाते। ऐसा मालूम होता था कि वो एक दास्तानगो है और गाँववाले किसी दास्तान के किरदार, जिनकी डोर उसके हाथ में है। वो जब चाहती उन्हें अपनी तरफ़ खींचती। वो बहार-सी मनमोहिनी, सभी को अपनी ख़ुशबू में मदमस्त कर देती और वो सब अपना होश खोकर उसके पीछे-पीछे चलने लगे। नतीजा सबके सामने था। गाँव वालों ने सत्य के ऊपर कहानी को ज़्यादा लुभावना पाया। ख़ूब वाहवाही बटोरने के बाद जब कहानी अपने घर पहुँची तो उसने सत्य की आँखों में आँसू देखे। सत्य रोती हुई बोली, "तुम जीती, मैं हारी।"

कहानी ने सत्य के कन्धे पर हाथ रखा और कहा, "पर इसका मतलब ये मत समझ लेना कि मैं तुमसे ज़्यादा ख़ूबसूरत हूँ। बात सिर्फ़ इतनी है कि लोगों को सच देखने की आदत नहीं है, और नंगा सच तो बिलकुल भी नहीं। अगर तुम ख़ुद को लोगों तक पहुँचाना चाहती हो तो तुम्हें कहानी का हाथ थामना होगा। उसकी ख़ूबसूरती को अपनी ख़ूबसूरती में ढालना होगा।" इतना कहते ही कहानी ने अपने ज़ेवर और अपना नायाब पहनावा सत्य को दिया और उसे गाँव की तरफ़ जाने को कहा।

हाज़िरीन, इस बात पे बहस कि कबीर लुंगी पहनते थे या धोती बिलकुल बेमानी हो जाती है क्योंकि सच कपड़ों में नहीं, नंगेपन में होता है। ये ज़रूरी है कि हम यह समझें कि जिस सच की बात वो करते थे उसे कपड़े पहनाने का मकसद क्या था।

अब कहानी तो ये है कि वो ब्राह्मणी के पेट से जन्मे और एक मुसलमान जुलाहे के घर बड़े हुए, पर जो सत्य इस कहानी ने अपने अन्दर समाया है वो तो यही है कि :

ज़ाहिदे-तंग नज़र ने मुझे काफ़िर जाना,
और काफ़िर ये समझता है कि मुसलमान हूँ मैं
देख ऐ चश्मे-अदू, मुझको हिकारत से न देख,
जिस पे क़ुदरत को भी है नाज़ वो इनसान हूँ मैं।

कहना यह भी है कि :

एक दिन कबीर बुनना भूल गए। अब किसी ने पूछा, अरे, भाई ऐसे कैसे कोई अपना काम भूल सकता है? तो कहानी कुछ यूँ आगे बढ़ी कि दरअसल हुआ यह कि वो राम नाम में ऐसे खोये, ऐसे खोये कि काम ही भूल गए। अब जो बुनना भूल गए तो बाज़ार में बेचने को कुछ था ही नहीं। अगर बाज़ार में कुछ बेचने को नहीं है, तो ग़रीब आदमी घरवालों का पेट कैसे भरेगा? पर वो ऊपरवाला है ना, वो अपने भक्तों की मुश्किल में हमेशा उनका साथ देता है। तो वो रब ज़मीन पर आया और जिस कपड़े को बुनते-बुनते कबीर बुनना भूल गए थे उसे ख़ुद रब ने अपने हाथों से पूरा किया। जब कबीर अचम्भे से बाहर निकले, तो उन्होंने वो जादुई कपड़ा लिया और बाज़ार का रुख़ किया। पर ताज्जुब की बात ये थी कि जो भी ख़रीदार वो कपड़ा लेने आता, उसके पास कबीर की कपड़े की लगाई क़ीमत से कम ही पैसे होते। नतीजा ये कि कपड़ा बिकता ही न था। अबकी बार ख़ुदा ने कबीर का इम्तिहान लेने की सोची और एक फ़क़ीर के भेस में आया और कबीर से कपड़े का एक टुकड़ा माँगा। कबीर ने ख़ुदा के ही बुने कपड़े के दो हिस्से किए और एक हिस्सा उस फ़क़ीर को दे दिया। पर कपड़े का दूसरा हिस्सा भी जब न बिका, तो कबीर वापस घर को चले कि तभी उन्हें बाज़ार के एक कोने से उनकी ही वाणी सुनने में आई।

साईं इतना दीजिए जामें कुटुम्ब समाय,
मैं भी भूखा ना रहूँ साधु ना भूखा जाय!

कबीर मुस्कुराए, और जो अन्धे गाने-बजानेवाले उनके लफ़्ज़ों को गुनगुना रहे थे, उन्हें कपड़े का दूसरा हिस्सा दे आए। कहानी ख़त्म ऐसे होती है कि कबीर घर पहुँचते हैं तो देखते हैं कि उनके घर खाने-पीने का ढेर सारा सामान पड़ा है। और सब लोग पेट फाड़ के खा रहे हैं। तो मुफ़लिसी चाहे कबीर को विरसे में मिली, पर उस कहानी का भी सत्य यही है कि—

कबीर यह तन जात है, सको तो राखु बहोर।
ख़ाली हाथों वह गए, जिनके लाख करोर॥

एक और कहानी है काशी की। काशी—जहाँ कबीर ने अपनी सारी ज़िन्दगी गुज़ारी। वहाँ के पंडितों का मानना था कि काशी में मरने से इनसान को मोक्ष मिलता है और एक गाँव मगहर जहाँ ज़्यादातर आबादी मुसलमानों की थी, वहाँ जो मरे वो अगले जन्म में गधा पैदा होता है। पर कबीर इसी बात को चैलेंज करते हुए अपने आख़िरी दिनों में उन ब्राह्मणों से कह गए कि :

हम तो हैं मगहर के बासी, तुम्हें मुबारक बारानासी

पर उनके मगहर जाने की कहानी का सत्य यही है कि :

का कासी का ऊसर मगहर, राम हृदय बस मोरा,
जो कासी तन तजै कबीरा, रामै कौन निहोरा।

कहानी को हम सच नहीं मानते। पर वो कहानी ही तो है जो मेरे-तुम्हारे सच को जोड़ती है। और सच ही है जो मेरी और तुम्हारी कहानी को जोड़ता है। अब साहिब बात कबीर की बानी की करें, तो हमें जब मालूम हुआ कि कबीर की कहानी सुनानी है, तो शुरुआत में ही बहुत ज़िम्मेदारी महसूस हुई, सो सोचा कि बड़े लोगों से मशवरा लिया जाए। कोई बोले कि यार, तुम फ़लानी-फ़लानी किताबें पढ़ो, कोई बोले यार, यू हैव टु लिसन टु दैट फोक रेंडिशन ऑव कबीर। पर जैसे कबीर कह गए हैं :

कहता तो बहुता मिला, गहता मिला न कोय
सो कहता बहि जान दे, जो नहीं गहाता होय

तो हाज़िरीन, जब मैं पोथी पढ़-पढ़ मूआ होनेवाला था, और यूट्यूब पर बेतहाशा बफ़रिंग के बाद हमारी समझ में आया कि :

मुझको कहाँ ढूँढ़े रे बन्दे, मैं तो तेरे पास में
ना मैं टिपन्या, ना मैं बमंजा और ना मुख़तियार में
ना शबनम की डॉक्यूमेंट्री में, ना गन्धर्व कुमार में
ना पुरुषोत्तम, ना ही वौदेविल, ना ही अली सरदार में
खोजोगे तो तुरन्त मिलूँगा, पल भर की तलाश में
कहत कबीर सुनो भाई साधू, सब साँसों की साँस में

अगर कबीर को खोजोगे तो आपके आसपास ही मिल जाएगा

तू ना जाने आसपास है ख़ुदा

पर्दा नहीं जब कोई ख़ुदा से,
बन्दों से पर्दा करना क्या?
जब प्यार किया तो डरना क्या

मैं प्रेम पियाला पी आया,
इक पल में सदियाँ जी आया।

एक पल का जीना,
फिर तो है जाना,

तोहफ़ा क्या लेके जाइए,
दिल ये बताना, ख़ाली हाथ आए थे
हम ख़ाली हाथ जाएँगे,
बस प्यार के दो मीठे बोल, झिलमिलाएँगे।

तो व्हाई दिस कोलावारी-कोलावारी जी?

तो जो मेरे पास था उसमें मैंने अपने कबीर को पाया। हाज़िरीन, मेरा फ़ोक क्या है? मेरा फ़ोक वो है जो चलती बस में एफ़ एम रेडियो में बजता है। दिक़्क़त ये है कि हम समझते हैं कि एक फ़ोक पुण्य है, दूसरा फ़ोक पॉप है...

दरिया की लहर दरिया है, दरिया और लहर में भिन्न कोयम
उठे तो नीर है, बैठे तो नीर है, कहो जो दूसरा किस तरह होयम
नीर को फेर के नाम लहर धरा, लहर के कहे क्या नीर खोयम

10 सेब पड़े हों तो 10 नज़र आएँगे...निचोड़ा जाए तो सबका रस एक है। 10 चिराग़ देखने में अलग नज़र आएँगे, पर उनकी रौशनी में कोई फ़र्क़ नहीं होगा।

ठीक उसी तरह कोई अल्लाह को ढूँढ़ रहा हो या जगदीश को, उन दोनों का सत्य एक ओर है, और उस सत्य को पाने का रास्ता भी प्रेम का वही एक रास्ता है।

कबीर, जो आज अपने आप में एक ब्रांड है, और जिसके दम पर बहुत लोग अपने आप में ब्रांड बन चुके हैं, वो कबीर ब्रांडिंग के इसी कॉन्सेप्ट को तन के धनुष से प्रेम की डोरी पर शब्द का तीर चलाकर वार करते हैं। पर आज की तारीख़ में कोई चीज़ ब्रांडिंग से अछूती नहीं है—दास्तानगोई भी नहीं।

हाज़िरीन, इस मई में हम लोग शिमला गए, तो जिस हॉल में हमारा शो होना था उसके ठीक दरवाज़े पे पोस्टर था दास्तानगोई का। दो लोग सफ़ेद कपड़ों में बैठे हैं। सर पर टोपी है। एक का हाथ ऐसे हवा में है। मेरी नज़र अभी पोस्टर पे ही थी कि एक शख़्स आते हैं और कहते हैं :

"प्रोग्राम हो रहा है शाम को।"

"अच्छा!"

"हम्म...दिल्ली से आए हैं लोग।"

मैंने कहा, "हम्म...किस चीज़ का प्रोग्राम है?" तो उसने पोस्टर की तरफ़ एक बार देखा और बोला, "क़व्वाली है।"

एक हिस्सा दास्तानगोई के सुननेवालों का है। वो लोग जो इसे शक की नज़रों से देखते हैं...और भाई, कैसे ना देखें, ये मुसलमंटे काम ही ऐसा कर रहे हैं...अपनी ज़बान सिखाते हैं...इस्लाम की तारीख़ पढ़वाते हैं...और सब

छोड़िए...हिन्दुओं के शरीफ़ घर के बच्चों को दाढ़ी बढ़ाने के लिए कहते हैं... और दाढ़ी ही निशान है, दाढ़ी ही पहचान है, दाढ़ी ही अभियोग है, दाढ़ी ही सबूत है। और कुछ जो कांग्रेसी टाइप सेक्युलर लोग हैं, उन्हें ये शक रहता है कि ये माओवादी तो नहीं हैं...जब दास्तान में सिडक्शन नहीं चल रहा होता तो सैडीशन चल रहा होता है...

अच्छा, जो रिवायती दास्तानें हम सुनाते हैं, वो सभी एक तिलिस्म के आसपास घूमती हैं। तो जैसा कि आप लोगों में से कुछ लोग जानते हों कि तिलिस्म का मतलब है एक ऐसी जादुई दुनिया जहाँ जो दिसाई सो तो है नाहीं, है सो कहा ना जाई कबीर, जिनकी शायरी में काग़ज़ की लेखी नहीं, अँखियों की देखी नज़र आती है, इस दुनिया की शक्ल का बयान करते हुए कहते हैं कि इस तिलिस्म के तीन हिस्से और मक़ाम हैं :

पहला हिस्सा इस तिलिस्म का है तिलिस्म-ए-बहार, जहाँ क़िस्म-क़िस्म के फूल हैं—इनके रंगों और ख़ुशबू ने अपने जादू से हमको क़ैद कर रखा है।

दूसरा हिस्सा इस तिलिस्म का है जहाँ हम और आप यानी अहल-ए-ज़ाहिर रहते हैं। बाग़ो-बहार की सैर को ही अपनी ज़िन्दगी मानकर अपने चार दिन गुज़ार देते हैं। तीसरा हिस्सा इस तिलिस्म का है। तिलिस्म-ए-बातिन यानी वो तिलिस्म जहाँ वो रहता है जो नज़रों से छुपा है और जिसे हज़ार पंखुड़ियों वाले कमल पर बैठकर ही देखा जा सकता है। और ऐसे होते ही ये तीनों हिस्से, ये तीनों मक़ाम एक हो जाते हैं। क्योंकि जिस तरह शहद में डूबी हुई मक्खी हिल नहीं सकती, उसी तरह ख़ुदा में मस्त सूफ़ी ये नहीं कह सकता कि 'मैं बन्दा हूँ' क्योंकि उसका ऐसा कहना ख़ुदा के वजूद के आगे अपने वजूद का ऐलान करना है।

जब मैं था तब हरि नहीं, अब हरि हैं मैं नाहिं
प्रेम गली अति साँकरी ता में दो न समाहिं।

यही प्रेम इस दुनिया का तिलिस्म कुशा है...

हाज़िरीन, दास्तानों में, मैं आपको, मोटे तौर पर बतला दूँ, होता ये है कि जादूगरों और अय्यारों की जंग होती है। तो जादूगर जो हैं वो अपना जादू इस्तेमाल करके चमत्कार दिखाकर हर चीज़ पर फ़तेह पाने की कोशिश करते हैं। अय्यार जो हैं वो अपनी ज़बां के दम पर जादूगरों को चकमा देते हैं। पर हाज़िरीन, ये और कुछ नहीं, कबीर की तौहीन ही है कि कुछ लोग उनकी ज़ुबां को नज़रअन्दाज़ करते हुए उन्हें चमत्कारों में ढूँढ़ते हैं।

जंतर-मंतर सब झूठ है, मत भरमो जग कोय
सार शबद जाने बिना, कागा हंस ना होय

हक़ीक़त यही है कि कबीर एक अय्यार है। एक अय्यार जिसकी शायरी उसे अमर कर देती है...

तो एक दिन का वाक़या है कि कबीर बाज़ार की तरफ़ जा रहे थे कि रास्ते में मुल्ला ने देखा कि इसकी ख़बर ली जाए। मुल्ला जानता था कि कबीर अनपढ़ है, जैसे ही कबीर, मुल्ला के सामने से निकला।

मुल्ला ने कबीर से कहा, "बोल, अलिफ़!"

तो वो बोला, "रास्त-ओ-बरहक़ है।"

मुल्ला बोला, "(गुस्से में) बोल, अलिफ़!"

"रास्त-ओ-बरहक़ है।"

मुल्ला बोला, "मैं कहता हूँ बोल अलिफ़, तू कहता है रास्त-ओ-बरहक़ है। यह क्या बात है? कैसा अहमक़ है?"

कबीर बोला, "मुल्ला साहिब, जो आप कहते हैं मैं तो उसी का जवाब देता हूँ। जो मैं समझता हूँ वो ही ख़िदमते आली में अर्ज़ करता हूँ। यानी आप कहते हैं अलिफ़, मैं कहता हूँ रास्त-ओ-बरहक़ है। अब इनमें कोई फ़रक़ नहीं है। अलिफ़ सीधा है...ऊपरवाले का रास्ता भी सीधा है। अलिफ़ का अदद एक है, ऊपरवाला भी एक है। अगर मैं ग़लत कहता हूँ तो आप तादीब और तंबीह फ़रमाइए, मुझे क़ायल कीजिए और किसी तौर पे समझाइए कि क्या ख़ुदा वाहिद नहीं। क्या कोई और भी है जो उससे शिरक़त रखता है।"

> रस मन्द मन्दिर बाजता, बाहर सुने तो क्या हुआ,
> एक प्रेम रस चखना नहीं, अमली हुआ तो क्या हुआ?
> क़ाज़ी किताबें खोजता, देता नसीहत और को,
> महरम नहीं उस हाल से, क़ाज़ी हुआ तो क्या हुआ?

कबीर आगे चले तो पांडे जी के घर के सामने से निकले। अब पांडे जी बड़े विद्वान थे। कबीर ने उनसे एक चटाई के नाप के बारे में पूछना था। दरवाज़े पर खड़ा देखते क्या हैं कि पूरे कमरे में हर जगह किताबें फैली हुई हैं, तो कबीर ने ऐसे ही पूछ लिया, "पंडित जी, क्या पढ़ रहे हैं?" पांडे जी का जवाब आया, "यह तुम्हारे समझने की चीज़ नहीं है।" कबीर ने यह सुना और एक निगाह वहाँ पड़ी तमाम किताबों पर डाली कि वो सब किताबें जल गईं। एक किताब पंडित अपने हाथ में लिये पढ़ भी रहा था। अब उसके हाथ में सिर्फ़ राख बची थी।

पांडे जी के तो पैरों तले ज़मीन खिसक गई। उन्होंने घबराकर कबीर से पूछा, "यह क्या हुआ?"

कबीर ने जवाब दिया, "ये तुम्हारे समझने की चीज़ नहीं है।"

पुराण-क़ुरान सबई बात है, या घाट का पर्दा खोल,
अनुभाभ कि बात कबीर कहें, यह सुब है झूठी पोल,
अगनी पवन पानी पृथ्वी नभ काया बिन मिले नाहीं,
क़ाज़ी पंडित करो निर्णय, कोना आपा माहीं
पंडा-डंडा लेकर खोजे बड़बोलो बकवासी
मुल्ला खोज्यो कहाँ गयो कबीरा कर हमरी हाँसी
ना राजा था ना जोधा था ना था ग्यानी ध्यानी
सौ की एक बात कह देता वो अनपढ़ अज्ञानी

वो अनपढ़ है—इस लिहाज़ से कि "मसि काग़ज़ छुओ नहीं, कलम गही नहिं हाथ।"

कबीर का कहना था कि "भाई, हम तो जाहिल हैं और जाहिल ही अच्छे। मेरे पास जो भी ज्ञान है, मेरे अन्दर है।"

ये वही अनपढ़ है जिसे भारत के पहले लिटरेचर नोबल लौरियेट रवीन्द्र नाथ टैगोर हिन्दुस्तानी अदब की सबसे बड़ी कामयाबी का नाम देते हैं। वो यह भी कहते हैं कि कबीर की सूफ़ी शायरी का बंगाली जुबां में कोई सानी नहीं है। भक्ति शायरी में कृष्ण के लिए ब्रजभाषा का इस्तेमाल किया गया और राम के लिए अवधी का। पर हाज़िरीन, जिसे इन दोनों से निकलकर आगे जाना था और अलग बात कहनी थी उस अनपढ़ ने अपनी बात को खड़ी बोली में बैठाया। कबीर ज्ञान के ख़िलाफ़ नहीं थे, वो ब्रांडेड ज्ञान और उसके आडम्बर के ख़िलाफ़ थे।

कबीर ने अपनी कविता के बारे में कभी कोई बयान नहीं दिया, जो कुछ और जैसा कुछ भी कहना था कहा अपनी शायरी में। यहीं मैं बता दूँ कि कल रात कबीर ख़ुद आए मेरे घर प्राइवेट सिक्यूरिटी कमांडो से घिरे और अपनी कविता के बारे में कोई भी कैसा भी बयान देने के लिए मुझे दे गए अपना हलफ़नामा।

जी हाँ हाज़िरीन, हममें से बहुत लोग ऐसे हैं जो अक्सर इस हलफ़नामे का इस्तेमाल करते हैं और इसकी सबसे बड़ी मिसाल है कबीर के सबसे मशहूर दोहों में से एक :

काल करे सो आज कर, आज करे सो अब,
पल में परलय होएगी, बहुरि करेगा कब

चाहे वो दूसरी जमात में पढ़नेवाला बच्चा हो या आम शहरी की तरह नौकरी करनेवाला इनसान, उसका टीचर या बॉस यह दोहा सुनाने से कभी नहीं चूकता क्योंकि उन्होंने एक बहुत ही कमाल सेहर ईजाद किया है जिसका नाम है डेडलाइन। हाज़िरीन, यह जो डेडलाइन है ना, पुराने ज़माने में एक बाउंडरी को कहते थे। जंग

में पकड़े गए या जेल में डाले गए क़ैदी अगर इस डेडलाइन को पार कर लेते तो उनको गोली मार दी जाती। स्कूलों और दफ़्तरों में आज हालात कुछ ख़ास अलग नहीं है। तो जहाँ इस दोहे का यह इस्तेमाल मौत के डर पर ज़ोर डालता है। वहीं कबीर तो ज़िन्दगी की बात करते हैं...

वो कहते हैं कि अगर हम इस जनम में उससे रिश्ता नहीं जोड़ सकते तो मौत पर उससे ऑटोमेटिक कनेक्शन की उम्मीद करना बेकार है।

> जीवत समझे जीवत बूझे, जीवत मुक्ति निवासा
> जीवत करम की फाँस ना काटी, मुए मुक्ति की आसा
> तन छूटे जीव मिलन कहत है, सो सब झूठी आसा
> अबहु मिला तो तबहु मिलेगा, नहीं तो जमपुर बासा
> सत् गहे सतगुरु को, चीनी सत् नाम बिस्वासा

हम यह नहीं कहना चाह रहे कि आज का काम कल पे न डालने की सीख ग़लत है, हम तो बस इतना कहना चाह रहे हैं कि कबीर किसी को धमकी नहीं देते, वो तो यह दोहा तन्हाई में अपने आप से कहते हैं।

कबिरा तनहा है बहुत इर्द-गिर्द है भीड़, दोहे थोड़े रूढ़ि हैं, तनी हुई है रीढ़।

कबीर की मूर्ति के पास भीड़ जमा थी, हर आदमी चिल्ला रहा था। एक बोला, "मैं कबीर का वारिस हूँ। कबीर बहुत महान थे।" दूसरा बोला, "मैं हूँ कबीर का वारिस। कबीर सच का मसीहा था।" तीसरा बोल पड़ा, "कबीर मेरे कल थे और वो आज भी मेरे हैं।"

कबीर की मूरत यह सब सुन मुस्कुराई और लोगों के देखते-देखते ख़ुद कबीर में तब्दील हो गई। सब हैरान, कबीर ने भीड़ को आवाज़ दी, "मेरे प्यारे वारिसो, तब मैं अकेला था, आज तुम सब मेरे साथ हो, आओ, हाथों में लुकाठियाँ ले लो, अपने घरों को फूँको और मेरे साथ चलो।" भीड़ जस-की-तस रह गई और धीरे-धीरे छँटने लगी। कबीर फिर से निपट अकेला रह गया और धीरे-धीरे मूरत में समा गया।

हाज़िरीन, हालाँकि कबीर कहते हैं कि उनका बेटा उनके रास्ते पर नहीं चला, पर अगर किसी ने कबीर की वाणी को सच में जीया तो वो थे उनके अपने बेटे कमाल और वो सचमुच बड़े कमाल थे...और हमें यह भी सुनने में आता है कि, कमाल अक्सर कबीर से ऐसे सवाल करते कि जिनका जवाब कबीर के पास भी नहीं होता और उन्हें सबके सामने शर्मिन्दा होना पड़ता।

एक दिन इस सबसे तंग आकर कबीर ने अपने बेटे से कहा, "बूड़ा वंश कबीर का, कमाल! मेरा वंश मेरे साथ ही ख़तम हो जाएगा, मैं तुम पर भरोसा नहीं कर सकता।" कमाल ने जवाब दिया, "बापू, अगर तू मुझपे भरोसा नहीं कर सकता

ना, तो अपने आप पे भरोसा नहीं कर सकता।" और वो घर छोड़ के चले जाते हैं और अपनी अलग कुटिया बना लेते हैं।

यह कहानी कितनी सच्ची है यह तो हम नहीं कह सकते, पर ये एक ऐसी कहानी है जिसमें जन्म, प्रेम और सत्य का रस भरा हुआ है। जन्म चाहे कमाल का कबीर के घर हुआ पर उन्होंने अपने बाप से भी सवाल पूछे। जब भरोसे पर सवाल उठता है तो वो कबीर की ही वाणी "अपना-सा जीव सबको जानई" में प्रेम की बात करते हैं जो उस अविनाशी को पाने का इकलौता रास्ता है और सत्य यही है कि वो समझते हैं कि "बिरहा मेल सब है खेल।"

जन्म मिला ढाई आखर का
प्रेम किया ढाई आखर का
जन्म गँवाया प्रेम ना पाया
सत्य मिला ढाई आखर का

दास्तान दारा शिकोह की

सुप्रिया गांधी के शोध पर आधारित

वो शख़्स था इक शख़्सियत और नाम था दारा
जो बाप को अज़ीज़ था, और बहन को प्यारा
था देख चुका ख़ाक हुए ख़ून के रिश्ते
इनसान के नाते से इंसां को पुकारा

थी ऐसी ललक उसमें और उसकी तलाश में
वेदों में पढ़ लिया था तकबीर का नारा

ताक़त की पा के ताक़त बेमानी-ओ-फ़िज़ूल
जीता वो यूँ सफ़र कि, मंज़िल भी ना हारा

तो गुलगूना कशाने आरिज़े शाहिदे बयान इस तरह फ़रमाते हैं कि बादशाह जहाँगीर के गुज़रने के बाद मुग़ल दरबार में शाहजहाँ की ताजपोशी हो रही है। वो अपने बड़े बेटे दारा शिकोह को गले लगा रहा है, और बाक़ी दो शहज़ादे—शाह शुजा और औरंगज़ेब दूर खड़े ये नज़ारा देख रहे हैं। अब वक़्त का पहिया 5 साल पीछे घुमाते हैं, सन् 1622 में जब दारा शिकोह की उम्र 7 बरस भी नहीं हुई थी, उसके वालिद शाहजहाँ ने पहले अपने बड़े भाई का क़त्ल करवाया, फिर अपने बाप, यानी बादशाह जहाँगीर के ख़िलाफ़ नाकाम बग़ावत की। बादशाह ने माफ़ करने के लिए एक शर्त रखी—कि शाहजहाँ अपने दो बेटों दारा शिकोह और औरंगज़ेब को लाहौर के शाही दरबार भेज दे। इन बच्चों को अपनी हिरासत में ले लेना दरअसल जहाँगीर की बेगम मल्लिका नूरजहाँ की तरकीब थी, ताकि तख़्त के लिए लड़ाई छिड़ने पर शाहजहाँ उसके क़ाबू में रहे। मुग़लिया सल्तनत की एक ख़ुसूसियत रही—उनके यहाँ या तो तख़्त है या ताबूत। इसलिए जब बादशाह जहाँगीर की तबीयत नासाज़ रहने लगी, और कुछ ही बरस में वो गुज़र गए, तो शाहजहाँ ने अपने छोटे भाई और भतीजों को ताबूत देकर, तख़्त को हासिल किया। और शहजादा दारा शिकोह, शाहजहाँ के सबसे बड़े बेटे होने के नाते, ज़ाहिर तौर पर मुग़ल तख़्त का वारिस बना।

जब दारा की उम्र 18 बरस हुई, तो बड़ी धूमधाम से उसकी शादी हुई। उसके कुछ वक़्त बाद की बात है बादशाह शाहजहाँ अपने तीन बेटों दारा, शुजा और

औरंगज़ेब, के साथ शाही बाम से दो हाथियों की लड़ाई देख रहे थे। इस तरह के तमाशे हर हफ़्ते बादशाह के सामने पेश किए जाते थे। सुधाकर और सूरत सुन्दर की सूंडो का साँपों की तरह गाँठना और बाँधना, गुथना और लपेटना, भाँजना और उमेठना, मरोड़ना और ऐंठना चल रहा था। तभी सुधाकर जिसके सर पे नशा सवार था, पहरेदारों का घेरा तोड़कर औरंगज़ेब पर बरस पड़ा। इस वक़्त शहज़ादे औरंगज़ेब ने, जिसकी उम्र 15 बरस भी न थी, आराम से, पहले अपने घबराए हुए घोड़े को सँभाला, फिर ज़ोर से अपना नश्तर सुधाकर की खोपड़ी के दो हाथ अन्दर तक की गहराई में दे मारा। उसी वक़्त दूसरा शहज़ादा शुजा भी अपना भाला लिये सुधाकर पर हमला करने के लिए आगे बढ़ा। राजा जय सिंह भी, जिसका ख़ानदान 4 पीढ़ियों से दरबार की ख़िदमत में था, अपनी वफ़ादारी का सबूत देने के लिए, सुधाकर की तरफ़ बढ़ा। पर दोनों उस हाथी को क़ाबू में नहीं कर पाए। तभी, इत्तिफ़ाक़ से, दूसरे हाथी सूरत सुन्दर ने सुधाकर का ध्यान कहीं और पाकर, मौक़ा ताड़ा और अपने दुश्मन पर हमला किया। सुधाकर अब सूरत सुन्दर के पीछे दौड़ा, और जितनी तेज़ी से ये खलबली मची थी उतनी ही तेज़ी से सारा मामला ख़त्म हो गया। पर इस सब के बीच दारा कहाँ था? दारा तीनों भाइयों में सुधाकर से सबसे दूर पाया गया। दारा ने भाला भी यूँ पकड़ा है जैसे वो इन हालात में ज़ोर-आज़माइश नहीं करना चाहता। क्या बादशाह के चहेते बेटे का इस मसले में शामिल तक न होना हमें कुछ बताता है? उधर औरंगज़ेब ने अगर ख़ुद को साबित करने की कोशिश की, तो वो क़ामयाब रही, क्योंकि शायर कलीम ने शहज़ादे की दिलेरी का क़िस्सा कुछ यूँ कहा कि वो बयान एक महफ़िल से दूसरी महफ़िल उड़ने लगा।

ब तकलीफ़ फ़ितरत दलीरी नमूद
ब सिन्नी कि तकलीफ़ बर वे नबूद

यानी अभी औरंगज़ेब की उम्र इतनी भी न हुई थी कि वो ज़िम्मेदारियों के लिए जवाबदेह होता, पर उसने अपनी फ़ितरत में दिलेरी की नुमाइश की।

हाज़िरीन, कुछ महीने बाद की ही बात है, दारा की पहली औलाद जिसे पैदा हुए फ़क़त दो महीने हुए थे, चल बसी। दारा का ग़म बीमारी की शक्ल ले चुका था। हरारत इतनी हुई कि बादशाह ने हुक्म दिया कि दारा के ख़ेमे को उनके अपने ख़ेमे के क़रीब लाया जाए। ताकि शहज़ादी जहाँआरा, जिसने मुमताज़ महल के बाद शाहजहाँ की देखभाल का ज़िम्मा ले लिया था, भाई दारा का भी ख़याल रख सके। चार महीने बीत गए। किसी इलाज का कोई असर न हुआ। आख़िर, बादशाह को लाहौर के पास बसे एक सूफ़ी पीर मियाँ मीर के दर पे जाना पड़ा।

डेरे पर पहुँचकर, बादशाह शाहजहाँ मियाँ मीर के सामने आए, दारा का हाथ पकड़कर बहुत मुलायमियत के साथ बोले, "मियाँ जी, ये मेरा बड़ा लड़का आपको

बहुत मानता है। हर हकीम इसकी सेहत ठीक करने में नाकाम रहा है। आप ही देखिए।" मियाँ मीर ने ये सुन एक हाथ से दारा का हाथ थामा और दूसरे हाथ में मिट्टी का वो बर्तन उठाया जिसमें वो पानी पीते थे। उसे पानी से भरकर, एक दुआ की और फ़ातेहा पढ़कर वो पानी दारा से पीने को कहा। दारा ने उसे पीया, फिर मियाँ जी ने कहा एक हफ़्ते में ये लड़का बिलकुल ठीक हो जाएगा। हफ़्ता बीता और सचमुच दारा बिलकुल सेहतमन्द हो गया।

मियाँ मीर के इस करिश्मे के कुछ वक़्त बाद, दारा अपने वालिद के साथ जब दूसरी बार मियाँ मीर से मिलता है, उसका बयाँ ऐसे करता है कि : "मैं उनके मकां को एक पाक वादी मानता था। इसलिए नंगे पाँव ही अन्दर गया। देखा कि मियाँ जी, बादशाह से गुफ़्तगू के बीच लाँग चबाते जाते और थूकते जाते। वहाँ मौजूद कुछ लोग इस बात से परेशां हुए मगर वो सूफ़ी बेझिझक दुनियावी हुकूमत की तौहीन किए जाता। उसके बाद जो हुआ, देखनेवालों के लिए हैरतनुमा था।

मैंने वो चबाये हुए, थूके हुए लाँग जमा किए और एक-एक कर उन्हें खाने लगा। ऐसा करते ही मेरे मन में दो एहसासात एक साथ जागे—पहला मैं दुनियावी मामलों से कटने लगा और दूसरा मियाँ जी से शदीद लगाव हो गया।" पर मियाँ मीर की बादशाह से इस दूसरी मुलाक़ात के पूरे सच से पर्दा उठाते हैं। तवक्कुल बेग, जो मियाँ मीर के एक मशहूर शागिर्द मुल्ला शाह के उन मुरीदों में से थे जो उनके साथ कश्मीर में रहते थे। बक़ौल तवक्कुल बेग, हुआ यूँ कि जिस बरस शाहजहाँ ने ताज पहना, उसी साल मुल्ला शाह बदख्शी जिनकी उम्र 47 हो चली थी, उन्हें इदराक-ए-तौहीद का एक उम्दा मक़ाम हासिल हुआ। और इस मौक़े पर उन्होंने ये शेर कहा :

पंजा दर पंजा ए ख़ुदा दारम
मन चे परवा ए मुस्तफा दारम

जिसके हाथ में ख़ुदा का हाथ हो, उसे पैग़म्बर की क्या परवाह!

मुल्ला शाह के ऐसे बयानों से उनकी मकबूलियत कुछ यूँ बढ़ी कि शाही दरबार के उलेमा को अपनी ताक़त की नुमाइश करने की ज़रूरत महसूस हुई। इनमें से एक क़ाज़ी असलम थे—जिन्होंने दारा का निकाह करवाया था और दूसरे इनके भाई मीरक शेख़ थे जो दारा के उस्ताद रह चुके थे। तो साहब इन लोगों ने एक फ़तवा तैयार किया जिसमें जुर्म-ए-कुफ्र के लिए मुल्ला शाह को सज़ा-ए-मौत देने की दरख़्वास्त थी। पर शाहजहाँ बग़ैर मामले की तसदीक़ किए कोई भी क़दम उठाने से हिचकिचा रहे थे। तभी दारा वहाँ तशरीफ़ लाए—और बादशाह को सलाह दी कि चूँकि मुल्ला शाह आख़िर मियाँ मीर के शागिर्द हैं, इसलिए इस मामले में किसी तरह की कोई भी जल्दबाज़ी ग़ैर मुनासिब होगी। शाहजहाँ ने दारा की तारीफ़

की, फ़तवे पर रोक लगाई और फ़ौरन मियाँ मीर से मिलने के लिए चल दिए। उधर मियाँ मीर ने अपने शागिर्द के लिए सज़ा-ए-मौत की ख़बर सुनी तो कहा, कि मुल्ला शाह को जब सूफ़ियाना हाल आता है, तो अल्फ़ाज़ ख़ुद-ब-ख़ुद उसके मुँह से बाहर आ जाते हैं। बादशाह ने सब कुछ समझते हुए मियाँ जी से इजाज़त माँगी और कश्मीर को रवाना हुए, जहाँ दारा ने मुल्ला शाह को कोर्निश पेश किया।

लेकिन इस मुलाक़ात से लेकर अगले 6 साल तक दारा और मुल्ला शाह का कोई सीधा रिश्ता नहीं था। आख़िरकार 1640 में उस सूफ़ी ने दारा को अपने शागिर्द के तौर पर क़बूल किया। मुल्ला शाह को दारा में क़ादरी सिलसिले के लिए एक उम्मीद नज़र आती थी—एक तमन्ना जो कि शहज़ादे के बादशाह बनने से सीधी तरह जुड़ी थी। कि शागिर्द दारा के तख़्त पर आते ही क़ादरी सिलसिले को बाक़ी सूफ़ी सिलसिलों पर तरजीह दी जाएगी। पर सूफ़ियों से दारा के असल रिश्ते का हवाला हमें मिलता है शहज़ादे के अपने दीवान में। दारा अपने दौर के मुग़ल ख़ानदान के अफ़राद में ग़ैरमामूली थे, क्योंकि जहाँ आम रवायत ये थी कि बादशाह और शहज़ादे शायरों की सरपरस्ती किया करते थे, वहीं दारा ने अपना दीवान लिखा। तो सबसे पहले इस दीवान का ये शेर सुनें जो दारा की कट्टर मज़हबियों के बारे में उनकी सोच का नुमाइंदा है :

बिहिश्त आन जा कि मुल्लाई नबाशद
ज़ि मुल्ला बहस ओ गोगाई नबाशद

जन्नत वहाँ है जहाँ मुल्ला नहीं हैं, न उनकी बहस है, और न उनका शोर

दूसरी बात, जहाँ हुमायूँ की शुरू की रवायत के चलते मुग़ल बादशाह चिश्तियों के सबसे क़रीब थे, दारा ने ख़ुद और अपनी बहन जहाँआरा को क़ादिरी सिलसिले में दाख़िल किया। ये दीवान क़ादरियों के लिए शहज़ादे का नज़राना-ए-अक़ीदत था, और उसका सबसे बड़ा सबूत ये कि शायर के तौर पर दारा ने अपना तख़ल्लुस भी 'क़ादरी' ही चुना।

जब हठ से पाई क़ादरी ने पीर की सरन
बातिन में डूबा, और किया ज़ाहिर से किनारा
वो शख़्स था इक शख़्सियत और नाम था दारा

और तीसरी बात ये कि क़ादरियों में भी अपने पीर की बिरादरी, यानी कश्मीरी क़ादरी ही दारा के लिए सब कुछ थे :

चूं ख़ुदा-ओ-साहिब-ए-मन पीर हस्त
काबा-ए-मन हज़रते कश्मीर हस्त

दारा ने सूफ़ियों को सुन्नियों से बेहतर मानकर
क़ादरियों को चिश्तियों से बड़ा दर्जा देकर और
कश्मीरी क़ादरियों को बाक़ी क़ादरियों के ऊपर रखकर,
अपने लिए मुश्किलें खड़ी कर दी थीं।

हाज़िरीन, सूफ़ियों से इस रिश्ते का मतलब ये नहीं कि हम दारा को बस एक सूफ़ी की तरह ही देखें। हमें ये याद रखना चाहिए कि आख़िर वो मुग़ल रियासत का वारिस था, और इसलिए सियासत से किसी भी हाल में जुदा नहीं था। सन् 1652 में शाहजहाँ ने कन्दहार पर फ़तह पाने के लिए औरंगज़ेब को भेजा। चाहते तो उस वक़्त बादशाह शाह शुजा को भी भेजते, ताकि वो औरंगज़ेब की मदद कर सके, लेकिन दारा ने इस डर से कि कहीं उसके ये दो छोटे भाई मिलकर उसके ख़िलाफ़ न खड़े हो जाएँ, शाहजहाँ को ऐसा करने से रोका। नतीजा ये कि औरंगज़ेब को इस मुहिम में शर्मनाक हार का सामना करना पड़ा। सज़ा के तौर पर शाहजहाँ ने औरंगज़ेब को सूबेदार बनाकर दक्कन भेज दिया। उसकी तनख़्वाह 17 लाख रुपये घटा दी। अगले साल शाहजहाँ ने दारा को कन्दहार जीतने के लिए भेजा। जब औरंगज़ेब ने पेशकश की के उसे अपने दादा भाई की मदद के लिए साथ भेजा जाए, तो बादशाह ने बड़े तुन्द लहजे में ये जवाब दिया था :

"किसी दानिशमन्द ने कहा है, एक बार आज़मा लिए गए आदमी को दोबारा नहीं आज़माना चाहिए।"

औरंगज़ेब ने वापस जवाब भेजा, अगर कन्दहार की मुहिम सही मायनों में दारा की आज़माइश है, तो उसे भी उन्हीं मुश्किलों में ये बीड़ा उठाना चाहिए जो हालात औरंगज़ेब के पेशे नज़र थे। उधर दारा मैदान-ए-जंग में जीत हासिल करने को मुश्ताक़ था। उसने बड़ी ज़ोर-शोर से तैयारियाँ की। कन्दहार के लिए कूच करने से पहले, लाहौर में एक क़िला बनवाया ताकि उसकी फ़ौज फ़तह पाने की तैयारी कर सके। अंग्रेज़ों के बनाए नक़्शे पढ़ डाले, फ़ौज सर्दी का सामना कर सके, उसका बन्दोबस्त किया, मुल्लाओं से दुआएँ मँगवाईं, ज्योतिषियों से महूरत निकलवाए और टोनेबाज़ों से दुश्मन के अनाज को कीड़ा लगवाया। पर फिर भी कन्दहार मुग़लों के हाथ ना आ पाया।

हाज़िरीन, कन्दहार की हार के बाद, औरंगज़ेब ने अपने भाई शुजा के साथ ख़ुफ़िया तौर पर एक क़रारनामा तैयार किया था जिसके तहत शुजा की बेटी का निकाह औरंगज़ेब के बेटे से तय हुआ। बादशाह शाहजहाँ को जब ये मालूम हुआ तो उन्होंने अपनी नामंज़ूरी ज़ाहिर करते हुए कहा :

"हमारे रहते हुए, तुम्हारे और तुम्हारी औलादों के हर अच्छे-बुरे का फ़ैसला हम करेंगे।"

उधर दारा ने कन्दहार के बाद अपनी ज़्यादातर ज़िन्दगी बाक़ी मज़हबों को पढ़ने और समझने में गुज़ारी। वो बताते हैं, "एक बार दो नबी मेरे ख़्वाब में आए—पहले तो थे गुरु वसिष्ठ और दूसरे थे रामचन्द्र। अब क्योंकि मैं योग वसिष्ठ की किताब का तर्जुमा पढ़ चुका था, मैं क़ुदरतन उनकी तरफ़ खिंचा चला गया, और गुरु वसिष्ठ को आदाब कहा। वसिष्ठ ने मेरी पीठ थपथपाई और अपने शागिर्द से बोले, 'राम, दारा तुम्हारा भाई है। इसलिए क्योंकि तुम दोनों ही राज की ज़िम्मेदारी रखते हुए सच की तलाश भी कर रहे हो।' ये सुनकर रामचन्द्र ने मुझे गले से लगाया और हमने साथ में मिठाई भी खाई। तब ये ख़्वाहिश मेरे दिल में जागी कि मुझे फिर से योग वसिष्ठ का तर्जुमा करवाना चाहिए।"

हाज़िरीन, इस किताब में रघुकुल के शहज़ादे राम अपने गुरु वसिष्ठ से गुफ़्तगू करते हैं। इस तस्वीर के आईने में दारा ख़ुद को देखते हैं और उसी तर्ज़ पर ये मुग़ल शहज़ादा दारा भी एक कबीरपंथी गुरु बाबा लाल से सवाल-जवाब करता है और उनसे पूछता है कि :

जीवात्मा क्या है और परमात्मा क्या है? दोनों में क्या फ़र्क़ है?

बाबा लाल फ़रमाते हैं : शराब को ज़मीन पर उड़ेलने से, शर—गन्दगी तो सतह पर ही रह जाती है, पर आब अन्दर तक जाता है और साफ़ रहता है। जीवात्मा भी अगर अपने पाँचों हवास की तलछटों से छुटकारा पा ले, तो वो परमात्मा से मिल लेगी। एक गिलास गंगाजल में शराब की एक बूँद डालने से वो अपवित्र हो जाएगा। पर गंगा में सौ शराब की बोतलें डालने से भी वो पवित्र ही रहेगी। ये फ़र्क़ है जीवात्मा और परमात्मा में।

फिर वो पूछते हैं : हिन्दुओं में बुतपरस्ती के मायने क्या हैं?

बाबा लाल ने जवाब दिया लड़कियाँ जब छोटी होती हैं तो गुड़िया से खेलती हैं। शादी हो जाने पर ये खेल ख़त्म हो जाते हैं। जब इनसान बातिन की गहराई में जाकर हक़ीक़त से रू-ब-रू हो जाता है, तब उसे ज़ाहिर मजाज़ी दुनिया से कोई मोह नहीं रह जाता।

अच्छा, रूहानी सवालों के अलावा दारा के कुछ बहुत प्रैक्टिकल सवाल भी थे। फ़क़ीर कौन है, क्या करता है वो सब समझना एक बात थी, पर ऐशो-इशरत भरे माहौल में ज़िन्दगी गुज़ारता। एक शहज़ादा इस बात पे ख़ास सफ़ाई चाहता था कि वो कैसा और कौन-सा नशा है जो फ़क़ीर कर सकता है, तो वो बाबा लाल से पूछते हैं :

अफ़ीम ले सकते हैं?

बाबा कहते हैं : फ़क़ीरों को उससे दूर रहना चाहिए।

धतूरा?

नक्श-ओ-नामूस को नुकसान पहुँचाता है।

तम्बाकू?

ज़हन को धुएँ से भर देता है।

अच्छा, भाँग के लड्डू?

हाँ, अगर उनमें भाँग न हो।

आख़िर में वो पूछते हैं कि ये योग के तरीक़े में जो दम कशी होती है, ये साँसों की वर्ज़िश, क्या ये जायज़ है?

उस फ़क़ीर ने जवाब दिया, अगर साँस अन्दर ली जाए, पर छोड़ी न जाए तब।

तो जब दारा योग-प्राणायाम करते, तो उस आसन में बैठकर जिसमें पैग़म्बर मोहम्मद बैठते थे। साँस लेते वक़्त ॐ की जगह 'ला इलाह' कहते। और जिस वक़्त दम रोक के रखना है, उस वक़्त ख़ाली दिमाग़ शैतान का घर न बन जाए इसलिए, इल्लल्लाह कहने की हिदायत देते।

लेकिन ॐ और अल्लाह एक हैं, इसका इल्म दारा को हुआ उनके सबसे तारीख़ी कारनामों में से एक के दौरान, जो था उपनिषदों का संस्कृत से फ़ारसी में तर्जुमा करने का। आज से क़रीब 360 बरस पहले, दारा अपने कमरे में बैठा एक बेचैनी से जूझ रहा था। शहज़ादा हिन्दू फ़लसफ़े पर गहरी नज़र रख चुका था, इस्लाम और क़ादरी तरीक़े की तरफ़ अक़ीदत क़ायम थी। पर कुछ पहेलियाँ जैसी की तैसी बनी हुई थीं। उसका मानना था कि इनका हल क़ुरान में ही मिलेगा। पर इस किताब के राज़ समझना आसान नहीं। और फिर अल्लाह ने क़ुरान ही में ये भी तो कही कि ऐसी कोई उम्मत नहीं जो बिना किताब या रसूल के हो। एक फ़क़ीर सरमद के ज़रिये गोस्पल पर भी ग़ौर किया, लेकिन मामला नहीं सुलझा। तो आख़िरकार रुख़ किया हिन्दुओं की मुक़द्दस किताब—वेदों का, और उनमें सबसे अज़ीम पाया उपनिषदों को। और ये समझा कि क़ुरान-ए-करीम का असल तो इसी में छुपा है। पर उसे हासिल करने के लिए उपनिषद का संस्कृत से फ़ारसी में तर्जुमा करवाना था। तो 1657 में दारा ने बनारस के कुछ पंडितों को इस काम में मदद लेने के लिए बुलवाया। अब ब्राह्मणों को तो आप जानते ही हैं हाज़िरीन, वो मुग़लों के लिए काम करने में वैसे ही हिचकिचाते थे, ऊपर से बात जब अपनी पाक किताब की हो, फिर तो वो उस राज़ पर से किसी ग़ैर ब्राह्मण के लिए पर्दा उठाने को तैयार नहीं थे।

तभी कवीन्द्राचार्य सरस्वती इन पंडितों के नुमाइंदे के तौर पर शाहजहाँ के दरबार में आए और हिन्दुओं पर तीरथ यात्रा करने के लिए जो जज़िया लगाया जाता था—जो लगान उन्हें भरना पड़ता था—उसे माफ़ करने की गुहार की। दारा ने ये मौक़ा पाकर बादशाह से इस माँग को मंज़ूर करवा दिया। कवीन्द्राचार्य अपनी बिरादरी में हीरो बन गए और उन्होंने दारा की तारीफ़ में ये लिखा :

आलम पनाह तें पनाह होत आलम को
तोहीते पनाह होति आलम पनाह की

तो तर्जुमे का काम दारा के ही महल में शुरू हुआ। उपनिषदों के वचन ताड़ के पत्तों के उन पुलिंदों में थे जो उस बड़े से कमरे के फ़र्श पर हर जगह फैले हुए थे। शहज़ादे ने फ़ाल निकालकर काम शुरू किया। एक पंडित संस्कृत में उपनिषद का कोई हिस्सा पढ़ता है, तो दूसरा हिन्दी में उसके मायने बताता है। बीच-बीच में दारा कोई सवाल पूछता और उसका मुंशी फ़ारसी में सारी कार्यवाही क़लमबन्द किए जाता। पूरा दिन काम चलता। 6 महीने में जाकर ये तर्जुमा पूरा हुआ और दारा ने इसे नाम दिया सिर्र-ए-अकबर—यानी सबसे बड़ा राज़।

पर जहाँ दारा छुपे हुए राज़ जानने में मसरूफ़ था, वहीं औरंगज़ेब ने भी ये राज़ जाना कि दारा के ये अजीब रास्ते किस-किस को नाराज़ कर सकते थे। दारा की मौत के 30 साल बाद लिखे, आलमगीरनामा के इस बयान को पढ़ें, "दारा हिन्दुओं के दीन की तरफ़ झुकने लगा था। ब्राह्मणों, जोगियों और संन्यासियों के रस्ते पर चलने लगा था। और उनकी किताबों को किताब-ए-करीम कहता था। न रोज़े रखता था, न नमाज़ पढ़ता था। अल्लाह का नाम भूलकर उसने अपनी अँगूठियों पर हिन्दी ज़बान में 'प्रभु' ख़ुदवा लिया था। अगर वो तख़्त पर आ जाता, तो बेशक इस्लाम को कुफ्र क़रार दे देता।"

उपनिषदों के तर्जुमे का काम पूरा होते ही शाहजहाँ की तबीयत काफ़ी बिगड़ गई। ऐसे हाल में, बादशाह के चारों बेटों में से सिर्फ़ दारा दरबार में था और उसने एक घड़ी के लिए अपने बीमार वालिद का साथ ना छोड़ा। इस हद तक कि कुछ लोगों को ये तक शक हुआ कि बादशाह का इन्तेक़ाल हो गया है और उसके तख़्त का वारिस इस बात को छुपा रहा है। फिर क़रीब 10 रोज़ बाद, कमज़ोर पड़ चुके शाहजहाँ ने झरोखे से अपने दर्शन दिए और दरबारियों को ये हुक्म दिया कि वो दारा की फ़रमाबरदारी ठीक वैसे करें जैसे वो ख़ुद शहंशाह-ए-हिन्दोस्तान की करते आए हैं।

ये ऐलान सुनते ही सभी भाइयों ने जंग की तैयारी शुरू कर दी। सूरत-ए-हाल को देखते हुए बाक़ी के तीन भाइयों ने दारा के ख़िलाफ़ इकट्ठा होना ठीक समझा, और उनकी नाराज़गी ने इस साथ को और ज़ोर दिया।

पर इन तीनों में से जिस शहज़ादे की शिद्दत अलग ही थी, वो था औरंगज़ेब, जिसने दक्कन में सूबेदारी करते हुए अपनी नाराज़गी को पालकर दुश्मनी का रंग दे दिया था। बादशाह शाहजहाँ की नज़रों में दारा कभी कोई ग़लती कर ही नहीं सकता था। पर औरंगज़ेब में वो लगातार कमियाँ ढूँढ़ते रहते।

मिसाल के तौर पर : औरंगज़ेब की बहुत-सी ज़िम्मेदारियों में से एक ये भी थी कि उसे बादशाह के लिए आम और बाक़ी फल का इन्तज़ाम करना होता। तो 1653 में बादशाह ने अपने ग़ुस्से का इज़हार किया कि औरंगज़ेब ने बादशाह के पसन्दीदा दरख़्त से आम के सिर्फ़ चार-पाँच पेटियाँ भिजवाई हैं। साथ ही ये हुक्म दिया कि अगले साल से शाही दरबार एक आदमी को इस काम के लिए मुअय्यन

करेगा कि उसकी निगरानी में आम भिजवाए जाएँगे। इशारा ये था कि औरंगज़ेब ख़ुद वो आम खा गया जो दरअसल बादशाह के लिए थे। अपनी बेगुनाही का एहतजाज दिखाते हुए औरंगज़ेब ने लिखा :

बादशाह सलामत, आपके पसन्दीदा दरख़्त की सिर्फ़ एक शाख ही अब फल देती है। तेज़ हवाओं के चलते बाक़ी सारी शाखें टूट गई हैं। आपके खाने लायक़ आमों को मैं यहाँ किसी को खाने की इजाज़त कैसे दे सकता हूँ?

औरंगज़ेब को शायद अपने बचपन की याद आई होगी। जब उसकी उम्र 6 बरस थी। शाहजहाँ उस वक़्त बादशाह नहीं बना था, बस एक शहज़ादा था। उसने बंगाल में एक मौक़े पर अपने अमीरों को ख़ास मर्तबान केले बाँटे थे। पर शाहजहाँ के दाएँ हाथ शिताब ख़ान का हिस्सा ग़ायब था। ग़ुलामों ने पाया कि बस दो केले बचे थे क्योंकि नन्हा औरंगज़ेब बाक़ी सारे केले साफ़ कर गया था। शाहजहाँ ये जानकर ग़ज़बनाक हुआ और शिताब ख़ान के इसरार करने पर ही अपने बेटे को माफ़ किया।

उधर शुजा और औरंगज़ेब के बीच का अपने बच्चों की शादी का मुआहदा अब तक हवा हो चुका था, क्योंकि बादशाह की मौत की अफ़वाह फैलते ही, शुजा ने फ़ौरन ख़ुद को बादशाह एलान कर दिया। शाहजहाँ ने अपने बेटे का ये एलान सुनकर दारा के बेटे सुलेमान शिकोह को राजा जय सिंह की अगुवाई में 22 हज़ार फ़ौजियों के साथ भेजा। इस फ़ौज ने शुजा को मात दी, लेकिन राजा जय सिंह ने जानबूझकर शहज़ादे शुजा को बचकर निकल जाने दिया।

वहाँ मुराद और औरंगज़ेब ने मिलकर दक्कन से उज्जैन की तरफ़ बढ़ना शुरू किया। अब दारा पर दो तरफ़ से हमला हो रहा था और सभी बेहतरीन अफ़सर उसके बेटे सुलेमान के साथ थे। दारा ने औरंगज़ेब को चंबल नदी पार करने से रोकने की कोशिश की, पर औरंगज़ेब ने नदी में उतरकर, चलकर उस दरिया को पार किया। दारा तभी समुगढ़ को लौट आया और वहाँ औरंगज़ेब और मुराद की इस इतिहादी फ़ौज का इन्तज़ार करने लगा। दोनों तरफ़ क़रीबन 50 हज़ार की फ़ौज रही होगी। दारा और औरंगज़ेब दोनों अपने-अपने हाथी पर सवार थे। पर ये जंग ज़िआदा लम्बी नहीं चली। दारा की अपनी फ़ौज के सरदार खलिलुल्लाह ख़ान ने गद्दारी करके हमले का बस दिखावा किया और दारा को अकेले औरंगज़ेब की फ़ौज का सामना करने के लिए छोड़ दिया। दारा ने ख़ुद को चारों तरफ़ से घिरा हुआ पाकर सोचा कि हाथी पर सवार रहकर ये ऊँचाई उसे और आसान निशाना बना सकती है। इसलिए वो हाथी से नीचे उतरने लगा। पर उसका हाथी से उतरना, जंग का ख़त्म होना था।

दारा मग़रिब की तरफ़ भागा। मुराद और औरंगज़ेब उसके पीछे-पीछे दौड़े। रास्ते में औरंगज़ेब ने आगरा पर धावा बोला और बादशाह शाहजहाँ और अपनी बहन जहाँआरा को क़ैद कर लिया। शाहजहाँ ने भीख माँगी उसे सिर्फ़ एक बार

अपने चहेते बेटे को देख लेने दिया जाए, पर दारा में इतनी हिम्मत न थी कि वो आगरा लौटने का जोखिम उठा सके।

जब दारा जम्मू पहुँचा, तो उम्मीद की एक किरण नज़र आई—राजा राजरूप ने पेशकश की कि अगर दारा पैसे का इन्तज़ाम कर सके तो वो राजपूतों की एक फ़ौज खड़ी कर सकता है। अब हाज़िरीन, आगे सुनिए क्या हुआ :

दारा की बेगम नादिरा ने राजरूप को अपने कमरे में बुलाया और एक रस्म अदा की। उसे अपना बेटा कहकर, यूँ देखा जैसे वो अपने बेटे सुलेमान शिकोह को देख रही हो, और फिर वो किया जो तब से पहले मुग़ल तारीख़ में कभी ना हुआ था। नादिरा ने अपनी छातियों को धोया, और वो पानी राजरूप को पीने के लिए दिया। इसका मानी ये था कि चाहे नादिरा की सूखी छातियों में दूध ना रहा हो, पर उनको धोये पानी को पीने से राजरूप नादिरा के दूध का पाला बेटा माना जाता। राजरूप ने वो पानी पीना क़बूल किया और क़सम ली के वो एक बेटे के फ़र्ज़ को पूरा करेगा। और फिर दारा से लाखों रुपये ऐंठ कर, राजरूप ने उसे धोखा दे दिया। दारा वहाँ से फ़रार होकर अब गुजरात की तरफ़ भागा।

उधर औरंगज़ेब ने शुजा की फ़ौज को मात दी और उसे मशरिक़ की तरफ़ भगा दिया। रही बात मुराद की, तो पहले उसे फुसलाकर कि बादशाह वोही बनेगा, औरंगज़ेब ने उसे ग्वालियर में क़ैदख़ाने में फेंक दिया। दारा इस सबसे बेख़बर एक आख़िरी कोशिश करता है लेकिन तभी राजरूप और औरंगज़ेब अजमेर के पास एक हो जाते हैं और दारा को मुँहतोड़ हार का सामना करना पड़ता है।

दारा अब काबुल की तरफ़ भागा कि शायद वहाँ से कोई सहारा मिले। पर अभी लाहौर के रास्ते में ही थे कि नादिरा की हालत बिगड़ने लगी। सफ़र की मुश्किलों और अपने बेटे से जुदाई के ग़म ने नादिरा के दर्द को और शदीद किया। ठहरना ख़तरे से ख़ाली ना था, क्योंकि औरंगज़ेब की फ़ौज पीछे लगी हुई थी। मुल्तान के पास एक जागीरदार था, मलिक जीवन। दारा दो बार उसे बादशाह की सज़ा से माफ़ करवा चुका था। दारा ने उसके यहाँ पनाह लेने का ख़याल किया। लेकिन नादिरा, मलिक जीवन के पास जाने के ख़िलाफ़ थी क्योंकि सब जानते थे कि वो एक लुच्चा, लफंगा और बदमाश आदमी है। पर दारा ने ज़ोर दिया। नादिरा, मलिक जीवन के मकान तक का सफ़र भी पूरा ना कर पाई। आख़िरी वक़्त में उसे एक ख़ेमा तक नसीब ना हुआ। दारा की आँखों के सामने अँधेरा छा गया। उसकी हमदम-ओ-हमराह अब उसके साथ ना थी। इस जोड़े के बारे में कवीन्द्राचार्य सरस्वती ने लिखा था :

दारा नादिर यों बने, जैसे सीता राम
कीरति, मूरति, मति सुमति, परमानन्द के धाम

दारा के पास जितने सिपाही थे, लगभग उन सभी को उसने नादिरा की लाश लाहौर पहुँचाने का काम सौंपा, जहाँ उसे मियाँ मीर के पास दफ़ना दिया गया। दारा को यूँ बिना किसी हिफ़ाज़त के पाकर, मलिक जीवन ने पहले तो दारा की मेहमान नवाज़ी का ड्रामा किया, पर जैसे ही दारा ने सफ़र दोबारा शुरू किया, वो उस पर पीछे से झपट पड़ा और शहज़ादे को घुटने टेकने पर मजबूर कर दिया। उस तपती गर्मी में दारा को शाहजहानाबाद भिजवा दिया गया।

औरंगज़ेब ने ताजपोशी होते ही शहर में दारा की परेड निकलवाई ताकि सब जान लें कि दारा उसकी हिरासत में था। इस काम के लिए एक गन्दी मैली-कुचैली ग़लीज़-सी हथिनी को चुना गया। वो शहज़ादा जो शानदार लिबास पहनने का आदी था, उसे कीचड़ से लदे चीथड़े पहनाकर उसकी परेड निकलवाई गई। पैर ज़ंजीरों में थे। और उनके पीछे एक ग़ुलाम नज़र बेग, दारा की गर्दन पर तलवार घुमाता हुआ बैठा था। देखनेवाले रोते, अपनी छाती पीटते, पर किसी ने मदद के लिए हाथ नहीं बढ़ाया। दारा जैसे टूटा हुआ, सर झुकाए बैठा था। भीड़ में से एक भिखारी ने चीख़ते हुए कहा, "आप मुझे हमेशा ख़ैरात देते रहे हैं, अब मैं जानता हूँ के आपके पास देने के लिए कुछ नहीं है।" दारा ने अपना सर उठाकर उसे देखा और अपनी शाल उसकी तरफ़ फेंक दी।

उधर मलिक जीवन को आलमगीर औरंगज़ेब ने बख़्तियार ख़ान के ख़िताब से नवाज़ा। अगले रोज़, भीड़ ने अपना सारा ग़ुस्सा मलिक जीवन पर उतारा। जब वो एक जुलूस लेकर शहर से गुज़र रहा था, तो मज़दूरों, सौदागरों और आम लोगों ने उस पर और उसकी टोली पर छड़ियाँ, पत्थर, राख, यहाँ तक कि पेशाब और गू भी फेंका। उसे ख़ूब गालियाँ भी दीं। मलिक जीवन के बहुत से आदमी घायल हुए और कुछ मारे भी गए।

औरंगज़ेब ने ये सुनकर पूछा, कि ये शोर-ओ-गोगा कैसा?

जवाब मिला, हुज़ूर! ये सब दारा की वजह से हुआ है।

औरंगज़ेब को जब ख़बर मिली कि अवाम बग़ावत पर उतर आई है, उसने फ़ौरी तौर पर अमीरों को बुलाया और ये तय किया कि दारा को मौत के घाट उतारकर इस फ़ितना-ओ-फ़साद को ख़त्म किया जाए।

उसी शाम नज़र बेग कुछ दूसरे ग़ुलामों के साथ उस क़ैदख़ाने में घुस आया जहाँ दारा को रखा गया था। इस डर से कि जो खाना उन्हें परोसा जा रहा था, उसमें ज़हर मिलाया गया हो। दारा अपने बेटे सिपहर के साथ मिलकर दाल बना रहा था। तभी नज़र बेग ने सिपहर से उठकर कहीं और जाने को कहा। वो लड़का ये सुनते ही दारा से लिपट गया। बाप-बेटा दोनों रोने लगे। ग़ुलामों ने धमकाया कि उन्हें ज़बरदस्ती घसीटकर अलग कर दिया जाएगा। दारा ने उनसे भीख माँगी कि औरंगज़ेब से कहें कि उसके बेटे की जान बख़्श दी जाए।

उन्होंने ये सुनकर सिपहर को अपने बाप के बाज़ुओं से खींचकर जुदा किया, और दूसरे कमरे में डाल दिया। दारा ने जद्दोजहद की कोशिश की, उसी वक़्त उसका सर क़लम कर दिया गया। जो आख़िरी आवाज़ उसके कानों ने सुनी वो उसके बेटे की चीख़ थी।

ऐ दिल, तू इस ज़माने में गुमराह रहा
पाबन्द-ए-हवा ओ हिर्स-ओ-जानकाह रहा
आख़िर जो लगाई बला-ए-ज़िन्दगी से जस्त
सर से पैर तक दर्द भरी आह रहा
मुझे मनसब-ए-इश्क़ से सरफ़राज़ किया
मिन्नते ख़लक से मुझे बेनियाज़ किया
जैसे शमा-ए-महफ़िल को ही गोदाज़ किया
यूँ जलके ख़ुद को महरमे राज़ किया

दुर्गा सप्तशती

दुर्गा सप्तशती मार्कण्डेय पुराण से आती है, जिसमें महर्षि क्रोष्टुकि ने महामुनि मार्कण्डेय से संसार की उत्पत्ति और मनुओं के बारे में पूछा। सात मनुओं के बयान के बाद आठवें मनु के बारे में दुर्गा सप्तशती में बताया जाता है :

तो हुआ यूँ कि चौत्रवंश में उत्पन्न सुरथ नाम का राजा था जिसकी राजधानी कोलानगरी थी। वो प्रजा का अपने बच्चों की तरह पालन करता था। उस समय कई राजा इनका अनिष्ट करने पर तुले हुए थे। तो राजा सुरथ का विध्वंसियों के साथ घोर युद्ध हुआ और उन सबके पास युद्ध की सामग्री ना होते हुए भी राजा सुरथ को पराजय का मुख देखना पड़ा। इसके बाद राजा सुरथ लौटकर अपने नगर में आ गए, पर वहाँ भी वो शत्रुओं द्वारा घेर लिए गए। उनके ही दुष्ट मंत्रियों द्वारा दुर्बल राजा सुरथ का कोष, सेना वग़ैरह धोखे से अपने अधिकार में कर लिए गए। इस तरह स्वामित्व छिन जाने पर राजा सुरथ शिकार के बहाने से अकेले घोड़े पर सवार होकर सघन वन में जा पहुँचे। उसी जंगल में सर्वश्रेष्ठ श्री मेधा ऋषि का आश्रम—अत्यन्त शान्त और रमणीक था। वहाँ कई तरह के पशु-पक्षी भी थे और वातावरण बहुत सुहावना नज़र आता था। राजा सुरथ के वहाँ पहुँचने पर मेधा ऋषि ने उनका बहुत सत्कार किया, तो राजा सुरथ वहाँ कुछ दिन ठहर गया।

एक दिन राजा सुरथ को अपने राज्य का मोह आ गया और सोचने लगा कि जो नगर मेरे पूर्वजों द्वारा पालित था, वो आज मुझसे रहित हो गया। मैं नहीं जानता कि वो दुष्ट दुराचारी मंत्री मेरी प्रजा के साथ कैसा व्यवहार करता होगा और ये भी नहीं मालूम कि सदैव मस्त और मतवाला रहनेवाला मेरा हाथी जो शूरवीर था, आज शत्रुओं के वश में हो जाने पर कैसे रहता होगा? धन की प्राप्ति को जो लोग मेरे पीछे-पीछे रहा करते थे, आज शत्रुओं के अधीन न जाने कैसे-कैसे कष्ट पाते होंगे, और हमने इतनी मुश्किलों से जो धन एकत्रित किया था उसे वो दुष्ट लोग नष्ट करते होंगे। इस प्रकार राजा सुरथ अनेक बातें याद करते हुए चिन्ताओं के सागर में डूब रहे थे।

एक दिन उन्होंने वहाँ मेधा ऋषि के आश्रम के पास एक वैश्य को देखा, जो राजा की ही तरह शोक सागर में डूबा हुआ था। राजा सुरथ ने उससे पूछा कि भाई, तुम कौन हो और यहाँ इस जंगल में किसलिए आए हो? अपनी चिन्ता का कारण

बताओ। मैं सुनना चाहता हूँ। राजा के प्रेम भरे वचन सुनकर वैश्य नम्रतापूर्वक बोला—हे राजन, मैं वणिक पुत्र हूँ और मेरा नाम समाधि है। मेरा जन्म धनाढ्य घराने में हुआ था। मेरे बेशुमार धन को देखकर धन के लोभी मेरे स्त्री-पुत्रों ने मुझे निर्दयतापूर्वक घर से निकाल दिया है।

इस समय वो सब कैसे होंगे, बस उन्हीं की चिन्ता में व्याकुल हूँ। वैश्य की बात सुनकर राजा बोला, "हे समाधि, जिन धन के लोभी स्त्री-पुत्रों ने तुम्हें घर से निकाल दिया, आश्चर्य है कि फिर भी तुम्हारे चित्त में उनके प्रति इतना स्नेह बन्धन क्यों है?" समाधि बोला, "महाराज, आप सत्य कहते हैं, पर क्या करूँ? हज़ार प्रयत्न करने पर भी उनका ख़याल भुलाया नहीं जाता। मैं ख़ुद नहीं समझता कि ऐसा क्यों हो रहा है। न जाने उन प्रेमहीन कुटुम्बियों के लिए मेरा मन कठोर क्यों नहीं होता?"

इसके बाद राजा सुरथ और समाधि दोनों साथ-साथ मेधा मुनि की सेवा में उपस्थित हुए, और उन्हें अपनी ओर आकर्षित करके राजा सुरथ ने कहा, "हे भगवन्, मैं आपसे एक बात पूछना चाहता हूँ। इस समय मेरा चित्त अपने अधीन न होने के कारण वो बात मेरे मन को दुःख देती है। जो राज्य मेरे हाथ से चला गया है, उसमें तथा उसके सम्पूर्ण अंगों में मेरी ममता बनी हुई है। ये जानते हुए भी कि वो सब मेरा नहीं है, अज्ञानी की तरह मुझे उसके लिए दुःख होता है, ऐसा क्यों है? इधर ये वैश्य भी घर से अपमानित होकर आया है। इसके स्त्री-पुत्रों, सेवकों तथा स्वजनों ने इसको छोड़ दिया है। तो भी ये उनके प्रति हार्दिक स्नेह रखता है। इस प्रकार हम दोनों अत्यन्त दुखी हैं। समझदार होते हुए भी हममें जो विवेक रहित प्रत्यक्ष मूढ़ता दिखाई देती है, ये क्यों है?

ऋषि बोले, विषय मार्ग का ज्ञान सब जीवों को है। इसी तरह विषय भी सबके लिए अलग-अलग हैं। कुछ प्राणी दिन में नहीं देखते, कुछ रात में नहीं देखते, और कुछ ऐसे हैं जो दिन और रात में बराबर देखते हैं। केवल मनुष्य ही समझदार होते हैं, ये बात नहीं, सभी पशु-पक्षी समझदार होते हैं और उनकी समझ भी एक-दूसरे जैसी होती है। इन पक्षियों को देखो, ख़ुद भूखे होने पर भी मोहवश बच्चों की चोंच में कितने चाव से अन्न के दाने डाल रहे हैं। क्या तुम नहीं देखते कि ये मनुष्य समझदार होते हुए भी लोभवश अपने किए हुए उपकार का बदला पाने के लिए पुत्रों की अभिलाषा करते हैं। उनमें समझ की कमी नहीं है, फिर भी सांसारिक स्थिति—जीने-मरने की परम्परा बनाए रखनेवाले भगवती महामाया के प्रभाव द्वारा ममता रूपी भँवर के गहरे गड्ढे में गिराए गए हैं। इसलिए इसमें आश्चर्य नहीं करना चाहिए। भगवान विष्णु की योगनिद्रा रूपी भगवती महामाया द्वारा ये जगत मोहित हो रहा है। वो देवी ज्ञानियों के भी चित्त को बलपूर्वक खींचकर मोह में डाल देती हैं। वो ही इस सम्पूर्ण जगत की उत्पत्ति

करती हैं और प्रसन्न होने पर मनुष्यों को मुक्ति के लिए वरदान देती हैं। मेधा ऋषि की ये बात सुनकर राजा सुरथ ने पूछा—भगवन्, वो देवी कौन हैं जिन्हें आप महामाया बताते हैं?

तब ऋषि बोले—यद्यपि वो अजन्मा हैं, पर जब देवताओं के कार्य सिद्ध करने के लिए प्रकट होती हैं, उस समय लोक में उत्पन्न हुई कहलाती हैं। कल्प के अन्त में जब समस्त संसार जलमय था और एकमात्र विष्णु, भगवान शेषनाग की शय्या पर योगनिद्रा में सो रहे थे, उस समय उनके कानों की मैल से मधु और कैटभ नामक दो भयंकर असुर उत्पन्न हुए। वो दोनों ब्रह्मा जी का वध करने को तैयार हो गए। भगवान विष्णु के नाभिकमल में विराजमान ब्रह्माजी ने उन असुरों को अपने पास आते और भगवान विष्णु को सोते देखा, तो एकाग्रचित्त होकर भगवान विष्णु को जगाने के लिए उनके नेत्रों में निवास करनेवाली योगनिद्रा, यानी जगत को धारण करनेवाली निद्रादेवी की स्तुति करने लगे।

ब्रह्माजी बोले—देवी, तुम्हीं महाविद्या, महामाया, महामेधा, महास्मृति, महामोहरूपा, महादेवी और महासुरी हो! श्री, ईश्वरी, बुद्धि, लज्जा, पुष्टि, तुष्टि, शान्ति और क्षमा तुम्हीं हो। खड्ग, शूल, गदा, चक्र, शंख, धनुष, बाण, भुशुंडी और परिघ—ये तुम्हारे अस्त्र हैं। संसार के जितने सुन्दर पदार्थ हैं, तुम उन सबसे अधिक सुन्दर हो। जितनी वस्तुएँ हैं, उन सबकी शक्ति तुम्हीं हो। जो इस जगत की सृष्टि, पालन और संहार करते हैं, उन भगवान को जब तुमने निद्रा के अधीन कर दिया है, तब तुम्हारी स्तुति करने में कौन समर्थ हो सकता है। हे देवी, मधु और कैटभ को मोह में डाल दो और भगवान विष्णु को जगाकर इन दोनों असुरों को मार डालने की बुद्धि उत्पन्न कर दो!

ब्रह्माजी की इस स्तुति को सुनकर देवी भगवान के नेत्र, मुख, नाक, भुजा, हृदय और छाती से निकलकर ब्रह्माजी के सामने खड़ी हो गईं। योगनिद्रा से मुक्त होते ही भगवान विष्णु जाग उठे और उनकी नज़र मधु और कैटभ पर पड़ी, जोकि अत्यन्त बलवान थे और क्रोध से लाल आँखें किए ब्रह्माजी को खा जाने का उद्योग कर रहे थे। तब भगवान विष्णु ने उठकर इन दोनों के साथ पाँच हज़ार साल तक केवल बाहुयुद्ध किया। वो दोनों अत्यन्त बल के कारण उन्मत्त हो रहे थे, मगर महामाया ने उन्हें मोह में डाल दिया, इस कारण विष्णु से कहने लगे "हम तुम्हारी वीरता से सन्तुष्ट हैं। इसलिए तुम हमसे कोई वरदान माँगो।" ये सुन भगवान विष्णु बोले, "अगर तुम दोनों मुझ पर प्रसन्न हो, तो अब मेरे हाथ से मारे जाओ।" इस प्रकार ठगे जाने पर मधु और कैटभ ने चारों ओर जल-ही-जल देखकर भगवान विष्णु से कहा, "जहाँ पृथ्वी जल में डूबी हुई न हो, जहाँ सूखा स्थान हो, वहीं हमें मार सकते हो।" इतना सुनते ही 'तथास्तु' कहकर शंख, चक्र और गदा धारण करनेवाले भगवान ने इन दोनों के मस्तक अपनी जाँघ पर रखकर

चक्र से काट दिये। तो पूर्वकाल में हुआ यूँ के शुम्भ और निशुम्भ नामक दो असुर भाइयों ने अपने बल के घमंड में आकर देवराज इन्द्र के हाथ से तीनों लोकों का राज्य छीन लिया। इतना ही नहीं, उन दोनों ने सूर्य, चन्द्रमा, कुबेर, यम, वरुण, वायु और अग्नि—इन सबके काम भी वो ही करने लगे, और इन समस्त देवताओं को अपमानित और पराजित कर स्वर्ग से निकाल दिया। तो सब देवताओं ने सोचा कि जगदम्बा ने हम लोगों को वरदान दिया था कि आपत्ति काल में स्मरण करने पर मैं तुम्हारी सभी आपदाओं को दूर कर दूँगी। तो सभी देवता हिमालय पर गए और भगवती की स्तुति करने लगे :

दुर्गम संकटों से पार करनेवाली दुर्गा को नमस्कार है
शरणागतों का कल्याण करनेवाली देवी को नमस्कार है
सब प्राणियों में चेतना रूप से स्थित देवी को नमस्कार है
सब प्राणियों में तृष्णा रूप से स्थित देवी को नमस्कार है
सब प्राणियों में स्मृति रूप से स्थित देवी को नमस्कार है
देवी हमारा मंगल करते हुए हमारी सारी विपत्तियों को नष्ट कर दें।

जब देवता इस प्रकार स्तुति कर रहे थे, तो पार्वती देवी गंगा में स्नान करने के लिए वहाँ आईं। सुन्दर भौंहों वाली उन भगवती ने देवताओं से पूछा, "आप लोग यहाँ किसकी स्तुति कर रहे हैं?" तब उन्हीं के शरीर से प्रकट हुई शिवा देवी बोलीं, "शुम्भ और निशुम्भ से अपमानित हुए ये सब देवता मेरी ही स्तुति कर रहे हैं।" क्योंकि पार्वती जी के शरीर कोष से अम्बिका प्रकट हुई थीं, इसलिए सब लोकों में वो कौशिकी कही जाती हैं। कौशिकी के प्रकट होने के बाद पार्वती देवी का शरीर काले रंग का हो गया, इसलिए वो हिमालय पर रहनेवाली कालिका देवी के नाम से विख्यात हुईं।

इसके बाद शुम्भ-निशुम्भ के सेवक चंड-मुंड वहाँ आए और उन्होंने मनोहर रूप धारिणी अम्बिका देवी को देखा। फिर ये दोनों शुम्भ के पास जाकर बोले, "महाराज, एक अत्यन्त सुन्दर स्त्री अपनी दिव्य कांति से हिमालय को आलोकित कर रही है। ऐसा उत्तम रूप हमने कहीं नहीं देखा है। हे असुरेश्वर, पता लगाइए वो देवी कौन है और आप उसे प्राप्त कीजिए। अभी वो हिमालय पर ही है और आप उसे देख सकते हैं। तीनों लोक के जितने उत्तम रत्न हैं—वो सब इस समय आपके पास हैं, तब स्त्रियों में रत्नरूप इस देवी को भी आप अपने अधिकार में क्यों नहीं कर लेते? चंड-मुंड के ये वचन सुनकर शुम्भ ने सुग्रीव नामक महादैत्य को दूत बनाकर देवी के पास भेजा और कहा, "तुम मेरी आज्ञा से उसके सामने इस तरह कहना और ऐसी युक्ति करना जिससे प्रसन्न होकर वो शीघ्र ही यहाँ आ जाए।" वो दूत उस पर्वत पर पहुँचा जहाँ देवी विराजमान थीं और मधुर वाणी में

बोला, "असुरों के राजा शुम्भ ने, जो तीनों लोकों के परमेश्वर हैं, उन्होंने मुझ दूत को आपके पास भेजा है। उनकी आज्ञा का उल्लंघन कोई भी देवता नहीं करता। समस्त शत्रुओं को उन्होंने जीत लिया है। उन्होंने जो कुछ कहा है, आप सुनिए, "तीनों लोकों के उत्तम रत्न हमारे पास हैं। हाथियों में रत्नभूत ऐरावत, घोड़ों में उच्चैःश्रवा, और पारिजात का वृक्ष हमने इन्द्र से ले लिया है। हंसों से जुता ये रत्नभूत विमान जो पहले ब्रह्माजी के पास था, अब हमारे आँगन में शोभा पाता है। महापद्म नामक निधि हम कुबेर से छीन लाए हैं। समुद्र ने भी किंजल्किनी नाम की वो माला जो केसरों से सुशोभित है, और जिसके कमल कभी कुम्हलाते नहीं हैं, हमको भेंट में दी है। सुवर्ण की वर्षा करनेवाला वरुण का ये छत्र हमारे घर में शोभित है। समुद्र में होनेवाले सभी रत्न हमारे भाई निशुम्भ के अधिकार में हैं। देवी, हम तुमको संसार भर की स्त्रियों में रत्न समझते हैं। इस कारण तुम भी हमारे पास आ जाओ, क्योंकि रत्नों को भोगनेवाले तो केवल हम ही हैं। हे चंचल नेत्र वाली, मुझे तथा बलवान मेरे छोटे भाई निशुम्भ को पाकर सुख को भोगिए। हमको ग्रहण करने से तुम्हें अतुल ऐश्वर्य मिलेगा। ऐसा अपनी बुद्धि से विचार कर हमारी स्त्री हो जाओ।"

दूत के मुख से इस प्रकार के वचन सुनकर भगवती दुर्गा गम्भीर भाव से मुस्कुराती हुई कहने लगीं, "हे दूत, तूने इस समय जो कुछ भी कहा है वो सत्य है। शुम्भ तीनों लोकों का राजा है और निशुम्भ भी उसी के समान है। पर इस विषय में मेरी जो प्रतिज्ञा है उसे मैं कैसे झूठी करूँ? मैंने अल्पबुद्धि वश जो प्रतिज्ञा की है उसे सुनो—'जो मुझे संग्राम में जीत लेगा और मेरे घमंड को दूर कर देगा तथा संसार में मेरे समान बलवान होगा, वो ही मेरा पति होगा।' इस कारण शुम्भ या निशुम्भ यहाँ आकर मुझे जीत लें और मुझे ग्रहण कर लें। इसमें विलम्ब की कोई आवश्यकता नहीं है।"

दूत बोला, "देवी, तुझे बड़ा अभिमान है। मेरे सामने इस प्रकार की बातें मत कहो। तीनों लोकों में ऐसा कौन-सा पुरुष है जो शुम्भ और निशुम्भ के आगे ठहर सकता हो। उनके सामने समस्त देवता युद्ध में नहीं ठहर सकते, फिर तुम अकेली स्त्री किस तरह उनके सामने ठहर सकोगी। जैसा मैंने कहा, शुम्भ-निशुम्भ के पास मेरे साथ चलो, इससे तुम्हारे गौरव की रक्षा होगी। वरना जब वो बाल पकड़कर घसीटेंगे तब तुम्हें अपनी प्रतिष्ठा खोकर जाना पड़ेगा।"

देवी बोलीं, तुम्हारा कहना ठीक है। पर क्या करूँ? मैंने पहले बिना सोचे-समझे प्रतिज्ञा कर ली है। अब तुम जाओ। मैंने तुमसे जो कुछ कहा है, वो सब दैत्यराज से आदरपूर्वक कह देना। फिर वो जो उचित समझें, सो करें। जब दूत ने जाकर देवी का कथन शुम्भ को सुनाया, तो वो कुपित होकर अपने सेनापति से बोला, "धूम्रलोचन, तुम शीघ्र ही अपनी सेना लेकर जाओ और उस दुष्ट को

केश पकड़कर घसीटते हुए बलपूर्वक यहाँ ले आओ। उसकी रक्षा करने के लिए कोई देवता भी क्यों न खड़ा हो, उसे अवश्य मार डालना।" आज्ञा पाकर धूम्रलोचन 60 हज़ार असुरों की सेना ले तुरन्त हिमालय पर पहुँचा और देवी को ललकारकर कहने लगा, "अरी! तू शुम्भ-निशुम्भ के पास चल, नहीं तो चोटी पकड़ घसीटते हुए ले जाऊँगा।" देवी बोलीं, "तुम्हें दैत्यों के राजा ने भेजा है, तुम ख़ुद भी बलवान हो, तुम्हारे पास विशाल सेना भी है। ऐसे में मुझे बलपूर्वक ले चलोगे तो मैं क्या कर सकती हूँ?" देवी के यूँ कहने पर धूम्रलोचन दैत्य उनकी ओर दौड़ा, तो अम्बिका ने 'हूँ' शब्द के उच्चारण मात्र से उसे भस्म कर दिया। देवी का वाहन सिंह क्रोध में भरकर, गर्जना करता, गर्दन के बालों को हिलाता, असुरों की सेना में कूद पड़ा, और नखों, जबड़ों, दाढ़ों और पंजों से मारकर सेना का संहार कर डाला।

शुम्भ को जब ये ख़बर मिली तो उसके होंठ काँपने लगे। उसने चंड और मुंड महादैत्यों को आज्ञा दी कि वो अम्बिका को बाँधकर उसके पास ले आएँ। चंड और मुंड हिमालय पर पहुँचकर देवी को पकड़ने का यत्न करने लगे। तब अम्बिका उन पर क्रोधित हुईं, और क्रोध के कारण उनका मुख काला पड़ गया। ललाट की भौहें टेढ़ी हो गईं। तब वहाँ विकराल काली प्रकट हुई जो तलवार और पाश लिये हुई थीं। विचित्र खट्वांग धारण किए, चीते के चर्म की साड़ी पहने, नरमुंडों की माला से अलंकृत, शरीर का मांस सूखा हुआ, बस अस्थि-पंजर शेष, आँखें अन्दर को धँसी हुईं अंगारों के समान लाल, विशाल मुख से जीभ लपलपाती हुईं—माँ काली डरावनी जान पड़ती थीं। भयंकर गर्जना करती हुई माँ काली असुरों की सेना पर टूट पड़ीं और क्षण भर में उसका सफ़ाया कर दिया। ये देखकर चंड काली देवी की ओर दौड़ा। उधर मुंड ने बाणों की वर्षा कर चक्रों से काली को ढाँप दिया। वो चक्र देवी के मुख में समाते हुए ऐसे जान पड़ते थे जैसे सूर्य के अनेक मंडल बादलों के उदर में प्रवेश कर रहे हों। तब देवी ने अपनी विशाल तलवार लेकर 'हं हं' का उच्चारण करके चंड का सिर काट डाला। ये देख मुंड जो काली की ओर दौड़ा, उसे भी तलवार से मारकर ज़मीन पर गिरा दिया। काली ने चंड और मुंड के सिर हाथ में लेकर चंडिका के पास जाकर कहा, "देवी, मैंने ये दो महापशु आपकी भेंट चढ़ा दिये हैं।" चंडिका ने मधुर वाणी में काली से कहा, "कालिके, क्योंकि तुम चंड और मुंड को लेकर मेरे पास आई हो, इस कारण अब तुम चामुंडा के नाम से विख्यात होगी" तो इस तरह काली ने चंड-मुंड का संहार किया और इसके बाद शुम्भ ने उनसे लड़ने के लिए एक भयंकर राक्षस रक्तबीज भेजा। काली ने उसका भी संहार किया। रक्तबीज की ख़ासियत थी कि जहाँ भी इसके शरीर के ख़ून की बूँदें गिरतीं वहाँ से इसके जैसे कई और रक्तबीज पैदा हो जाते। दुर्गा सप्तशती के आठवें अध्याय

में काली और रक्तबीज के ज़बरदस्त युद्ध का वर्णन है...और अब...आख़िर में देखिए कि दुर्गा-सप्तशती में संस्कृत में कही गई इस कथा का बयान उर्दू शायरी में कैसे होता है...

कि होता रक्तबीज इक आन में ज़ेर
मगर बरपा किया उसने वो अंधेर
बला टाली तदबीर-ओ-अमल से
किया सौदा न हस्ती का अजल से
बदन से ख़ून का फव्वारा छूटा
किसी दरया का गोया बंद टूटा
असुर फिर हो गए उससे नमूदार
तवाना, ज़ोरवर, मज़बूत, जर्रार
उधर थे हर तरफ़ से वार-ही-वार
हवा गर्म और भी मैदान-ए-पेकार
अगर शक्ति थी कौमारी की जांसोज़
तो बाराही का खंजर था जिगरदोज़
बला तिरशूल था माहेश्वरी का
था हैबतनाक बाना सफ़्दरी का
मगर जब ख़ून गिरता था ज़मीं पर
निकल पड़ते थे लाखों और सफ़दर
जो देखी देवताओं ने ये हालत
हुए उनके हवास-ओ-होश रुख़्सत
बहुत सफ़्फ़ाक से तंग आ गए थे
असुर सब देवियों पर छा गए थे
हुआ जब चंडिका को इल्म इसका
हुई फ़िलफ़ौर काली जी से गोया
तुम्हारा नाम चामुंडा है काली
है बाना ख़ूब सजधज है निराली
तुम अपने मुँह को और फैलाओ
गिरे जो ख़ूने दुश्मन पी जाओ
असुर होते रहे फिर भी जो पैदा
करो तुम उनका दुनिया से सफ़ाया
उन्हें खा जाओ तुम फ़ौरन चबाकर
क़तार अन्दर क़तार उनको उड़ाकर

जो इस सूरत से नौशी जां करोगी
तबाही का बहम सामां करोगी
हुईं यूँ चंडिका फिर महवे पैकार
किया मलउन पर तिरशूल से वार
लहू के धार छूटे उसके तन से
था फव्वारा-सा इक जारी बदन से
मगर काली ने पी डाला ये सब ख़ून
परेशां था अब इस मंज़र से मलउन
झपटकर उसने उन पर गर्ज़ मारा
महामाया पे यूँ ग़ुस्सा उतारा
हुई इससे न कुछ देवी को इज़ा
उसी के तन से बेहद ख़ून निकला
पिया काली ने वो सब ख़ून उसका
हुए थे जो असुर और उससे पैदा
उन्हें भी कर गई चट, खा गई वो
निहायत जोश में अब आ गई वो
उधर से चंडिका ने कर दिया वार
चलाए बज्र, भाला, तीर, तलवार
दगा से रक्तबीज अब आ गया तंग
रहा बाक़ी न बचने का कोई ढंग
बदन सब अस्लहा से छिद गया था
सरे मैदां वो अब मुर्दा पड़ा था
हुआ यूँ ख़त्म उसका ख़ून सारा
असुर कोई न फिर होता था पैदा
बहुत मसरूर उससे देवता थे
सरापा पैकरे हम्द-ओ-सना थे
लहू पीकर हुई थीं देवियाँ सेर
हुआ था उनके हाथों ये असुर ज़ेर
वो शादां थीं सरापा खज़मी थीं,
सरे मैदां ख़ुशी से नाचती थीं।

दास्तान टोलबूथ की

एक छोटा-सा लड़का था, यही कोई 10-11 बरस का, नाम था उसका मिलो—उसे ना किसी चीज़ में कोई दिलचस्पी नहीं थी। स्कूल में होता तो घर जाना चाहता, घर में होता तो स्कूल जाना चाहता। उसका कहना था, "36 में से 24 गए, कितने बचे, मुझे क्या पता, फ़ेब्यूवेरी की स्पेलिंग से मेरा क्या लेना-देना।" हर चीज़ उसे वक़्त की बर्बादी लगती। एक दिन जब वो स्कूल से घर पहुँचा, तो अपने कमरे में जाकर सोचने लगा, "एक और लम्बा दिन...कैसे कटेगा?" आसपास देखा तो नज़र आईं वो किताबें जो उसके लिए बोझ थीं, वो टॉय कार जिस पर धूल जमी थी, कि तभी कमरे के कोने में उसकी निगाह पड़ी एक बड़े से डब्बे पर जो उसने पहले कभी नहीं देखा था। क़रीब जाकर देखा तो उस पर लिखा था :

"मिलो के लिए, जिसके पास बहुत वक़्त है।"

"सरप्राइज गिफ़्ट! मेरा बर्थडे आने में तो वक़्त है। पर इसमें है क्या?

मिलो ने डब्बा खोला तो उसमें से निकला एक टोलबूथ।

टोलबूथ! मतलब?

मतलब एक बूथ जैसे टेलीफोन बूथ होता है, एक नाका जहाँ रुककर हम इस पार से उस पार जाने के लिए टोल भरते हैं, टैक्स देते हैं।

ओ! जैसे अगर बांद्रा से वरली जाना हो, तो रास्ते में टोलबूथ पर टोल देना पड़ता है। पर मिलो को कहाँ जाना था? इस टोलबूथ के पार कौन-सी जगह थी?

मिलो ने देखा कि डब्बे पर लिखा था : क्योंकि तुम उस पार की दुनिया से वाक़िफ़ नहीं, इस डब्बे में तुम्हें मिलेंगे 3 साइन बोर्ड, टोल भरने के लिए 2 सिक्के, एक नक़्शा और ट्रैफ़िक रूल्स की किताब।

उसने तीनों साईन बोर्ड लगाए, जिन पर लिखा था : टोलबूथ नज़दीक है, गाड़ी धीरे रखें।

टोल के लिए पैसे तैयार रखें, अपनी मंज़िल को याद रखें।

फिर मिलो ने नक़्शा खोला, तो उसकी आँखें फटी-की-फटी रह गईं। रंगों से भरा जंगल, नदियाँ, शहर, वादियाँ। दिक़्क़त बस इतनी थी कि उस नक़्शे में किसी भी जगह का नाम मिलो ने सुना तक नहीं था। उसने अपनी आँखें बन्द करके नक़्शे पर एक जगह उँगली रखकर आँख जो खोली तो जगह का नाम देखा अल्फ़ाज़नगर। "ये क्या बला है।"

ख़ैर, मिलो ने अपनी टॉय कार पर से धूल साफ़ की, नक़्शा और रूल बुक उठाई और गाड़ी में बैठ हौले से टोलबूथ तक आया। टोलबूथ में सिक्का डालते वक़्त ख़ुद से कहने लगा, "अगर ये खेल मज़ेदार ना हुआ, तो आज की दोपहर भी बर्बाद समझो।" कि यकायक मिलो ने ख़ुद को पाया एक अनजान सड़क पर। पीछे मुड़कर देखा तो ना वो टोलबूथ था, ना ही उसका कमरा। वो सचमुच में एक सफ़र पर निकल आया था। अब सड़क के किनारे हरे-भरे दरख़्तों से घिरे थे, धूप खिली हुई थी—मिलो के ज़हन में जैसे गाना बज रहा था :

'सुहाना सफ़र और ये मौसम हसीं'

"सुहाना सफ़र और ये मौसम हसीं, मगर जा रहे कहाँ हमें पता नहीं"

थोड़ा आगे चला तो उसे कुछ मीनारों पर झंडे लहराते नज़र आए। दरवाज़े पर पहुँचा तो एक संतरी बोला, "अल्फ़ाज़नगर में आपका स्वागत है। आप ख़रीदने आए हैं या बेचने?"

"जी!"

"ख़रीदने आए हो या बेचने?" बाज़ार आने की कोई वजह होगी ना। वजह नहीं है तो वज़ाहत दो। लफ़्ज़ों में बयान करो। कोई बहाना ही बना दो। रुको, मैं एक पुराना वाला बताता हूँ। कहो, चहलक़दमी करने आया हूँ।

"जी, चहलक़दमी करने आया हूँ।" संतरी ने दरवाज़ा खोलकर मिलो को रास्ता दिखाया।

मिलो थोड़ा ही आगे चला था के एक चौराहे पर पहुँचा जहाँ कई दुकानें सजी थीं और ऊपर बड़े-बड़े अक्षरों में लिखा था, 'लफ़्ज़ों का बाज़ार'। तभी पाँच दुबले-पतले और लम्बे आदमी, बदन पर रेशमी पोशाक़, सर पर शाही टोपी और पाँव में चमकते जूते पहने मिलो के पास आए और एक-एक करके बोलने लगे :

—आदाब, सलाम, खुशामदीद, स्वागत है, नमस्ते!

अल्फ़ाज़नगर के आक़ा, स्वरों के सुलतान, हर्फ़ों के हरफ़नमौला, मुहावरों के महाराज, जुमलों के जहाँपनाह! अल्फ़ाज़ शाह के हुक्म पर हम अपने नगर में, राज्य में, देश में, मुल्क में, वतन में आपका स्वागत करते हैं।

मिलो बोला, "पर इन सब शब्दों का मतलब तो एक ही है ना?"

—बिलकुल सही, बेशक, यक़ीनन, बजा फ़रमाया।

"फिर इतने शब्दों की बजाय एक ही शब्द बोलेंगे तो समझने में आसानी होगी ना।"

—बकवास, बेहूदा, बेबुनियाद, बेतुकी बात, बेकार की बात।

"किसी को समझ में आए या ना आए, हमें उससे मतलब नहीं। तुम जानते नहीं, हम कौन हैं?

मैं हूँ परिभाषा का प्रधान, मतलब का मंत्री, सार का सूबेदार, भावार्थ का भंडारी, समझ का सेनापति।

और हम हैं बादशाह के पाँच सलाहकार।

अरे! अल्फ़ाज़नगर ही तो वो जगह है जहाँ से दुनिया के सारे अल्फ़ाज़ आते हैं। यहीं हमारे बग़ीचे में उगते हैं सारे शब्द।"

मिलो ने पूछा, "पेड़ों पर? शब्द उगते हैं?"

तो और कहाँ उगेंगे? यहाँ हर हफ़्ते लफ़्ज़ों का बाज़ार लगता है ना? हमारा काम ये देखना है कि जो अल्फ़ाज़ बिक रहे हैं उनका कोई-न-कोई मतलब ज़रूर हो। तुम्हें भी बहुत ध्यान से अपने शब्दों को चुनना होगा ताकि तुम वो ही कहो जो कहने का तुम्हारा इरादा है। अब हमें वापस चलकर शाही दावत की तैयारी करनी चाहिए।"

वो पाँचों तो गए, मिलो ने बाज़ार देखना शुरू किया। चारों तरफ़ था दुकानदारों का शोर, ख़रीददारों की हलचल।

"ताज़े-ताज़े अल्फ़ाज़, मीठे-मीठे अल्फ़ाज़, बड़े रसीले अल्फ़ाज़।

'अगर' लो, 'मगर' लो, 'इधर' लो, 'उधर' लो, ये भी लो, वो भी लो, 10 रुपये किलो, 10 रुपये किलो, 10 रुपये किलो।

दुकानों पर हर जगह बक्सों में शब्दों का ढेर लगा था। मिलो ने 3 ऐसे शब्द उठाए जो उसने पहले कभी सुने ही नहीं थे, पर दिलचस्प मालूम होते थे : किंकर्तव्यविमूढ़, बेतरतीब और असहिष्णुता। लेकिन जब दुकानदार ने इन अल्फ़ाज़ के दाम बताए, तो मिलो उन्हें वापस रखकर आगे बढ़ा। दुकानदार बोला, दो दुकान छोड़कर राजू के यहाँ से एक दर्जन हैप्पी ले लेना। सस्ते भी हैं और बहुत काम आते हैं—हैप्पी बर्थडे, हैप्पी एनीवर्सरी, हैप्पी न्यू ईयर।

मिलो ख़रीदना तो चाहता था पर उसके पास तो बचा था बस एक सिक्का जो उसे घरवापसी में टोलबूथ के लिए चाहिए था। मायूस होकर वहाँ से चला ही था कि तभी उसने देखा कि एक बड़ी-सी मक्खी स्पेलिंग बी उसके पीछे आ रही थी। मिलो को लगा ये तो काटेगी। वो उससे बचने के लिए वहाँ से दौड़ा। स्पेलिंग बी बोली, "अरे रुको, तुम्हें ग़लतफ़हमी...ग़ैन-लाम-तोए-फ़े-हे-मीम-ये ग़लतफ़हमी हो गई है। मैं बिलकुल ख़तरनाक ख़े-तोए-रे-नून-अलिफ़-काफ़ ख़तरनाक नहीं हूँ।" लेकिन मिलो डर के मारे जो भागा एक दुकान से जा टकराया, दूसरी में पड़े लफ़्ज़ों के ढेर पर जाकर गिरा तो तीसरी दुकान का तम्बू उखड़ गया और ऐसे करते-करते पूरा बाज़ार ढह गया। ऐसी उथल-पुथल हुई कि सारे अल्फ़ाज़ गड्ड-मड्ड तरीक़े से अलग-थलग हो गए। एक दुकानदार बोला, "दिया क्या देखो तुमने कर।"

वो कहना तो चाहता था के "देखो, तुमने क्या कर दिया" लेकिन सारे शब्द ऐसे बिखर चुके थे कि कुछ भी समझ पाना मुश्किल था। फिर सारी दुकानों को

खड़ा किया गया, शब्दों का तरीक़े से ढेर बनाया गया। मिलो अपने क़दमों पर खड़ा हुआ ही था कि एक कोतवाल ने आकर मिलो से सवाल किया :

"ए छोरे, पिछले महीने की 27 तारीख़ को कहाँ पे था रे तू?"

"27 तारीख़ को! पर उससे इस सबका क्या लेना-देना है?"

"मेरा बर्थडे था उस दिन, और तूने मुझे विश तक ना किया। तो मेरी सालगिरह भूलने और बाज़ार में तबाही मचाने के जुर्म में तुझे क़ैदख़ाने में डाला जाएगा।"

ये कहकर कोतवाल मिलो को अपने साथ लेकर चला। रास्ते में सबसे पहले आया एक भारी-भरकम दरवाज़ा। जिसे खोलने पर थीं कई हज़ार सीढ़ियाँ। अन्दर था घुप्प अँधेरा। न इनसान, न हैवान, न परिन्द, न चरिन्द। सीढ़ियों को तय करने के बाद आई एक काल-कोठरी। कोतवाल ने उसे वहाँ छोड़ा और लौट गया। मिलो सोच में पड़ गया और बड़बड़ाने लगा, "शब्दों के साथ छेड़छाड़ करना बड़ी मुश्किल में फँसा सकता है। मैं यहाँ से बाहर निकलते ही शब्दों के बारे में सब कुछ सीखूँगा।"

तभी आवाज़ आई, "बहुत अच्छा ख़याल है, बच्चे!"

मिलो ने चौंककर इधर-उधर देखा तो नज़र आई कमरे के कोने में कुर्सी पर बैठी, कपड़े बुनती एक बूढ़ी औरत, "अरे डरो मत, मैं तुम्हें कुछ नहीं करूँगी।"

"पर तुम हो कौन?"

"मैं हूँ यहाँ के राजा अल्फ़ाज़ शाह की फूफी कई साल तक ये तय करना मेरी ही तो ज़िम्मेदारी थी कि इस नगर में कौन-से शब्द बोले जाएँगे और कौन-से नहीं बोले जाएँगे। पहले-पहल मैंने बहुत कोशिश की, कि कोई लफ़्ज़ बेकार ना जाए। मैंने पूरे नगर में ऐलान करवाया :

अति का भला ना बोलना, अति की भली ना चुप

"मगर सत्ता के लालच में—ताकि मैं ज़्यादा-से-ज़्यादा अल्फ़ाज़ सिर्फ़ अपने लिए जमा कर लूँ—मैंने बहुत से लफ़्ज़ों के इस्तेमाल पर मनाही कर दी और ऐलान करवा दिया कि :

रहिमन चुप हो बैठिए, देखि दिनन के फेर

"फिर सब बातचीत बन्द, बाज़ार बन्द और लोगों की रोज़ी कमाने का ज़रिया भी बन्द। जब अल्फ़ाज़ शाह ने अपनी रय्यत का ये हाल देखा, तो ग़ज़बनाक होकर मुझे इस कालकोठरी में डलवा दिया।"

"मैं जैसे ही यहाँ से निकलूँगा, सबसे पहले आप ही की मदद करूँगा।"

"शुक्रिया बच्चे, पर मेरी मदद तो सिर्फ़ राइम और रीजन की वापसी ही कर सकता हैं।

"किसकी वापसी?" "राइम और रीजन।"

क्या बहनें थीं, वो गहने थीं, राइम और रीजन

दो नहीं एक थीं, कितनी नेक थीं, राइम और रीजन
रूप था उनका ऐसा जैसे हो बहार का सीजन
लेकिन ये इल्ज़ाम लगा कि उन्होंने किया था ट्रीज़न

हाज़िरीन, एक वक़्त था जब यहाँ दूर-दूर तक था रेगिस्तान और अँधेरों में घिरे ऊँचे पहाड़—यानी कोहे ज़ुल्मात, जिन्हें भूतों ने अपना घर बना रखा था। फिर एक दिन ज्ञान के सागर से होता हुआ एक जहाज़ आया, जिसमें से उतरा एक राजकुमार। भूतों ने उसके ख़िलाफ़ जंग छेड़ दी और जंग के ख़त्म होने पर राजकुमार के पास बचा तो समंदर किनारे ज़मीन का सिर्फ़ एक छोटा-सा टुकड़ा। राजकुमार ने कहा कि "मैं अपना राज्य यहीं बनाऊँगा" और राज्य का नाम उसने रखा होशियारपुर। लोग ज्ञानसागर पार करके आते रहे और राज्य में बसते रहे। राजकुमार के 2 बेटे हुए जिनको उसने ऐसी तरबियत दी कि वो आगे चलकर होशियारपुर को फैलाएँ। जब वो दोनों जवान हुए, तो उन्होंने दो नये शहर बसाये—अल्फ़ाज़नगर और नम्बराबाद। एक दिन यूँ हुआ कि राजा अपने बाग़ में सैर कर रहा था कि तभी एक पेड़ के नीचे पड़ी लावारिस टोकरी में उसे दो बच्चियाँ नज़र आईं। राजा के पास सब कुछ था, बस उसकी कोई बेटी नहीं थी। इन दो प्यारी बच्चियों को देख राजा ने उन्हें अपनी बेटियाँ मान लिया—एक का नाम रखा राइम और दूसरी का रीजन। राजा के मरने के बाद उसके राज्य का बँटवारा हुआ, इस शर्त पर के दोनों भाई दोनों नन्ही शहज़ादियों की देखभाल की ज़िम्मेदारी भी बाँटेंगे। बड़े होते-होते दोनों शहज़ादियों ने अपनी ख़ूबसूरती और नर्मदिली से सबको जीत लिया। दोनों हर मसले को बड़े माक़ूल तरीक़े से सुलझातीं। यहाँ तक के दोनों भाई भी अपनी तकरार लेकर उन्हीं के पास आते। लेकिन एक दिन दोनों भाइयों का झगड़ा आसमान छू गया। एक कहता कि अल्फ़ाज़ सबसे अहम है, तो दूसरा नम्बरों को ज़्यादा अहमियत देता। मामला शहज़ादियों तक पहुँचा। दोनों ने बारीक़ी से ग़ौर करने के बाद ये फ़ैसला सुनाया कि :

"ज्ञान की इस चदरिया में अल्फ़ाज़ ताना है, तो नम्बर बाना है। रेत के दाने गिनना तारों को नाम देने से ज़्यादा अहम नहीं। इसलिए दोनों राज्य शान्ति बनाए रखें।" दोनों भाइयों का मानना था कि ऐसी शहज़ादियों का क्या फ़ायदा जो किसी एक के हक़ में फ़ैसला भी ना सुना सकें? हम दोनों शहज़ादी राइम और शहज़ादी रीजन को देश से निकाले जाने का ऐलान करते हैं। और उन्हें महल से बहुत दूर एक 'हवाई क़िले' में भेज दिया। तब से उन्हें किसी ने नहीं देखा।

मिलो ने फूफी का दुखी चेहरा देखकर कहा, "शायद मैं उन राजकुमारियों को वापस ला सकूँ।"

बहुत मुश्किल है बेटा! हवाई क़िले तक जानेवाली सीढ़ियों पर पहरा देते हैं डरावने भूत। तुमको यहाँ से निकलना चाहिए वरना पूरा दिन यहीं ज़ाया कर दोगे।

पर मैं यहाँ से निकलूँ कैसे?

"अगर तुम कोई ऐसा जुमला, कोई ऐसा वाक्य बोल पाओ जिसमें हिन्दी भाषा के सभी स्वर और व्यंजन आ जाते हों, तो ये दरवाज़ा खुल जाएगा।

मिलो ने थोड़ा दिमाग़ लगाया और बोला—"वो चन्दू के ताऊश्री शाहख़र्च छक्कन के साथ चाँदनी चौक में स्वर्णद्रव्य देके रबड़ी-फ़लूदा-लड्डू का पञ्चरङ्गा मिष्टान्न डकारा, ठाठ से टट्टू चढ़े, स्कॉच ढाला, ऑर्केस्ट्रा पर ग़ज़ल सुनी, तथैव हमारी बुभुक्षा तृप्त हुई, तदुपरान्त अन्तःज्ञानी औघड़ ऋषि का भाषण ऐसा झंड रहा, धत्तेरे की, सुरूर उड़ा, त्रस्त हुआ!"

दरवाज़ा खुला, सूरज की किरण उसकी आँखों में पड़ी। उसने बाहर क़दम रखा ही था कि दूर से आते दिखे अल्फ़ाज़ शाह के पाँच सलाहकार।

ओह! ये रहे तुम। कहाँ-कहाँ नहीं ढूँढ़ा तुम्हें। शाही दावत शुरू होनेवाली है। चलो।

"पर मेरी गाड़ी?"

ग़ैरज़रूरी, व्यर्थ, अनावश्यक, बेकार, फ़ालतू।

चलते-चलते वो सब एक महल को आ पहुँचे, जो बाहर से देखने में बिलकुल ऐसा था मानो किसी ने एक बहुत बड़ी-सी किताब को खड़ा करके ज़मीन पर रख दिया हो। अन्दर जाने पर मिलो ने देखा कि वो कमरा जिसमें शाही दावत का इन्तज़ाम था, लोगों से भरा था। मेज़ पर सोने की थालियाँ सजी थीं और बीच में था वो तख़्त जिस पर बैठने का हक़ सिर्फ़ राजा को था। तभी तुरही और नगाड़े बजने लगे और काग़ज़ के एक सफ़हे ने एलान किया, शाहों के शाह, अल्फ़ाज़ शाह आ रहे हैं। अल्फ़ाज़ शाह अपना भारी-भरकम शरीर लेकर तख़्त पर बैठ गया और बोला, "सब अपनी-अपनी जगह बैठ जाएँ" और मिलो से कहने लगा, "तो आप हैं आज के हमारे मेहमान?"

जी मेरा नाम मिलो है। मुझे दावत पर बुलाने के लिए बहुत शुक्रिया! आपका महल बेहद ख़ूबसूरत है।

तो हमारे मनोरंजन के लिए तुम क्या कर सकते हो? गाना गा सकते हो, क़िस्से सुना सकते हो, शायरी कर सकते हो?

"मैं एक हज़ार तक गिन सकता हूँ।"

"अर्र्र...! ये गिनती का ज़िक्र यहाँ भूलकर भी मत करना। उनका इस्तेमाल सिर्फ़ तभी करना जब बेहद ज़रूरी हो। अब खाना खाने की तैयारी की जाए। पर उससे पहले स्पीचेस, पहले तुम्हारी बारी।"

"शुक्रिया! दोस्तो, आज इस मौक़े पर मैं ये बोलना चाहूँगा कि...।"

"बस...काफ़ी है! अगला कौन है?"

कोतवाल बोला, "मेथी मलाई मटर, मुगलई मटन, मखनी नान। मिक्स्ड रायता, मसाला पापड़।"

मिलो ने सोचा, "ये कैसा अजीब भाषण है?"

स्पेलिंग बी बोली, "पिज्जा, पेस्ट्री, पास्ता, प्-आ्-स्-त्-आ-पास्ता।"

ऐसे करते-करते हर मेहमान ने अपना भाषण ख़त्म किया।

आख़िर अल्फ़ाज़ शाह बोला, "पेट डे फोइ ग्रास, सूप अल आइन्नोन, फैसन सोउस क्लोच, सलाडे इंडिव, फ्रॉमेग्स एट फ्रुट्स एट डेमी-टेस्से डे काफे" ("Pate de foie gras, soupe a l'oignon, faisan sous cloche, salade endive, fromages et fruits et demi-tasse de café") और ताली बजाई, कि सब ख़ादिम थालियाँ लिये हाज़िर हुए, और थालियों में थे बिलकुल वोही अल्फ़ाज़ जो मेहमानों ने अपने भाषण में कहे थे। राजा ने मिलो से कहा :

"खाना शुरू करो।"

"पर मुझे नहीं पता था कि आइ विल हैव टु इट माइ ओन वर्ड्स।"

मिलो की भूख का ठिकाना नहीं था। उसने देखा के सब लोग ख़ूब जमकर खाना खा रहे हैं और फिर अपनी फीकी-सी थाली पर नज़र डाली। खाना ख़त्म होते ही राजा खड़ा हुआ और बोला : "सभी लोग यहाँ ध्यान दें।" ये सुनते ही सब लोग भागे और महल से बाहर चले गए। बचा तो सिर्फ़ मिलो और अल्फ़ाज़ शाह।

"आज इस ख़ुशी के मौक़े पर...।"

"माफ़ कीजिएगा पर सब लोग तो जा चुके हैं।"

मुझे लगा शायद इस बात पर कोई ध्यान नहीं देगा। हमेशा यही होता है। मुझे तो कुछ समझ नहीं आता कि क्या करूँ!

मिलो मौक़ा पाते ही बोला, "शायद आपको राइम और रीजन को वापस बुला लेना चाहिए।"

"अगर ऐसा हो सके तो बात ही क्या है। जब तक वो दोनों यहाँ पर थीं सब काम कितने तरीक़े से होता था। पर अब उन्हें वापस लाने के लिए पहले नम्बराबाद जाकर नम्बर सिंह को मनाना होगा। फिर कोहे ज़ुल्मात में जाकर उन भूतों का मुक़ाबला करना होगा जो अपने शिकार की तलाश में एक चोटी से दूसरी चोटी पर मँडराते रहते हैं। और उसके बाद घुप्प अँधेरे में चढ़ना होगा बिना रेलिंग के 2000 सीढ़ियों वाले उस ज़ीने पर, जो लगातार तेज़ हवाओं में झूल रहा है और ले जाता है हवाई क़िले को। जहाँ पहुँचकर शहज़ादियों को लाना है। उन्हीं ख़तरनाक चट्टानों के रास्ते से जिनमें रहनेवाले भूत हर घुसपैठिए को नोच खाने की क़सम खाए बैठे हैं। मैं ख़ुद जाता, पर क्योंकि ये हल तुमने सुझाया है, तो इससे मिलनेवाली शोहरत भी तुम्हारे नाम होनी चाहिए।"

"लेकिन...।"

"अल्फ़ाज़नगर हमेशा तुम्हारा शुक्रगुज़ार रहेगा बच्चे! मैं जानता हूँ रास्ते में तुम्हें कई ख़तरों का सामना करना पड़ेगा, इसीलिए मैं तुम्हारी हिफ़ाज़त के लिए ये लेकर आया हूँ।" ये कहकर अल्फ़ाज़ शाह ने एक किताब जितना बड़ा डिब्बा मिलो को

दिया और कहा—इसमें वो सभी अल्फ़ाज़ हैं जिनसे मैं वाक़िफ़ हूँ। तारीख़ में लिखी गईं सभी महान किताबें इन्हीं शब्दों से बनी हैं। ऐसी कोई रुकावट नहीं है जो इन लफ़्ज़ों से लाँघी ना जा सके। तुमको सिर्फ़ इनका सही वक़्त पर और सही जगह पर इस्तेमाल करना होगा।" मिलो ने तोहफ़ा क़बूल किया और अपनी गाड़ी में सवार हुआ।" जैसे-जैसे गाड़ी चलना शुरू हुई, अल्फ़ाज़नगर के वासियों ने, मिलो ज़िन्दाबाद के नारे लगाकर उसे विदा किया। सबके ज़हन में एक ही बात थी—अब आगे क्या होगा?

मिलो नम्बराबाद की तरफ़ बढ़ा। वो नया रास्ता गड्ढों और पत्थरों से भरा था। वहाँ न तो कोई फूल था और न कोई फल। दूर-दूर तक दरख़्तों का नामोनिशान नहीं था। चारों तरफ़ नज़र आती थीं तो सिर्फ़ चट्टानें। मिलो एक क़िस्म की गुफ़ा में पहुँचा। गुफ़ा के अन्दर चला तो कहीं से खुरचने की आवाज़ें आती थीं तो कहीं से ख़रोचने की, कहीं से गड़गड़ाने की आवाज़ें आती थीं तो कहीं से बड़बड़ाने की। वहाँ लोग खुदाई और कटाई करने में मशग़ूल थे और पत्थरों से भरी गाड़ियों को एक जगह से दूसरी जगह ले जाया जा रहा था।

मिलो बोला, ये किसकी खान है?

"चालीस लाख सत्तर हज़ार आठ सौ पचपन मेरे सर के बालों की क़सम, ये खान मेरी ही है।"

मिलो ने देखा उसकी तरफ़ क़दम बढ़ाता नज़र आ रहा था एक आदमी जो ज़रूर राजा नम्बर सिंह ही था। बदन पर था एक लम्बा लहराता हुआ जुब्बा जिस पर मुश्किल-से-मुश्किल मैथमेटिकल इक्वेशन छपी थीं। सर पर टिकी थी एक लम्बी-सी टोपी और बाएँ हाथ में थी एक लम्बी छड़ी जिसके एक छोर पर बनी थी पेंसिल की नोक और दूसरे छोर पर एक बड़ा-सा रबर।

"ये राज्य की सबसे बड़ी नम्बरों की खान है।"

"क्या यहाँ कुछ क़ीमती पत्थर भी हैं?"

"क़ीमती पत्थर! 80 लाख 85 हज़ार 430 मेरे जुब्बे के धागों की क़सम, बिलकुल हैं। यहाँ देखो।"

उसने गाड़ी से कुछ उठाया, जुब्बे से रगड़कर साफ़ किया, जैसे ही उस पर रौशनी पड़ी तो वो चमक उठा।

"पर ये तो नम्बर '5' है?"

"बिलकुल सही! हमारे यहाँ का एक बेहद क़ीमती पत्थर। और पत्थरों पर भी नज़र डालो।"

उसने कई सारे पत्थर उठाए और मिलो के हाथ में रख दिए। उनमें जीरो से लेकर नाइन तक सभी नम्बर थे।

यहाँ हम इनकी खुदाई करते हैं और फिर इन्हें चमकाते हैं। और फिर दुनिया भर में इन्हें भेजा जाता है।

"बहुत ही ख़ूबसूरत हैं।" मिलो ध्यान से वो सभी नम्बर वापस देखने लगा के तभी ग़लती से एक पत्थर उसके हाथ से छूट गया और 2 टुकड़े हो गए । मिलो घबरा गया। नम्बर सिंह टुकड़ों को उठाता हुआ बोला, "फ़िक्र मत करो। हम लोग टूटे हुए नम्बरों से फ्रैक्शन्स बना लेते हैं।"

बात करते-करते वो नम्बर सिंह के कमरे में पहुँचे जो जमा, घटा, गुना, भाग के निशानों से भरा था। और पेन, पेंसिल, स्केल, कम्पॉस, जैसी सारी चीज़ें छोटे-छोटे धागों की मदद से छत से लटक रही थीं।

मिलो ने पूछा, क्या आप मुझे सबसे बड़ा नम्बर दिखा सकते हैं?

"तुम बड़े से बड़ा कौन-सा नम्बर सोच सकते हो?"

"9 खरब, 99 अरब, 99 करोड़, 99 लाख, 99 हज़ार, 999"

"बहुत अच्छे!! अब ज़रा इसमें '1' जमा कर दो।"

ओह! वो तो 10 ख़रब हो जाएगा।

शाबाश! फिर उसमें और 1 जमा कर दो। फिर 1 और। उसके बाद 1 और जमा करो।

...पर मैं रुकूँ क़ब?

कभी नहीं! क्योंकि जो नम्बर तुम चाहते हो, वो हमेशा तुम्हारे पास मौजूद नम्बर से कम-से-कम 1 बड़ा ज़रूर होता है।

फिर नम्बर सिंह ने एक काग़ज़ पर लिखना शुरू किया, 7×1=7। उसके ऐसा लिखते ही 7 नम्बर सिंह मिलो के सामने आ खड़े हुए। वो सभी एक जैसे दिखते थे। मिलो बोला, "आपने ये कैसे किया?"

वो सब एक सुर में बोले, "अरे, बहुत आसान है, अगर तुम्हारे पास ये जादुई छड़ी हो तो!"

फिर उनमें से 6 नम्बर सिंह ने ख़ुद को रबर से मिटाया और ग़ायब हो गए। बचा हुआ नम्बर सिंह बोला,

"अगर तुम इस पेंसिल का सही से इस्तेमाल करना सीख जाओ, तो इससे क्या-क्या कर सकते हो, उसकी कोई हद नहीं।"

"क्या इस पेंसिल से राइम और रीजन को भी वापस लाया जा सकता है?"

"नामुमकिन! वो दोनों तो भूतों के पहरे में हैं! जब से राइम और रीजन का देशनिकाला हुआ है, तबसे हालात ख़राब हैं। और ये सब हुआ है, उस ज़िद्दी अल्फ़ाज़ शाह की वजह से। सब उसकी ग़लती है।"

"अगर आपकी इजाज़त हो तो मैं राइम और रीजन को वापस लाना चाहूँगा।"

"क्या अल्फ़ाज़ शाह इसके लिए मान गया है?"

"जी।"

"तो फिर मैं नहीं मानता। जब से दोनों राजकुमारियों को निकाला गया है, तब से हम किसी भी मुद्दे पर सहमत नहीं हुए हैं और न ही कभी होंगे।"

कभी नहीं?

कभी नहीं! अगर तुम मुझे ग़लत साबित कर दो, तो तुम्हें मेरी इजाज़त है।

ठीक है! देखिए, अल्फ़ाज़ शाह जिस बात पर राज़ी होते हैं, आप उस बात के लिए तैयार नहीं होते। और जिस बात से अल्फ़ाज़ शाह असहमत होते हैं, आप उस बात से सहमत होते हैं। तो इसका मतलब आप दोनों इस बात पर सहमत हैं के आप दोनों उस बात से असहमत होंगे जिस बात पर आप दोनों ही सहमत हैं। तो फिर अगर कोई ऐसा मुद्दा हो जिस पर आप दोनों की ही असहमति हो, तो फिर तो आप दोनों ही एक-दूसरे के साथ सहमत हुए न? है ना?

ये कैसे...मुझे चकमा दिया गया है, इस पहेली को जिस भी तरह सुलझाओ जवाब एक ही आना था।

नम्बर सिंह ने अपनी हार मानी और मिलो को जाने की इजाज़त दी। उसने एक पेंसिल नुमा जादू की छड़ी मिलो को दी और कहा, "सफ़र में ख़तरनाक भूत होंगे। ये लो। अगर तुम इसका इस्तेमाल ठीक से करो, तो ऐसा कुछ नहीं है जो ये नहीं कर सकती।"

नम्बर सिंह के विदा करते ही, मिलो वापस गाड़ी में बैठा। लेकिन गाड़ी चलाते-चलाते आदतन अपने ख़यालों में खो गया, ख़याल उन भूतों के जिनका ज़िक्र दोनों भाइयों और उनकी फूफी ने किया था और इसी चक्कर में जहाँ दाएँ मुड़ना था, वहाँ बाएँ मुड़ गया। और वो ग़लत मोड़ लेते ही सड़क का नज़ारा एकदम बदल गया। आसमान में काले बादल छा गए, शहर में सन्नाटा था। मील-दर-मील गाड़ी धीरे होने लगी और फिर एक जगह आकर अपने आप रुक गई।

मिलो ने वहाँ बैठी एक औरत से, जो कि दरअसल आलस की भूतनी थी, उससे कहा,

"शायद मैं अपना रास्ता खो बैठा हूँ, सोच रहा हूँ...।"

सोचने का नाम भी मत लेना। यहाँ सोचना ग़ैरक़ानूनी है। तुमने क़ायदा नं. 3415 नहीं पढ़ा?

मिलो ने रूलबुक निकालकर देखा तो लिखा था : "यहाँ सोचना, विचारना, सोच-विचार करना, सोचने के बारे में सोचना, कल्पना करना, चिन्तन करना, ध्यान लगाना और अटकलें लगाना—ये सब क़ानूनी जुर्म हैं।" पर सोचता तो हर कोई है।

हम नहीं सोचते। और तुम भी कहाँ सोचते हो? जो लोग सोचते नहीं, वो ही इस जगह आकर फँसते हैं। यहाँ अगर सोच भी नहीं सकते तो कर क्या सकते हैं।

"बहुत कुछ। हम लोग तो दिन भर मसरूफ़ रहते हैं।

सुबह 8 बजे उठो
8 से 9 खुली आँखों से ख़्वाब देखो
9 से 11 सुबह की झपकी लो

11 से 12 वक़्त गँवाओ
12 से 1 आलस करो
1 से 2 लंच
2 से 3 टाल-मटोल करो
3 से 4 आराम फ़रमाओ
4 से 5 इधर-उधर वक़्त बिताओ
5 से 7 शाम की नींद
7 से 8 सुस्त हो जाओ
8 से 9 डिनर
9 से 10 सोने का इन्तज़ार
10 बजे बेडटाइम

इन सब कामों के बाद सोचने के लिए वक़्त ही नहीं बचता।"

तो फिर क्या यहाँ हर कोई ऐसे ही वक़्त बर्बाद करता रहता है?

"देखो, एक वक़्त की बात है जब वक़्त नाम की कोई चीज़ ही नहीं थी। इससे लोगों को बड़ी दिक़्क़त होती थी, क्योंकि वो लंच के वक़्त नाश्ता करते और नाश्ते के वक़्त लंच। बच्चे क्लास टाइम में होमवर्क करते और होमवर्क के वक़्त ख़ेलते। इसी दिक़्क़त को दूर करने के लिए वक़्त बनाया गया, घड़ियाँ बनाई गईं। पर जैसे ही लोगों को समझ आया कि उनके पास 1 मिनट में 60 सेकंड, 1 घंटे में 60 मिनट, 1 दिन में 24 घंटे और 1 साल में 365 दिन हैं, सबको लगने लगा अब तो वक़्त की कोई कमी नहीं, तो सबने वक़्त बर्बाद करना शुरू कर दिया।"

"ओह! तो क्या आप कुछ करते नहीं हैं?"

"नहीं-नहीं, हम कुछ नहीं करते हैं।"

मिलो ने दिल में कहा, "जैसे ना सोचने से मैं यहाँ फँस गया, शायद सोचना शुरू करूँ, तो यहाँ से निकल जाऊँ।"

मिलो ने ज़ोर देकर सोचना जो शुरू किया तो वो सोचने लगा उन परिन्दों के बारे में जो पानी में तैरते हैं और उन मछलियों के बारे में जो हवा में उड़ती हैं। वो सोचने लगा श से शुरू होनेवाला हर शब्द, और 3 पर ख़त्म होनेवाला हर नम्बर। और उसके सोचते ही गाड़ी के पहिये चलने लगे। तेज़ और तेज़। उतनी तेज़ जितनी तेज़ी से मिलो का मन दौड़ रहा था और देखते-ही-देखते वो सही रास्ते पर आ गया। और मिलो सोचने लगा कि कैसे एक सोच से पूरी दुनिया बदल सकती है।

आगे बढ़ा तो उसे एक आदमी नज़र आया जो पेड़ पर पीठ टिकाए खड़ा था। वो आदमी सूट-बूट में जँच तो ख़ूब रहा था, पर देखनेवाली बात ये थी के उसके चेहरे से भाव ग़ायब थे। दरअसल भाव के साथ-साथ आँख, नाक, कान, होंठ, सब ग़ायब थे। क्योंकि वो भी एक भूत था। बेकार की मेहनत का भूत।

उसने मिलो से हाथ मिलाया और बोला, "कैसे हो नौजवान?"

इतना भला आदमी और वो भी ऐसी जगह पर, क्या बात है।

"मैं सोच रहा था के क्या तुम थोड़ा वक़्त निकालकर मेरी कुछ काम में मदद कर सकते हो?"

"बिलकुल! बताइए क्या करना है?"

"बहुत बढ़िया। वो रेत का बड़ा-सा टीला देख रहे हो। मुझे रेत के उस ढेर को यहाँ से वहाँ ले जाना है, पर इस काम के लिए मेरे पास सिर्फ़ ये छोटी-सी चिमटी है।" और उसने वो चिमटी मिलो को दी और मिलो ने भी तभी-के-तभी काम शुरू किया और रेत के एक-एक कण को एक जगह से दूसरी जगह ले जाना शुरू कर दिया। वो आदमी अपनी जगह पर वापस आया और पेड़ से पीठ टिकाकर फिर वहीं खड़ा हो गया। मिलो घंटे-दर-घंटे काम करता गया, करता गया। मिलो बोला, "कमाल है, मैं कब से काम किए चला जा रहा हूँ, पर न तो मुझे भूख लग रही है, और न ही थकावट महसूस हो रही है। मैं तो सारी ज़िन्दगी ऐसे काम कर सकता हूँ। पर काश मुझे पता होता के इस काम को करने में मुझे कितनी देर लगेगी, तभी मिलो ने जेब से वो चमकदार पेंसिल निकाली, जो नम्बर सिंह ने उसे दी थी, फटाफट एक काग़ज़ पर कुछ हिसाब लगाया, और तब उसे समझ में आया के इस पूरे काम को ख़त्म करते-करते उसे 837 बरस लग जाएँगे। मिलो वो काग़ज़ उस आदमी को दिखाकर बोला,

"माफ़ कीजिए, पर इस काम को ख़त्म करने में तो 837 बरस लग जाएँगे।"

"ऐसा क्या! फिर तो जल्दी काम पर लग जाओ!"

"पर मुझे लगता है के शायद ये काम कुछ ख़ास ज़रूरी नहीं है।"

"बिलकुल ज़रूरी नहीं है, अगर ज़रूरी होता, तो ये काम मैं तुम्हें करने को क्यों देता?"

मिलो को याद आने लगा के वो भी अपना हर दिन घर में, स्कूल में, कैसे फ़िज़ूल के कामों में वक़्त ज़ाया किया करता था।

"पर तुम सिर्फ़ बेकार के काम ही क्यों करते हो?"

"देखो, जितने अहम काम होते हैं, वो बड़े ही मुश्किल होते हैं। तो अगर तुम फ़िज़ूल के कामों में ही अपना सारा वक़्त ज़ाया कर दो, तो तुम्हें कभी अहम काम करने की फ़िक्र ही नहीं करनी पड़ेगी। तुम्हारे पास वक़्त ही नहीं बचेगा। ज़रा सोचो, कितनी मेहनत बच जाएगी। यहाँ मेरे साथ रहकर तो देखो, बड़ा मज़ा आएगा। इतने सारे काम हैं यहाँ। चीज़ों को भरना है, ख़ाली करना है, उठाना है, रखना है, लेकर जाना है, वापस लाना है, काम ही काम हैं।"

मिलो उसकी मीठी आवाज़ में खो चुका था और वो अपने हाथों में मिलो को जकड़ने ही वाला था के कहीं से एक आवाज़ आई—"भागो-भागो।" मिलो फटाफट मुड़ा और वहाँ से भागा। भागते-भागते अनजाने में एक दलदल में फँस गया। पहले

उसकी एड़ियाँ धँसीं, फिर घुटने और धीरे-धीरे वो कमर तक उस दलदल में धँस चुका था। वो मशक़्क़त करके किसी तरह उस दलदल में आगे बढ़ने की कोशिश कर ही रहा था, के फिर आवाज़ आई, "आगे बढ़ते रहो, आगे बढ़ते रहो, अब ऊपर आओ, ऊपर आओ" जैसे ही मिलो ने अगला क़दम उठाया, वो सीधा एक गड्ढे में आकर गिरा।

"पर उसने तो कहा था के ऊपर आओ।"

"तुम सोच रहे थे के मेरी बात सुनकर तुम कहीं पहुँच जाओगे?"

"तो फिर तुमने मेरी मदद आख़िर की ही क्यों?"

"बुरी सलाह देना तो मेरी ख़ूबी है। मैं हूँ नारंगी चेहरे वाला, लम्बी जुबान वाला, मोटी गर्दन वाला, गोल शरीर वाला, छोटी उँगलियों वाला भूत। पूरे जंगल का सबसे भयानक भूत। जब तक मैं यहाँ हूँ, यहाँ से भागने का सोचना भी मत।"

पर मिलो अब तक समझ चुका था के लोग जैसे अपने बारे में बताते हैं, दरअसल वैसे होते नहीं हैं। क़िस्मत से मिलो को उस गड्ढे में एक सीढ़ी पड़ी मिल गई। वो उसकी मदद से ऊपर आया और देखा के वो भूत तो दरअसल एकदम भोंदू था। "तुम्हारी तो कोई लम्बी जुबान, मोटी गर्दन, गोल शरीर, छोटी उँगलियाँ और नारंगी चेहरा नहीं हैं।" पकड़े जाने पर वो भूत बोला, "मैं लापरवाही का भूत हूँ। मैं जो कहता हूँ, मेरा वो मतलब नहीं होता जो लोग मेरी बातों पर यक़ीन कर लेते हैं, वो लोग ग़लत रास्ते पर चले जाते हैं और फिर वहीं रहते हैं।" और वो रोता-बिलखता वहाँ से चलता बना। और जाते-जाते धमकी दे गया के सभी भूतों को उसके आने की ख़बर दे देगा।

और फिर निकले भूत, चप्पे-चप्पे से, हर गुफ़ा से, हर कोने से, हर दरार से, चट्टानों के ऊपर से, कीचड़ के नीचे से, धूम-धड़ाका मचाते भूत। चिड़चिड़ेपन का भूत, बॉर्डम का भूत, नफ़रत का भूत। सबके दिमाग़ में था सिर्फ़ एक ही ख़याल—कोहे ज़ुल्मात को घुसपैठियों से बचाना।

मिलो समझ चुका था के अब उसके पास ज़्यादा वक़्त नहीं बचा है। भूत अभी नज़र तो दूर आ रहे थे, पर उनकी रफ़्तार बता रही थी के किसी भी वक़्त वो नज़दीक पहुँच जाएँगे। मिलो ने ऊपर भागना शुरू किया। तलाश थी तो उस हवाई क़िले की जिसमें दोनों शहज़ादियाँ भेजी गई थीं। ठीक सामने सबसे ऊँची चोटी से शुरू हो रही थीं हवा में जाती चक्करदार सीढ़ियाँ और उन सीढ़ियों के दूसरे छोर पर बना था वो हवाई क़िला। अब भूतों में और उनके शिकार में सिर्फ़ एक मिनट की दूरी ही बची थी। मिलो सीढ़ियों की तरफ़ भागा। भूत का एक हाथ मिलो के जूते को छू ही चुका था कि वो ख़ौफ़नाक सीढ़ियाँ उसे लिये हवा में मँडराती, बादलों में ग़ायब हो गईं और सभी भूत वहीं पहाड़ की चोटी पर चिल्लाते, गुर्राते खड़े रह गए। हवाई क़िले का दरवाज़ा ख़ुला और वो एक बड़े से हॉल में घुसा। अन्दर से दो मीठी-मीठी आवाज़ें आईं।

"अन्दर आ जाओ, हम तुम्हारा ही इन्तज़ार कर रहे थे।"

हॉल के एक कोने में चाँदी का एक पर्दा खुला और दो लड़कियाँ वहाँ से बाहर निकलीं। सफ़ेद कपड़े पहने वो लड़कियाँ बेहद ख़ूबसूरत लग रही थीं। एक लड़की बड़ी ही शान्त स्वभाव की नज़र आती थी और दूसरी बेहद चंचल। मिलो उनके सामने झुककर बोला, "आप ज़रूर शहज़ादी राइम और रीजन होंगी। मैं आप दोनों को लेने आया हूँ। भूत नज़दीक ही हैं। हमें यहाँ से जल्दी चलना चाहिए।"

"थोड़ी देर आराम क्यों नहीं करते। तुम ज़रूर थके हुए होगे। काफ़ी लम्बा सफ़र तय करके आए हो।"

"हाँ। पर अगर मैंने इतनी ग़लतियाँ न की होतीं, तो मैं यहाँ कब का पहुँच चुका होता।"

"अगर तुम ग़लतियों से सीखते चले जा रहे हो, तो कभी ग़लतियाँ करने पर पछतावा मत करना।"

"सीखना ये ज़रूरी है के तुमने जो सीखा है, उसका तुम्हें इस्तेमाल कैसे करना है।"

"मुझे समझ तो आ रहा है, पर...।"

अभी मिलो बोलने ही लगा था के कहीं दूर से कुछ काटने की आवाज़ें आने लगीं। फिर हर आवाज़ के साथ वो कमरा हिलने लगा, और सब सामान तितर- बितर होने लगा। दरअसल हो क्या रहा था के वो हवाई क़िला एक पहाड़ की चोटी पर आकर टिक गया था। नीचे उस पहाड़ की चोटी पर सारे भूत मिलकर आरियों से, हथौड़ों से, कुल्हाड़ियों से उस क़िले की सीढ़ियों को तोड़ने और काटने में लगे थे। थोड़ी ही देर में वो सारी सीढ़ियाँ चकनाचूर हो गईं और वो हवाई क़िला ऊपर आसमान में उड़ने लगा।

राइम बोली, "अब हमें यहाँ से निकलना चाहिए।"

"पर इस हवाई क़िले का क्या?"

"जाने दो इसे, अच्छा है पीछा छूटेगा। दिखने में भले ही ख़ूबसूरत हो, है तो क़ैदख़ाना ही।"

तीनों ने नीचे छलाँग लगा दी। घुप्प अँधेरे में वो सब गिर रहे थे उस पहाड़ की तरफ़ जहाँ भूत उनके इन्तज़ार में थे। पहाड़ों की चोटियों और दानवों के ऊपर से गुज़रते हुए वो सभी ज़मीन पर पहुँचे।

"जल्दी करो, जल्दी करो! जान बचानी है तो भागो।"

उनके पीछे, हवा में धूल उड़ाते चीख़ते-चिंघाड़ते भयानक भूत भागे चले आ रहे थे—मिलो इतना तेज़ दौड़ रहा था जितना आज तक कभी नहीं दौड़ा था। भूत और नज़दीक आते गए। मिलो के फेफड़े फटने को तैयार थे। जैसे-जैसे रास्ता पहाड़ों की तह तक पहुँचता गया, वैसे-वैसे ज़मीन और सपाट होती गई।

भूतों और उनके शिकार के बीच फ़ासला अब सिर्फ़ न के बराबर ही बचा था। सभी भूतों ने एक आख़िरी छलाँग लगाने की तैयारी की। सब मिलकर एक

साथ उठे—और फिर...यकायक सब रुक गए। ऐसा लग रहा था मानो हवा में जम गए हों, सबकी आँखें डर के मारे फटी-की-फटी रह गई थीं। मिलो ने नज़र उठाई तो उसे नज़र आई तलवार और ढाल लिये होशियारपुर की सेनाएँ। एक पल के लिए चारों तरफ़ ख़ामोशी छा गई। और फिर हज़ारों तुरहियाँ बजने लगीं और चीख़ते-चिल्लाते घुड़सवारों ने तेज़ी से उन घबराए हुए भूतों की तरफ़ बढ़ना शुरू किया। फ़ौज की रहनुमाई कर रहा था अलग-अलग अक्षरों से बना कवच पहने अल्फ़ाज़ शाह और साथ में था हाथ में जादुई छड़ी घुमाता राजा नम्बर सिंह। मिलो जिन-जिन लोगों से सफ़र में मिला था, वो सब वहाँ मदद करने को आ चुके थे। अक्षरों के बाज़ार में मिले दुकानदार, नम्बराबाद की खान में काम करनेवाले मज़दूर।

अब डर के मारे चीख़ते-चिंघाड़ते भूत वापस मुड़े और जिस अंधेर-नगरी से आए थे, वापस वहीं चले गए। मिलो और शहज़ादियों ने फ़तह करनेवाली सेना को बधाई दी। चारों तरफ़ ख़ुशी का माहौल था, सब झूम रहे थे। तभी एक बड़ा-सा फ़रमान पढ़ा गया :

"सबको ये बताया जाता है कि आज से राइम और रीजन होशियारपुर में अपना राज दोबारा सँभालेंगी और मिलो को हमारे राज्य के परमवीर का ख़िताब दिया जाता है।"

जय-जयकार के नारे लगने लगे। शाही छुट्टी का ऐलान किया गया, शहर में जुलूस निकला, तीन दिन तक मनोरंजन, खेलकूद और खाने-पीने से भरपूर जश्न मनाया गया। अल्फ़ाज़ शाह और राजा नम्बर सिंह ने क़सम खाई के हर साल इसी वक़्त वो अपनी सेनाओं को लेकर कोहे ज़ुल्मात में तब तक जाते रहेंगे जब तक हर राक्षस को ख़त्म न कर दें।

जश्न ख़त्म हुआ तो शहज़ादी रीजन बोली, "अब जाने का वक़्त आ गया है, बहुत कुछ है करने के लिए।" उसके ऐसा बोलते ही मिलो को अपना घर याद आने लगा। हालाँकि वो घर जाना चाहता था, पर अब टोलबूथ के इस पार की दुनिया को छोड़कर जाने के बारे में सोचते हुए भी उसे अजीब लग रहा था। मिलो ने धीरे से नज़रें घुमाईं उन सभी लोगों की तरफ़ जो अब उसके दोस्त बन चुके थे। उसकी आँखों से एक आँसू टपका। वो बोला, "मुझे इतना कुछ सिखाने के लिए आप सबका शुक्रिया।"

अल्फ़ाज़ शाह बोला, "और जो तुमने हमें सिखाया है उसके लिए हम तुम्हारे शुक्रगुज़ार हैं।"

मिलो गाड़ी में बैठा और बोला, "अलविदा! मैं वापस आऊँगा।"

"अलविदा, हमेशा लफ़्ज़ों का महत्त्व याद रखना।"

तभी नम्बर सिंह बोला, "और नम्बरों का भी।"

और फिर दूर से आवाज़ सुनाई दी, "तुम्हें ये तो नहीं लगता ना के नम्बर शब्दों से ज़्यादा ज़रूरी होते हैं?"

मिलो बोला, "अरे बाप रे! ये लोग अब दोबारा झगड़ा न शुरू कर दें।"

जैसे-जैसे सड़क मिलो के घर की ओर बढ़ती गई, पीछे का नज़ारा आँखों से ओझल होता गया।

मिलो को एहसास हुआ के उसे गए हुए शायद कई हफ़्ते बीत चुके हैं। "घर पर कोई मेरी चिन्ता न कर रहा हो बस। इससे पहले मैं कभी इतनी देर के लिए बाहर नहीं गया।" आगे का रास्ता जाना-पहचाना मालूम होता था। अब नज़र आ रहा था वो अकेला खड़ा टोलबूथ।

मिलो टोलबूथ तक पहुँचा, उसमें सिक्का डाला और अपनी गाड़ी लेकर आगे बढ़ा। इससे पहले के वो कुछ समझ पाता, मिलो ने ख़ुद को फिर से अपने ही कमरे में बैठा हुआ पाया। उसे अहसास हुआ, "अभी तो सिर्फ़ 6 ही बजे हैं और अभी तो आज का ही दिन चल रहा है। मैं तो सिर्फ़ एक ही घंटे के लिए गया हुआ था।"

मिलो इसलिए हैरान था क्योंकि वो ये कभी समझ ही नहीं सका था के वो इतने कम समय में इतना कुछ कर सकता है। ख़ैर, वो थक गया था इसलिए सो गया। अगली सुबह मिलो के ज़हन में सिर्फ़ एक ही ख़याल था, "एक और सफ़र, वो लोग मुझे देखकर कितने ख़ुश होंगे" तभी मिलो ने अचानक पाया के पिछली रात जहाँ टोलबूथ रखा था, अब वहाँ कुछ नहीं था। उसने पूरे घर की छानबीन की, पर वो टोलबूथ ग़ायब था। उसकी जगह रखा था एक लिफ़ाफ़ा, जिस पर लिखा था,

"मिलो के लिए, जो अब रास्ता समझ चुका है।"

उसने जल्दी से वो लिफ़ाफ़ा ख़ोला और पढ़ना शुरू किया—

"प्यारे मिलो,

तुमने टोलबूथ का अपना सफ़र पूरा कर लिया है। हमें यक़ीन है के तुम्हें मज़ा आया होगा और उम्मीद करते हैं के, तुम समझ सकोगे के टोलबूथ वापस ले जाना क्यों ज़रूरी है। अभी बहुत से बच्चे हैं जो इस टोलबूथ के इन्तज़ार में हैं। ये सच है के ऐसी कई ख़ूबसूरत जगह हैं, जहाँ तुम्हारा जाना अभी बाक़ी है, लेकिन अगर तुम दिल से चाहोगे, तो उन जगहों तक पहुँचने का रास्ता भी ढूँढ़ निकालोगे।"

मिलो उदास होकर कुर्सी पर बैठ गया। उसके दिमाग़ में टोलबूथ के उस पार की दुनिया के ख़याल दौड़ रहे थे, तभी उसकी नज़र पड़ी नीले आसमान पर। एक बादल जो जहाज़ का आकार बनाए आसमान में बह रहा था। दरख़्तों पर फूलों की नई कलियाँ खिलने लगी थीं। उस खिड़की के बाहर कितना कुछ था देखने को, सुनने को, छूने को। चलने को रास्ते, देखने को तितलियाँ और सूँघने को नये दिन की नई महक। और उस कमरे में जहाँ वो बैठा था, वहाँ थीं दूसरी दुनिया में ले जानेवाली किताबें, सुलझाने को पहेलियाँ, गुनगुनाने को गाने और बजाने को संगीत। सब कुछ नया नज़र आता था। मिलो ख़ुशी से खड़ा हुआ और बोला, "मैं दोबारा सफ़र ज़रूर करना चाहूँगा, पर पता नहीं कब वक़्त मिलेगा। यहाँ करने के लिए इतना कुछ जो है मेरे पास।"

गौरक्षक

राम के पुरखों में से एक थे राजा दिलीप। बड़े प्रतापी राजा हुए। बदक़िस्मती से उनकी कोई औलाद नहीं होती थी। इस बात को लेकर वो फ़िक्रमन्द थे। तो राजा दिलीप अपने गुरु के पास गए और इस मसअले का हल और वजह जाननी चाही। गुरुजी को ध्यान लगाकर मालूम हुआ कि राजा कभी फ़िरदौस में गए थे और वहाँ की चमक-दमक और ख़ूबसूरती में इतना खो गए थे कि कल्पतरु के नीचे बैठी कामधेनु गाय को आदाब तक नहीं पेश किया। इससे उनको कामधेनु की तौहीन का दोष लग गया और औलाद की ख़्वाहिश अधूरी रह गई।

गुरुजी बोले कि कामधेनु को धरती पर लाना तो नामुमकिन है, आप ऐसा कीजिए उसकी बिटिया नंदिनी गाय की सेवा कर उन्हें राज़ी करें। राजा दिलीप महर्षि वसिष्ठ के आश्रम में से उनसे बिनती कर नंदिनी गाय अपने यहाँ ले आए। वो तन-मन से नंदिनी गाय की सेवा करते, उसे घास खिलाते, उसे नहलाते, उसे प्लास्टिक बैग से बचाते और उसकी हिफ़ाज़त के लिए कमान पर तीर चढ़ाए उसके पीछे-पीछे चलते। राजा का गाय के लिए प्रेम ऐसा था कि वो जहाँ जाता सब्ज़ा खिल जाता, तालाब पानी से भर जाते, जंगल में लगी आग ठंडी पड़ जाती। तीन गुणा सात दिन बीत गए। एक दिन गाय चरते-चरते घने जंगल में आ गई कि यकायक गाय के सामने एक शेर आ गया और अपनी बुलंद आवाज़ में गाय को रोककर कहने लगा, मैं इस इलाक़े की रखवाली करता हूँ। तुमने मेरे यहाँ की घास खाई है। तो इसकी सज़ा ये कि अब मैं तुम्हें खाऊँगा। शेर के मुँह से ये बात सुन राजा दिलीप ग़ुस्से में आए और निशाना साधते हुए बोले कि जब तक सूर्यवंशियों के शरीर में प्राण है तब तक उनके शरणार्थी को कोई नुकसान नहीं पहुँचा सकता। शेर बोला—राजा, तुम बीच में न आओ। ये मेरे और इस गाय के बीच का झगड़ा है और मुझे भी कोई मामूली शेर ना समझना। मेरा नाम कुम्भोदर है, ख़ुद भोलेनाथ ने मुझे इस जंगल का रखवाला मुक़र्रर किया है और उन्हीं की कृपा से कोई अस्त्र-शस्त्र मुझे छेद नहीं सकता। लौट जाओ।

राजा दिलीप ने कहा कि मैं मजबूर हूँ। आप ऐसा कीजिए इस गाय की सज़ा आप मुझे दे दीजिए। चूँकि इस गाय की हिफ़ाज़त मेरी ज़िम्मेदारी है, इसका जुर्म भी मेरा ही माना जाएगा। मुझे क्लीन चिट नहीं चाहिए। आप इस गाय के बदले मुझे खा जाइए। शेर बोला—राजा, तुम इस मुल्क के क़ाबिल राजा हो, तुम्हारे मरने

से इस मुल्क को बहुत नुक़सान होगा। मुझे इस गाय को मारकर खा जाने दो। पर राजा दिलीप नहीं माने और आँख मूँदकर शेर के सामने लेट गए। कुछ देर बाद एक अजीब आवाज़ आई। राजा ने आँख खोलकर देखा तो शेर ग़ायब। नंदिनी गाय बोली—राजा, ये सब मेरी माया थी! मैं तुम्हारी सेवा से ख़ुश हुई। जिसके दिल में वो अजीम मोहब्बत हो कि दूसरे की जान बचाने के लिए अपनी जान देने को तैयार हो, उसकी हर कामना पूरी होती है। तुम यूँ ही गाय की रक्षा करते रहना, जान लेकर नहीं, जान देकर। गाय यानी सिर्फ़ पशु नहीं, पर हर वो दूसरा जिसकी हिफ़ाज़त हमें प्रेम की ताक़त से करनी है।

गाय धरती है जिसको माइनिंग माफिया लूट रहा है
गाय दलित और मुस्लिम जिनको हाई कास्ट हिन्दू कूट रहा है
गाय हिन्दुस्तान है जो इन हाथों से छूट रहा है
गाय प्रेम है जिसमें अब मिल झूठ रहा है।

दास्तान फ़ॉक्स और डॉग की

शायद आप में से कुछ लोगों को मालूम हो कि इंग्लिश में टाइपिंग सिखाने के लिए एक सेंटेंस का इस्तेमाल किया जाता है—द क्विक ब्राउन फ़ॉक्स जम्प्स ओवर द लेज़ी डॉग। इस सेंटेंस में इंग्लिश लैंग्वेज के सभी 26 लेटर्स आ जाते हैं। पर जब मैंने देखा कि हिन्दी ज़बान में इस मसले का कोई हल नहीं, तो हैरत हुई। क्या 126 करोड़ से ज़्यादा के इस मुल्क में, जिसकी एक राजभाषा हिन्दी भी है, किसी ने इस तरफ़ ग़ौर तक नहीं किया? तब बहुत ढूँढ़ने पर पता चला कि ए बाइलिंगुअल हिस्टोरियन हैड इन्टेलेक्चुअली इंगेज्ड विद दिस प्रॉब्लम एंड प्रोपोज्ड दिस सेंटेंस, विद ऑल 48 हिन्दी लेटर्स, ऐज द सॉल्यूशन :

"वो चन्दू के ताऊश्री शाहख़र्च छक्कन के साथ चाँदनी चौक में स्वर्णद्रव्य देके रबड़ी-फालूदा-लड्डू का पंचरङ्गा मिष्टान्न डकारा, ठाठ से टट्टू चढ़े, स्कॉच ढाला, ऑर्केस्ट्रा पर ग़ज़ल सुनी, तथैव हमारी बुभुक्षा तृप्त हुई, तदुपरान्त अन्त:ज्ञानी औघड़ ऋषि का भाषण ऐसा झंड रहा, धत्तेरे की, सुरूर उड़ा, त्रस्त हुआ!"

अनफॉरचुनेटली, दिस सेंटेंस इन नॉट एक्सेसिबल टु मोस्ट ऑव द पीपुल ट्राइंग टु लर्न टाइपिंग इन देवनागरी द स्क्रिप्ट यूज्ड फॉर हिन्दी। दिस इज़ ए काइंड ऑव डिवाइड :

ऑल ऑव यू हेयर लूक वेरी मच लाइक द पीपुल ऑव द ट्वेंटीफर्स्ट सेंचुरी, एंड हेयर आइ एम — ट्रांसपोर्टेड फ्रॉम द एट्टींथ सेंचुरी। एंड इफ़ आइ, ऐट दिस मोमेंट, स्टार्ट स्पीकिंग इन चेस्ट उर्दू एज ए स्टोरीटेलर फ्रॉम द एट्टींथ सेंचुरी, यू मे नॉट बी एबल टु एसेस व्हॉट आइ एम ट्राइंग टु से। देयर विल बी ए डिवाइड बिटवीन अस :

लाइक दिस डिवाइड मोस्ट प्रॉब्लम्स ऑव द रियल वर्ल्ड हैव फ़ाउंड देयर वे इनटु द तिलिस्म वर्ल्ड ऑव द इंटरनेट—ए डिवाइड बिटवीन द हैव्स एंड द हैव नॉट्स डिपेंडिंग ऑन हु वी आर, व्हेन वी कम फ्रॉम एंड हाउ मच पावर इन देअर इन आवर हैंड्स।

मिसाल के तौर पर

नौकरी—मुल्क में कितने नौजवान बस एक नौकरी को तरसते हैं। फ़ेसबुक पर जाकर देख लीजिए, कितने बेरोज़गार भरे पड़े हैं।

शिक्षा को लेकर हिन्दुस्तान कितना पिछड़ा हुआ है और गूगल सर्च के नाम पर हॉट वॉलपेपर डाउनलोड हो रहे हैं।

मकान—हर आदमी एक घर चाहता है। लेकिन जब डोमेन नेम पसन्दीदा न हो और उसका किराया और मेंटेनेंस जेब की पहुँच से बाहर हो तो होम पेज बस एक सपना ही बनकर रह जाता है।

पर हाज़िरीन, इस तिलिस्म-ए-इंटरनेट का कमाल देखिए कि इसी के अन्दर आपको नौकरी डॉट कॉम, शिक्षा डॉट कॉम, और मकान डॉट कॉम तीनों मिल जाएँगे। पर कौम के कितने लोग हैं जो इन डॉट कॉम्स तक पहुँच पाते हैं।

फ़ॉर सम ऑफ़ अस इन दिस रूम, 3जी मे बी द थर्ड जेनरेशन ऑव मोबाइल टेलिकम्युनिकेशंस, टेक्लोलॉजी।

फ़ॉर मेनी अदर्स, इन दिस वेरी कंट्री, 3जी इज़ द डिफ़रेंस बिटवीन अस एंड देम।

ए डिफ़रेंस ऑव थ्री जेनरेशंस :

- व्हेयर द वर्ल्ड इज़ स्टिल ब्लैक एंड व्हाइट
- व्हेयर पीपुल स्टिल वोट फ़ॉर इंदिरा गांधी
- व्हेयर लक्स इज़ लक्जरियस
- व्हेयर सर्फ़ इज़ एज रेअर एज सर्फ़िंग
- व्हेयर बैंक पासबुक एंड नॉट फ़ेसबुक, इज़ व्हॉट मैटर्स
- व्हेयर हॉटस्पॉट सीम्स टु बी इन ए टाइट स्पॉट
- व्हेयर ए 70 ईयर्स ओल्ड सरपंच इज़ लर्निंग हाउ टु स्पीच ऑन ए कम्प्यूटर

ऑल दिस, इन एन एज व्हेयर बेबीज और बॉर्न फ़ॉर द इंटरनेट

वो सब जो तिलिस्मी लगता था

अब आम बात-सी लगती है

और हाज़िरीन जैसा कि ज़ंबील—यानी एक तिलिस्माती गठरी के साथ होता है, ये दास्तान भी चाहे दिखने में छोटी हो, पर अगर आपने इसकी चौरासी गाँठें खोल दीं, तो आपको इसमें छोटी-से-छोटी ज़ाहिर बात से लेकर बड़े-से-बड़े राज़ तक देखने को मिल जाएँगे :

ऐप्स देखो मैप्स देखो
ऐसेस में गैप्स देखो
मार्केट के असूल देखो
80-20 रूल देखो
इक्का-दुक्का टॉवर देखो
आती-जाती पावर देखो
कैसे बढ़ती नीड देखो

ब्रॉडबैंड की स्पीड देखो
ई-डेमोक्रेसी देखो
उसकी ऐसी-तैसी देखो
भारत का निर्माण देखो
जनता परेशान देखो
900 मिलियन यूजर देखो
कौन विनर, कौन लूजर देखो
यूजर करते वेन्ट देखो
यूनिवर्स में डेन्ट देखो

तो गुलगूना कशाने आरिज़े शाहिदे बयान इस तरह फ़रमाते हैं कि देयर इज़ ए तिलिस्म इन दिस वर्ल्ड, एंड देयर इज़ ए वर्ल्ड इन दिस तिलिस्म, ए तिलिस्म व्हेयर एवरीथिंग इज़ फ़ास्टर, स्मार्टर एंड बेटर। एक ऐसा तिलिस्म जहाँ कानों में आवाज़ गूँजती है कि थोड़ा और विश करो, जहाँ दिल जो चाहे, पास लाए, बट एज इट टर्न्स आउट टु बी, देयर्स मच मोर फ्रुट इन द शैम्पू ऑव द रिच ब्राउन फ़ॉक्स दैन इन ए पुअर डॉग्स प्लेट।

इस तिलिस्म में 30 करोड़ डोमेंस आबाद हैं और ये सब-के-सब अपने हॉस्टिंग सर्वर की मुतीअ-ओ-मिनकाद हैं। एवरीवन हु लॉग्स इन टु दिस तिलिस्म इज़ लाइक ए गेस्ट। ही कैन विजिट एनीटाइम ही वाण्ट्स टु। पर हाज़िरीन अगर अतिथि देवो भवः के देश में गेस्ट को अमूमन सर्विस डाउन मिले, तो क्या इंडिया को इनक्रेडिबल कहा जा सकता है?

गाँव-क़स्बों में तो ये हाल है कि :

घी होता तो पुए बनाती, चीनी लाती उधार, पर क्या करूँ आटा ही नहीं है।

लोग जानते हैं कि इंटरनेट का ये जादू कितना मीठा है, उसे चख़ना भी चाहते हैं, पर जब बिजली जैसी बुनियादी सहूलतें ही नहीं पहुँचेंगी तो काम कैसे बने।

ऑन द अदर हैंड, द इंटरनेट इन द सिटीज ऑव इंडिया इस लाइक रिलीजन। पीपुल हैव फ़ॉरगोटन दैट इट वास मेड फ़ॉर देम। वी वर नॉट मेड फ़ॉर इट।

तिलिस्म-ए-इंटरनेट में दाख़िल होनेवाला हर शख़्स अपनी-अपनी हक़ीक़त भूलकर ख़ुद को सिर्फ़ इसी तिलिस्म का वासी समझता है, सुबह-शाम उसके यहाँ हाज़िरी देता है, उसके तराने गाता है और हर वक़्त उसकी तारीफ़-ओ-सना में मसरूफ़ रहता है।

यहाँ सिग्नल कैच हुआ,
उधर साड़ी का फ़ॉल मैच हुआ
क्विकर दैन एवर सेल टैप की,
और फ़टाफ़ट नई डील स्नैप की

मच्छरों को भगाने से लेकर बच्चों को पढ़ाने तक

इंटरनेट की रेल पूरी कायनात का चक्कर लगाती हुई लगातार दौड़ रही है।

तिलिस्म-ए-इंटरनेट के तीन हिस्से और मक़ाम हैं—

पहला हिस्सा इस तिलिस्म का है। तिलिस्म-ए-बातिन यानी नज़रों से छुपा हुआ तिलिस्म क्योंकि सारा जादू हवा में है और ये हवा दिखती नहीं है। जंगल-पहाड़-नदियों पर क़ब्ज़ा तो पुरानी बात हुई, नये दौर में टाटा-बिरला-अम्बानी जैसे जादूगरों ने हवा पर अपना दबदबा बना लिया है। अवाम इस हक़ीक़त से दूर है कि क़ानून के मुताबिक़ इस हवा पर सभी का हक़ है। पर क्या इस पब्लिक प्रॉपर्टी का इस्तेमाल वाकई ग्रेटेस्ट गुड फ़ॉर द ग्रेटेस्ट नम्बर के लिए हो रहा है? क्योंकि हवा के तख़्त पे सवार, द जादूगर्स आर रोमिंग अराउंड द वर्ल्ड इन 80 सेकंड्स, बट चूज़ टु एवायड सम रिजंस इवेन आफ़्टर 20 ईयर्स ऑव देयर जर्नी। वजह साफ़ है—भई, ये तो धन्धे में हैं न—तो जो इस हवा की क़ीमत नहीं चुका सकता, उनके लिए जादूगरों के पास इतनी बैंड विड्थ नहीं कि वो बात भी कर सकें।

साथ-ही-साथ ज़रूरी ये भी है कि ये हवा हर एक के हाथ में पहुँचे। अगर हर कोई दुनिया को मुट्ठी में कर सकता है, तो ये कुछ ताक़तवर की उँगलियों पर क्यों नाचे? श्री श्री स्टीव जॉब्स के वचन हैं, 'पीसी इज़ ए ट्रंक'। भावार्थ आपके सामने रखता हूँ कि गुरुजी कहते हैं कि यदि जीवन में बन्धन होगा, तो बन्धन में जीवन होगा। निस्सन्देह इंटरनेट उन तारों का जाल है जो हर कम्प्यूटर को आपस में जोड़ती है, बट द इंटरनेट इज़ ए टेक्नोलॉजी विद नो स्ट्रिंग्स अटैच्ड।

दूसरा हिस्सा इस तिलिस्म का है पर्दा-ए-ज़ुल्मात जिसमें हुकूमत-ए-आला कि अक़्ल पर अँधेरे का पर्दा है। ज़मीनी हक़ीक़त और काग़ज़ के फूलों में फ़र्क़ होता है।

इट शुड स्टॉप सीइंग इंटरनेट ऐज ए वैरिएशन ऑव जस्ट ऐनअदर ऑफ़लाइन मीडिया, एंड रिकॉग्नाइज़ इट एज ए डिफ़रेंट एनिमल। गॉन आर द डेज व्हेन गवर्नमेंट्स ऑव द डे कुड बैन ए बुक ऑर ए फ़िल्म, एंड रेस्ट इन पीस।

बॉटमलाइन : एवरीवन। एवरीवन हैज ए वायस ऑन द इंटरनेट, एंड यू कैननॉट जस्ट ब्लॉक इट। इफ़ यू बैन ए प्ले विदाउट नोइंग व्हॉट यूट्यूब कैन डू, यु'आर ए ट्यूब। अगर भारत माँ के लिए इंटरनेट द्रौपदी जैसी है, जिससे वो जब चाहे कोई भी पेज उतार सकती है, तो वो इस बात से अनजान है कि देयर इज़ ए स्मार्ट गाइ आउट देयर बाइ द नेम ऑव कृष्णा, हु कैन वेरी इजली पुट दैट पेज अप ऑन ऐनअदर सर्वर, व्हिच इज़ होस्टेड व्हेयर द लॉज ऑव दिस लैंड डु नॉट अप्लाई।

कैन वी एक्सपेक्ट सच ए गवर्नमेंट टु एजुकेट इट्स पीपुल अबाउट द टेक्नोलॉजी, बिकॉज़ इंटरनेट एजुकेशन इन मोस्ट ऑव इंडिया इज़ लाइक सेक्स एजुकेशन। इट इज़ नॉट एक्ज़िस्ट।

एक आवाज़ कहती है : सही वक़्त आएगा तो सीख जाएँगे, तो उधर सीखनेवाले चुपके से देख-देखकर सीख गए हैं।

तीसरा हिस्सा इस तिलिस्म का है तिलिस्म-ए-ज़ाहिर, जहाँ दो बड़े-बड़े क़द्दावर जवान, एफ़ और जी आपस में लड़ते हैं।

एफ़ ने सबको इतना जोड़ा, कि मानो इंटरनेट से जुदा है,
तो जी हर सवाल का जवाब देकर बन बैठा ख़ुदा है
इनमें से बाप है वही, जो ख़रीद सकता बेटा है
पैसा हाथ की मैल है, बेशक़ीमती बिग डाटा है
शहरों में इनके स्पाइडर्स उड़ते हैं, क़स्बों में करते क्रॉल हैं
और ग़रीबों से फ्रेंडशिप के बीच में खड़ी हो जाती वॉल है
करोड़ों यूजर्स में आप महज़ 1 गिनती हैं, एहसास से अक्सर मासूम
पर कहने को आप ही फ़ोकस हैं, जज़्बात और रिश्तों की है धूम
नहीं, देखिए मैं इन जवानों की नीयत पर उँगली नहीं उठा रहा।

अगर इनके किसी तक पहुँचने के इरादे में किसी तक इंटरनेट पहुँच जाता है, तो क्या हर्ज़ है? (व्हिसपर्स) वैसे तिलिस्मे बातिन के जादूगरों से इन जवानों की बात चल रही है कि अगर वो लोग हवा की पहली पुड़िया का रेट जीरो कर दें, तो एक बार एफ़ और जी की लत लग जाने के बाद सारा हिसाब बराबर किया जा सकता है तो तलाश और दुनिया जोड़ने में ये दोनों हीरो हैं और इस मकसद के नाम पर चाहते रेटिंग जीरो हैं।

सच ये भी है कि इन दोनों जवानों की अय्यारियों ने दुनिया भर के अय्यारों को ऐसे मुतास्सिर किया है कि इनके क़दमों पर चल उन्होंने अपने इर्द-गिर्द की मुश्किलें—चाहे वो अपनी आवाज़ पहुँचाने की हों, या किसी की आवाज़ तक पहुँचने की, अपने ढंग से हल की हैं।

नतीजा ये कि कहीं तो इंटरनेट इज़ एन इनचैंटेड एवर फ़्लोइंग स्ट्रीम।

तो कहीं म्युनिसिपैलिटी का नलका जिससे एक बूँद निकलना भी है डिस्टेंट ड्रीम इंटरनेट एक्सस में ये डिवाइड एक डैम जैसा है :

एक तरफ़ लोग इनफ़ार्मेशन ओवरडोज़ से सबमर्ज हुए जा रहे हैं तो दूसरी तरफ़ हवा-पानी को एक्सेस न कर पाने से फ्रस्टेट हुए जा रहे हैं।

तो जब इंटरनेट के इस तिलिस्म में, डैम के उस पार से एक कुत्ता अपनी प्यास बुझाने के लिए पहुँचा, मंज़र अजीब देखा। लोग जब उस तिलिस्म में हरकत

करते हैं तो आवाज़ आती है जुडुम जुडुम, जुडुम जुडुम, जुडुम जुडुम। कुत्ते ने जो ये माजरा देखा, शक्ल अपनी फ़ोटोशॉप करके, सिक्स पैक एब्स बनाए और एक अपीलिंग पॉउट से चेहरे पे लिये मैदान में दाख़िल हुआ देखता क्या है कि हर कोई कान में तार लगाए, अपनी ही कहे जा रहा है।

द डॉग वाज़ अमेज़्ड टु सी हाउ पीपुल सेलिब्रेटिड सिकनेस इन द नेम ऑव वायरल। एंड इट वाज कंटेगियस। द डॉग टु गॉट हिमसेल्फ़ वाइर्स टु पुट इनटु हिज इयर्स, बिकेम लाइक वन अमंग देम एंड कैप्ट स्क्रॉलिंग प्रीटेंडिंग टु बी स्क्रॉलिंग।

हवा तो पहले ही टाइट थी, अब प्यास का ग़लबा शदीद था। पानी की तलाश में हिच्हाइकिंग करता चला जाता था के तभी एक जानकार ने बताया, "आगे जाकर एक बॉर आएगा। वहीं इन तिश्ना लब को आराम मिलेगा।"

ये थोड़ा आगे चला तो सर्च बॉर देखा, तो वहाँ किसी ने बोला, "जहाँ जाना है वहाँ का एड्रेस ही नहीं मालूम, तो पहले एड्रेस बॉर जाओ।"

कुत्ता दिल में बोला, उफ़...हमका तो बोले थे कि ऑन द इंटरनेट, नोबॉडी नोज यू आर ए डॉग, पर लगता है ई सब तो हमका धोबी का कुत्ता समझ बैठे हैं। ना घर का, ना बार का।

ये दिल में कहे आगे बढ़ता जाता ही था कि तभी एक भूरे रंग का तेज़-तर्रार शख़्स सामने देखा, जो कुत्ते से टकराते ही बोला, "हाउ मे आइ हेल्प यू?"

कुत्ते ने हुलिया तो जेंटिलमैन का बना लिया था। हुलिए से मैचिंग नये ज़माने का, लम्बा-चौड़ा, रंग-बिरंगा, स्मार्ट फ़ोन भी ले लिया था। दिक़्क़त बस ये थी कि यहाँ सारा मामला अंग्रेज़ी में था। लड़खड़ाती हुई ज़बान से निकला, जी, आप...?

"लूक्स लाइक ए लेजी डॉग, डजंट इवेन रिकॉग्नाइज़ द क्विक ब्राउन फ़ॉक्स!" वेल, मेक ए गेस!

भैया, हमको तो वो एड्रेस बार जाना था, आप..? आप इंत के बाहर खड़े हैं...ओ आप कहीं वो तो नहीं—बाउंसर?

बाउंसर नहीं ब्राउजर, माइ नेम फ़ॉक्स। फ़ायर फ़ॉक्स...वेट, आर यू ट्राइंग टु टेल मी यू डुनॉट नो इंग्लिश, एंड यू वांट टु गेट इनटु दिस बार। हु द हेल डु यू थिंग यू आर...

जी कुतुबुद्दीन नाम है मेरा। मैं तो बस यूँ ही ब्राउजिंग करता हुआ आ गया था। हमारा मालिक हमें बताए रहा कि यहाँ इस तिलिस्म में एक खिड़की खुलती है, उसमें जो माँगो सब मिल जाता है।

व्हॉट डु यू वांट?

अरे, हम क्या चाहेंगे साहब? पीने को पानी नहीं है, खाने को खाना नहीं है। वो सब तो छोड़ो, पैखाना नहीं है। वो...क्लिक करने से पानी मिल जाए तो...?

हम्म...यू सी, यू कांट गेट वॉटर टु ड्रिंक बाइ ए क्लिक, बट ए क्लिक कैन टेल यू द केमिकल कम्पोज़िशन ऑव वॉटर, व्हॉट परसेंटेज ऑव अर्थ्स सरफेस इज़ इट, हाउ डज़ इट टेस्ट एंड स्मेल लाइक, व्हॉट आर द वैरियस यूजेज ऑव वॉटर, हाउ डु ह्यूमन बीइंग पॉल्युट इट एंड द वेज इन व्हीच इट कैन बी कंज़र्व्ड? बट ऑल दैट, व्हेन यू टेल मी द वेबसाइट यू वांट टु गो टु!

भैया, वेबसाइट तो हम न जानई। हम तो जंगल-देहात से आए हैं। यहाँ तो हाल ही अब्तर देख रहे हैं। हमसे तो सब बोले रहे कि इस तिलिस्म में आराम-ही-आराम है, चुटकी में हो जाता सारा काम है, मज़ा और मस्ती सुबह-ओ-शाम है, पर आकर लगता है सब नाम का ही ताम-झाम है। हमारे जंगल में इंटरनेट चाहे नहीं है, पर क़सम ख़ुदा की, आपको यहाँ से बढ़िया कनेक्शन मिलेगा।

अबे, किस कनेक्शन की बात कर रहा है बे? गाँव के माल को शहर से तो कनेक्ट कर नहीं पाए तुम। कनेक्टेड तो हम हैं, तभी तो एक-दूसरे के साथ जुड़े हुए हैं, तिलिस्म के बासियों ने हरकत की, आवाज़ आई, जुडुम जुडुम, जुडुम जुडुम, जुडुम जुडुम। तू किस बाबा आदम के ज़माने की बात कर रहा है? वो टेक्नोलॉजी भी कोई टेक्नोलॉजी थी? वो कबूतर जा जा जा का ज़माना, वो रेट के चलते 'कम लिखे को बहुत जानो' का तार भेजना, वो लाइब्रेरी में हफ़्तों किताब के मिलने का इन्तज़ार करना, वो पासपोर्ट के लिए चाय-पानी का ख़र्चा देना, वो बिल भरने के लिए लम्बी क़तारों में खड़ा होना, वो ज़िन्दगी भी कोई ज़िन्दगी थी? अब हम पे हवाई साहिरों की हुकूमत है। हम तारीख़ के दायरे में आ गए हैं। हमारी तरक़्क़ी हो गई है। तरक़्क़ी समझता है के नहीं?

अरे भैया, पर तरक़्क़ी हुई किसकी है? हमें तो अपने लोगों में से यहाँ कोई नज़र नहीं आ रहा।

जस्ट लाइक यू केम हिच्हॉकिंग। एनीबडी कैन, द राइड इज़ फ्री एंड सो इज़ द इंट्री।

अ...पर देखिए आप से तो कोई जो पूछेगा, आप सब उगल देंगे। तो लेडीज़ लोग को ऐसे आपके इस तिलिस्म में खुला छोड़ देना तो मतलब...कहीं आपने उन्हें कोई ग़लत रास्ता दिखा दिया तो।

नहीं, मैं रास्ता दिखानेवाला नहीं, मैं तो ख़ुद रास्ता हूँ। और ये रास्ता अच्छा होगा या बुरा ये तो चलनेवाले के हाथ में है। रास्ते को बुरा तो लड़के भी बना सकते हैं। तो आप लेडीज़ को क्यों रोक रहे हैं। ये याद रखिए अगर आपके घर की एक औरत ने ये रास्ता पकड़ लिया ना, तो समझिए पूरे घर तक इसका फ़ायदा पहुँचेगा। इस तिलिस्म में तो सभी को आवाज़ मिलती है। सिर्फ़ मर्द-औरत ही नहीं, कितने लोग जो न मर्द हैं, न औरत, पर इंटरनेट का तिलिस्म उन्हें भी—कभी एनोनिमस चेहरा देकर तो कभी उनकी नई पहचान को और बुलंद कर, बराबरी का हक़ देता है।

हम्म...अच्छा वो तो ठीक है। पर इस तिलिस्म में सब ही जवान नज़र आ रहे हैं। बुज़ुर्ग लोग काहे इतने कम दिख रहे।

वेल, ऑन दैट, लेट मी बी योर गाइड टु द गैलेक्सी एंड रिवील दैट :

1. व्हॉट वाज इन द वर्ल्ड व्हेन यू वेयर बॉर्न इज़ जस्ट ए नेचुरल पार्ट ऑव द वे द वर्ल्ड वर्क्स।
2. व्हॉट वाज इन्वेंटेड व्हेन यू आर बिटवीन 15 एंड 35, इज़ एक्साइटिंग। यू प्रोबैब्ली मेक ए कैरियर इन इट।
3. एनीथिंग इन्वेंटेड आफ़्टर यू आर 35 फ़ील्स अगेंस्ट द नेचुरल ऑर्डर ऑव थिंग्स।

पर याद रहे कि जितना तुम इस तिलिस्म को एक्सेस करोगे, उतना ही ये तुम्हें एक्सेस करेगा। एफ़ और जी से लेकर बातिन के जादूगरों तक—सब तुम्हारी हर हरकत पर नज़र रख रहे हैं, और ये सारा डाटा ढूँढ़कर तुम्हारे मुँह पर डाटा बाँधा जा सकता है।

कुत्ते ने हाँ में सर हिलाया, पर घबराया इस फ़िराक़ में था कि यहाँ से निकलने की क्या अय्यारी करूँ कि तभी उसने फ़ॉक्स को अपनी पीठ के दर्द में कराहता हुआ पाया। पास गया और पूछने लगे, क्या हुआ हुज़ूर?

फ़ॉक्स ने जवाब दिया : आह! कुछ नहीं! बस, सारा दिन इस लैपटॉप के सामने बैठे रहने से...

कुतुब ने झट से जेब में से एक आयुर्वेदिक गोली निकाली और बोला—अरे साहब, ये लैपटॉप छोड़िए और एक बार ये टेबलेट लेकर देखिए। हमारे गाँव का देसी इलाज है। आराम न पहुँचा, तो नाम बदल दीजिएगा।

फॉक्स ने जैसे ही वो गोली खाई, बेहोशी ने असर किया और वो सुस्ताते हुए बोला आइ थिंक आइ विल गो, क्रेश।

कुत्ता किसी तरह अपनी जान बचाता हुआ उस तिलिस्म की सरहद के बाहर पहुँचा और रुख़ अब वापस अपने जंगल का किया। कोहिस्तान वाज द फ़ास्टेस्ट डिप्लेटिंग एंड द लार्जेस्ट डेमोक्रेटिक जंगल इन द वर्ल्ड। कुत्ते के जाते ही, उसके पीछे, जंगल के राजा शेर ख़ान को नई टेक्नोलॉजी का बुख़ार चढ़ा, तो वो जंगल, झरने, पहाड़ भूल गया।

इंटरनेट के चक्कर में दहाड़ भूल गया।

और ये ऐलान किया कि जंगल के हर पाँच गाँव में ई-गवर्नेंस की एक दुकान खोली जाए। इस काम को अंजाम देने के लिए टेंडर निकाला गया, जो आख़िरकार लोमड़ी को मिला क्योंकि उसने शेर को ये यक़ीन दिलाया कि वो सब्सिडी नहीं माँगेगी। लोमड़ी ने अगले ही दिन दुकानों का ठेका देने के लिए बोली लगवानी शुरू की। उम्मीदवार तो बहुत थे, पर वो उन्हें ढूँढ़ रही थी जो उसे हफ़्ता भी दे सकें।

जिन छछूंदरों को ठेका मिला, उन्हें तो ठेके से कमाना था ना, सो 5 गाँव में एक दुकान के क़ानून को तो रखा गया ताक पर, और दुकान वहीं खोली गई जहाँ धन्धा ज़्यादा था, नतीजा ये कि 40 गाँव प्यासे रहे और एक गाँव में 4 तालाब हो गए।

जंगल के दूर-दराज़ गाँव में रहनेवालों को अब घंटों का सफ़र तय करके दुकान पहुँचना पड़ता। इतना ही नहीं। उन्हें सरकार से मिलनेवाले पैसे को छछूंदर बाज़ार में सूद पर चढ़ाया करता।

कुछ ऐसा ही हुआ बैल के साथ। खेती के मौसम में हल चलाता और बाक़ी साल अगर मनरेगा योजना में काम मिलता, तो 150 रुपये दिहाड़ी कमाता। तो 6 दिन मनरेगा में किए काम की रोजी लेने जब वो 36 किलोमीटर का सफ़र तय करके दुकान पर पहुँचा, तो भीड़ नज़र आई। समझ गया कि आज यहाँ इन्तज़ार में दिहाड़ी जाएगी। आख़िरकार जब शाम को नम्बर आया, छछूंदर ने बैल को बुलाया और एक मशीन पर अपने अँगूठे का निशान लगाने को कहा। अब उस बेचारे का तो अँगूठा ही नहीं था। हाज़िरीन, इस क़ानून का क्या आधार था, ये तो सरकार ही जाने ख़ैर, छछूंदर ने कुछ जुगाड़ करके मशीन पर निशान लिया और बैल को कुछ दिन बाद आने को कहा।

जब बैल हफ़्ते भर बाद आया, तो छछूंदर ने उससे कहा कि सर्वर डाउन है। वो कुछ दिन बाद आए।

बैल के कुछ समझ में नहीं आया पर वो मायूस होकर लौट गया।

कुछ दिन बाद अगला चक्कर लगाने पर, छछूंदर ने उससे बोला कि ब्रॉडबैंड की स्पीड बहुत स्लो है।

बैल को इस बात का कोई आइडिया नहीं था कि उसे उल्लू बनाया जा रहा है।

जब वो अगली बार आया, तो छछूंदर दोबारा बोला कि सर्वर डाउन है। अबकी बैल ने जानना चाहा 'सर्वर डाउन' मतलब? तो जवाब मिला कि इसका मतलब ये होता है कि कुछ दिन बाद आना।

बैल ने कहा—ये डिब्बा हमें नहीं चाहिए, इससे बेहतर तो हमें काग़ज़ ही रास आते थे।

पर हाज़िरीन, शेर को बुख़ार चढ़ चुका था! इरादे शायद उसके नेक थे, पर मंत्री से लेकर संत्री तक सब अपना बोझ बैल पर लाद रहे थे—तो उसकी ज़िन्दगी कुत्ते से भी बदतर हो गई थी।

हाज़िरीन, शम्भू के गाँव कालीघाटी में दिन में सिर्फ़ दो बार एक बस नज़र आती है। एक सुबह 9 बजे जब वो उसे पकड़कर दुकान पहुँचता है और दूसरी बार शाम 5 बजे, जब वो दुकान से गाँव वापस लौटता है। मनरेगा के 6 दिन की रोज़ी के 900 रुपये लेने के लिए वो 10 चक्कर लगाता है। आने-जाने का किराया 80 रुपये। चाय-पानी का 20 रुपये। हर चक्कर के 100 रुपये हुए तो दस चक्कर के हुए हज़ार।

तो जब मैंने शम्भू से पूछा कि 900 रुपये लेने के लिए 1000 रुपये ख़र्च क्यों करता है। तो जवाब मिला : क्योंकि वो रोज़ी मेरा हक़ है। वो मेरा हक़ है और अगर ये हक़ न लिया, तो शायद सरकार को लगे कि हमें काम की ज़रूरत नहीं है।

हक़ हाज़िरीन, शायद कुछ लोग हों जो ये सवाल उठाएँ कि जब इस मुल्क में ऐसे करोड़ों लोग हैं जिन्हें शिक्षा, रोज़गार और रोटी तक का हक़ नहीं मिलता, ऐसे में इंटरनेट एक्सेस की बात करना क्या मुनासिब भी है?

तो मिलिए रघुवीर सिंह भील से, जिसे अपने जंगल के पेड़ बचाने के लिए अब कुल्हाड़ी के आगे ख़ुद नहीं खड़ा होना पड़ता, क्योंकि शिकायत का एक बेहतर रास्ता खुल गया है।

मीट किरण पवार, हु लाइक थाउज़ेंड्स ऑव पैरेंट्स लिविंग इन द स्लम्स ऑव पुणे, कैन सेंड हिज किड टु एन इंग्लिश-मीडियम स्कूल बिकॉज़ राइट टु एजुकेशन बेनिफ़िट्स हैव बिकम मोर एसुसेबल थ्रू एसिस्टेड ऑनलाइन एप्लिकेशंस।

ऑर टेक द इक्जाम्पल ऑव अक्षय गुप्ता, हु आफ़्टर लूजिंग हिज़ जॉब टु रिसेसन, लर्न्ड फ़ोटोशॉप ऑनलाइन फ्रॉम लिंडा इन कैलिफ़ोर्निया, एंड क्रिएटेड इम्प्लायमेंट अपॉरचुनिटीज़ फ़ॉर हिमसेल्फ़। व्हॉट ए यूनिवर्सिटी डिग्री कुड नॉट गेट हिम, अटैंडिंग ए क्लासरूम ऑन द इंटरनेट डिड।

एंड ही इज़ जस्ट वन ऑव द मिलियंस हु हैव क्रॉस्ड द ब्रिज। बट, टु ब्रिज द डिवाइड, इट नीड्स टु पीपुल टु मूव।

हाज़िरीन, तो ब्रिज के एक ओर है फ़ॉक्स और दूसरी तरफ़ है डॉग। फ़ॉक्स को ये एहसास होना ज़रूरी है कि उसका अकेले का क्वीक होना बेमानी है और डॉग भी जान ले कि अगर वो लेजी रहा तो मौक़े उसके ऊपर से जम्प करके गुज़र जाएँगे।

उन दोनों को तो बस एक-दूसरे की तरफ़ क़दम बढ़ाने हैं।

आफ़्टर ऑल, बोथ द फ़ॉक्स एंड द डॉग बिलांग टु द सेम फ़ैमिली।

दास्तान भूख की

तो फ़रमाते हैं अंशु मालवीय

भूख कहाँ रहती है अम्मा?
भूख रहती है पेट में बिटिया
तू तो कहती थी तेरे पेट में मैं थी, तो क्या मैं भूख हूँ अम्मा?
तू भूख नहीं है, प्यास है बिटिया!

भूख कहाँ रहती है अम्मा?
भूख सब जगह रहती है बिटिया
तू तो कहती है भगवान रहते हैं सब जगह, तो क्या भगवान भूख हैं अम्मा?
भगवान भूख नहीं हैं, वो भूखे पेट गाई गई लोरी हैं!

भूख कहाँ रहती है अम्मा?
भूख रहती है साथ हमारे बिटिया
तू तो कहती है मीत रहते हैं साथ हमारे, तो क्या भूख मीत है हमारी अम्मा
ना बेटी, भूख गीत है, रोज़ी के लिए बिछड़ गए जो, ऐसे मीतों के लिए गाया हुआ!

हाज़िरीन, आज हम उस दौर में जी रहे हैं जिसमें भूख या तो फ़ोटोग्राफ़र की तस्वीरों में रहती है या रिसर्चर की रिपोर्ट्स में। पर हम ओरल ट्रेडिशन से आते हैं और ज़बानी रवायत में बच्चे को खाना खिलाने के लिए भी कहानी सुनाई जाती है और खाना ना हो तो भूखे पेट सुलाने के लिए भी। तो आइए आज इस वर्ल्ड फ़ूड डे पर उन्हें भी याद करें जिनका पेट और थाली दोनों है ख़ाली।

और सुनिए गुजरात के एक गाँव के लोगों की सुनाई ये कहानी, जो वो अपने बारे में सुना रहे हैं—

कि एक बार क्या हुआ कि एक बूढ़ी बाई थी जिसका नाम था भूख की बाई। वो एक दरवाज़े से दूसरे दरवाज़े जाती और कहती, “क्या आप मुझे अपने घर रहने की जगह दे सकते हैं?”

लेकिन हर कोई उसे कुछ खाना खिलाकर, हाथ जोड़ देता और कहता, नहीं आगे जाइए। हम आपको अपने यहाँ रख नहीं सकते। तो वो बूढ़ी बाई, द्वार-द्वार,रोमिंग डोर-टु-डोर, गाँव-गाँव फिरती हुई, गुजरात के इस गाँव में आई। वो जब यहाँ पहुँची तो उसने यहाँ के गाँव वालों से भी पूछा, "क्या आप मुझे अपने यहाँ रहने की जगह दे सकते हैं?" तो इस गाँव के लोगों ने उसे अन्दर आने दिया। उसे नहलाया, सजाया, और उसे अपने यहाँ रहने की भी जगह दी। तब से भूख की बाई उनके पास ही रह रही है, और नतीजा ये कि आज तक उस गाँव में लोग भूखे हैं।

कि फ़रमाते हैं शायरे बाज़ार, नज़ीर अकबराबादी—

जिस जा पे हांडी, चूल्हा तवा और तनूर है।
ख़ालिक की क़ुदरतों का उस जगह ज़हूर है॥

चूल्हे के आगे आँच जो जलती हुज़ूर है।
जितने हैं नूर सब में यही ख़ास नूर है॥

इस नूर के सबब नज़र आती हैं रोटियाँ।
जितने मज़े हैं सब ये दिखाती हैं रोटियाँ॥

ये वो ही अखंड ज्योति है जिसकी हम हर दिन पूजा करते हैं—

इन रोटियों के नूर से सब दिल हैं पूर-पूर।
आटा नहीं है छलनी से छन-छन गिरे है नूर॥
पेड़ा हर एक उसका है बर्फ़ी या मोती चूर।
हरगिज़ किसी तरह न बुझे पेट का तनूर॥
इस आग को मगर यह बुझाती हैं रोटियाँ।
जितने मज़े हैं सब ये दिखाती हैं रोटियाँ॥

और देखिएगा कि हमारे घरों में भगवान को भोग लगाए बिना, मिठाई चखी भी नहीं जाती—

रोटी न पेट में हो तो फिर कुछ जतन न हो।
मेले की सैर ख़्वाहिशे बागो चमन न हो॥
भूखे ग़रीब दिल की ख़ुदा से लगन न हो।
सच है कहा किसी ने कि भूखे भजन न हो॥
अल्लाह की भी याद दिलाती हैं रोटियाँ।
जितने मज़े हैं सब ये दिखाती हैं रोटियाँ॥

तो गुलगूना कशाने आरिज़े शाहिदे बयान इस तरह फ़रमाते हैं कि जब धर्मराज युधिष्ठिर चौसर की बाज़ी हारे, तो कौरवों ने उन्हें देश से निकाल दिया। जब वो अपने चार पांडव भाइयों और पत्नी द्रौपदी के साथ बनवास को चले, तो कुछ साधु-संत भी उनके साथ हो लिए। अब राजा होते हुए उनका ये फ़र्ज़ था कि जो प्रजा उनके साथ है वो उनका ख़याल रखें। युधिष्ठिर, ये जानते हुए कि उनके ख़ुद के लिए अगले वक़्त का खाना मिलना मुश्किल था, इन ऋषियों से बोले कि आप राज्य को लौट जाएँ। हस्तिनापुर में आपकी देखभाल बेहतर हो सकेगी। पर साधुओं ने मना कर दिया। वो बोले कि पांडव धर्म के साथ हैं, इसलिए हम उन्हीं के साथ रहेंगे। युधिष्ठिर को यूँ परेशान देखकर धौम्य ऋषि उनसे बोले, "आप सूर्यदेव की इबादत कीजिए, वो आपकी मदद करेंगे।" युधिष्ठिर की तपस्या से ख़ुश होकर सूर्यदेव उनके सामने आए और एक बर्तन उन्हें देते हुए बोले, "धर्मपुत्र, ये अक्षय पात्र है। इसमें खाना रखो, और द्रौपदी से कहना कि वो सबको परोसे। चूँकि वो ख़ुद हमेशा आख़िर में खाती है, जब तक वो ख़ुद नहीं खाएगी, ये भांडा खाने से भरा रहेगा और हरेक पेटभर खा सकेगा।" युधिष्ठिर ने अक्षय पात्र ले जाकर द्रौपदी को दिया। द्रौपदी ने जंगलों से इकट्ठा किया कुछ खाना हिचकिचाते हुए उस बर्तन में डाला और सफ़ में बैठे साधुओं को परोसना शुरू किया और वाक़ई जितना वो परोसती, उतना ही बर्तन में और खाना बच जाता। सबने भरपेट खाया। द्रौपदी आख़िर में खाती और जब अक्षय पात्र साफ़ हो जाता, तब आदतन उसे अगले रोज़ के लिए धोकर रखती।

साधु आते, पांडवों की मेहमाननवाज़ी से ख़ुश होकर जाते। इस तरह अक्षय पात्र की ख़बर हस्तिनापुर भी पहुँच गई। दुर्योधन ये जानकर बेहद नाख़ुश हुआ के जिन पांडवों से उसने सब छीन लिया था, फिर भी सारे ऋषि उनकी तारीफ़ करते न थकते। सो उसने एक मंसूबा तैयार किया, एक प्लान बनाया।

दुर्वासा नाम के एक ऋषि थे, जो ग़ुस्से में आकर शाप देने के लिए जाने जाते थे। दुर्योधन ने उन्हें दावत का न्योता दिया। उन्हें ख़ुश करने के लिए पूरी जान लगा दी। दुर्योधन से ख़ुश होकर जब दुर्वासा ऋषि मुस्कुराए, तो दुर्योधन ने उन्हें पांडवों के घर का रास्ता दिखाते हुए कहा—"आप उनके यहाँ भोजन कर उन्हें भी आशीष दीजिए।" स्कीम ये कि साथ में ये जोड़ दिया कि गुरुदेव, आप द्रौपदी के शाम का खाना खाने के बाद वहाँ जाइएगा, उससे वो आपको आराम से परोस पाएगी।

अगली शाम, द्रौपदी बस अभी खाना खाकर, अक्षय पात्र को साफ़ कर ही रही थी कि उसे कुछ लोगों के क़दमों की आहट सुनाई दी। द्रौपदी ने बाहर झाँका तो वो हक्की-बक्की रह गई। दुर्वासा ऋषि अपने दस हज़ार शिष्यों के साथ पांडवों की कुटिया को पधारे थे। युधिष्ठिर ने दुर्वासा ऋषि का स्वागत किया, इस बात

से अनजान कि अन्दर अक्षय पात्र ख़ाली पड़ा था। उन्होंने कहा—गुरुदेव आप स्नान करके आएँ, हम थाली तैयार रखते हैं। दुर्वासा ऋषि मुस्कुराए और अपने चेलों के साथ घाट को नहाने के लिए गए। उधर द्रौपदी ने बेबसी में आँखें बन्द कर अपने सखा कृष्ण को याद किया। द्रौपदी के आँखें खोलने से पहले कृष्ण सामने थे और आते ही बोले, "अरे! मुझे बहुत भूख लगी है, जल्दी कुछ खाने को दो।" ये सुन द्रौपदी ने मायूस होकर वो ख़ाली बर्तन कृष्ण की तरफ़ फेंका और बोलीं, "मुझे लगा तुम मेरी मदद करने आए हो, ना कि मुश्किल बढ़ाने। घर पर खाने को अनाज का एक दाना नहीं है। मैं अक्षय पात्र साफ़ कर चुकी हूँ।" ये सुनकर कृष्ण मुस्कुराते हुए बोले, "अच्छा, जरा देखूँ तो सही कि बर्तन अच्छे से साफ़ भी किया है या नहीं।" अब भांडे के किनारे में चावल का एक दाना लगा रह गया था। देखते ही कृष्ण बोले, "क्या द्रौपदी? ठीक से साफ़ तक नहीं करती हो अक्षय पात्र को। देखो, चावल का ये दाना रह गया है। चलो, अच्छा है, बहुत भूख लगी है।" ये कहकर कृष्ण ने जैसे ही चावल का वो एक दाना खाया, तभी उधर दुर्वासा ऋषि और उनके दस हज़ार शागिर्दों को डकार आने लगी और वो सब वहीं से लौट गए।

हाज़िरीन, कहते हैं दाने-दाने पे लिखा है खानेवाले का नाम और एक दाना खाकर सबको खाना खिलानेवाले ने हमें कर्म और फल का रिश्ता समझा दिया।

भूख से कोई अछूता नहीं है कि
आया है तो खाएगा, राजा-रंक-फ़क़ीर
कोई सूखी रोटी खाए, कोई खाए खीर

एक बार क्या हुआ कि एक राजा था, जिसने ये ऐलान किया कि जो ख़ानसामा जो बावर्ची मुझे सबसे लज़ीज़ खाना खिलाएगा, मैं उसे दस हज़ार सोने के सिक्के दूँगा। नगर-नगर से, देस-परदेस के बड़े-बड़े पकानेवाले, शेफ़, मास्टरशेफ़, मिशलिन स्टार्ड शेफ़ आए और सबने अपने ज़ायके परोसे। सबसे पहले एक फ्रेंच शेफ़ आया और उसने राजा को "पेट डे फ़ोइ ग्रास, सूप ए ल'ओइग्नॉन, फ़ैसन सॉस क्लोचे, सलाडे, एंडिव एट फ्रूट्स एट डेमी-टैसे डे काफ़े" परोसा।

फिर अमृतसर के पाप्पा जी ने आकर मेथी मलाई मटर, मखनी नान और मसाला पापड़ खिलाया। ऐसे करते-करते राजा जी ने दाल बाटी चूरमा से लेकर बरीटो, डिमसम और पिज्जा तक, दुनिया भर की कजिंस चख लीं। तभी अगली सुबह एक औरत ने आकर दावा किया कि हुज़ूर, मैं आपको ऐसा खाना खिलाऊँगी कि आपने न आज तक खाया होगा, न आज के बाद खाएँगे। राजा हैरान हुआ और उसने हुक्म दिया कि पेश किया जाए और बेसब्री से दोपहर के खाने का इन्तज़ार करने लगा। घड़ी में एक बजा तो राजा ने औरत से पूछा कि

खाना कब मिलेगा? वो औरत बोली—राजा जी, ये बिलकुल नायाब ज़ायका है। कभी-कभार रस आने में थोड़ा ज़्यादा वक़्त लग जाता है। आप सब्र रखिए, जल्द ही परोसती हूँ। और हाँ, उससे पहले कुछ और न खाइएगा। इस ज़ायके का असली मज़ा तो तभी आता है जब ज़बान पर कुछ वक़्त तक और कोई स्वाद ना रहा हो। लेकिन साहब, एक के दो बजे, दो के तीन, तीन के चार, करते-करते शाम के 7 बज गए। राजा जी के पेट में अब चूहे दौड़ रहे थे। अब जो उन्होंने भूख से तड़पकर इस दावेदार से कहा कि खाना कहाँ है? तो उस औरत ने एकदम सादा-सा खाना—चावल और दाल, एक थाली में लाकर राजा जी के आगे रख दिया। इससे पहले कि बाक़ी लोग समझ पाते कि इतने मामूली से खाने को बनाने में इस औरत ने इतना वक़्त क्यों लिया, राजा जी उँगलियाँ चाट-चाटकर दाल-चावल खाने लगे। चन्द लम्हों में थाली साफ़ कर राजा बोले, ऐसा स्वादिष्ट खाना आज तक नहीं खाया। वो औरत इनाम क़बूल करती हुई बोली, भूख वो मसाला है जो हमें खाने की सादगी से मोहब्बत करवा देता है।

तो हाज़िरीन, जाते-जाते उसे भी याद कर लेते हैं, जिसे हम अक्सर भूल जाते हैं। जो हमारे लिए खाना पैदा करता है :

नहीं हुआ है अभी सवेरा पूरब की लाली पहचान,
चिड़ियों के जगने से पहले खाट छोड़ उठ गया किसान॥
खिला-पिला के बैलों को ले करने चला! खेत पे काम,
नहीं कोई त्योहार, न छुट्टी है इसको आराम, हराम॥
बादल गरज रहे हैं गड़-गड़, बिजली चमक रही है चम-चम
पानी बरस रहा है झमझम, ज़रा न रुकता लेता दम॥
हाथ-पाँव ठिठुरते जाते, घर से बाहर निकले कौन?
फिर भी आग जला खेतों की रखवाली करता वह मौन
धूप के झुलसे हुए रुख़ पर मशक़्क़त के निशाँ
खेत से फेरे हुए मुँह घर की जानिब है रवाँ
टोकरा सर पर बग़ल में फावड़ा तेवरी पे बल
सामने बैलों की जोड़ी दोश पर मज़बूत हल
डूबता है ख़ाक में जो रूह दौड़ाता हुआ
मुज़्महिल ज़र्रों की मौसीक़ी को चौंकाता हुआ
जिसके छू जाते ही मिस्ल-ए-नाज़नीन-ए-मह-जबीं
करवटों पर करवटें लेती है लैला-ए-ज़मीं॥

जंगल में इंटरनेट

कोहिस्तान वाज द फ़ास्टेस्ट ग्रोइंग एंड द लार्जेस्ट डेमोक्रेटिक जंगल इन द वर्ल्ड। शेरख़ान ने, जो इस जंगल का राजा था, अपनी 56 इंच की छाती के बूते पर, जंगल के बाशिन्दों की हिफ़ाज़त करने की ज़िम्मेदारी ले ली थी और पीएम की गद्दी के साथ-साथ डिफ़ेंस पोर्टफ़ोलिया भी अपने नीचे रख लिया।

मिनिस्ट्री ऑव एग्रीकल्चर बैल के पास था, ट्रांसपोर्ट का भार गधे ने उठाया, एनिमल रिसोर्स डेवलपमेंट उल्लू की देखरेख में था और हेल्थ मिनिस्ट्री डॉ. हाथी के हाथ में थी।

पर सबसे अहम ज़िम्मेदारी मिली कबूतर को—मिनिस्ट्री ऑव कम्युनिकेशन एंड इन्फॉर्मेशन टेक्नोलॉजी। कबूतर उस डिपार्टमेंट का सरदार था जो जंगल से, और जंगल तक जानवरों के ख़ुतूत, पार्सल्स, मनीऑर्डर्स वग़ैरह पहुँचाने का काम करता था।

पहले प्यार की पहली चिट्ठी से लेकर, आख़िरी साँस के तार तक
कब्बू बना था एक कामयाब डाकिया, गुटरगूँ में पढ़े था चिट्ठियाँ मज़ाक़िया

ये ज़िम्मेदारी अहम इसलिए भी थी क्योंकि पीएम शेरख़ान ख़ुद वक़्त के साथ आगे बढ़ने में मानता था। और इसलिए जब उसे नई टेक्नोलॉजी का बुख़ार चढ़ा, तो उसने ना सिर्फ़ ट्विटर पर जाकर अपनी सेल्फ़ी ट्वीट की, बल्कि साथ-ही-साथ अपने सभी सिपहसालारों को हुक्म दिया कि वो भी नई टेक्नोलॉजी को गले से लगाएँ। और फिर वो घड़ी आई जब शेरख़ान ने ऐलान किया कि अच्छे दिनों को लाने के लिए कुछ सख़्त और कड़े क़दम उठाने होंगे। कबूतर एंड हिज़ आर्मी ऑव स्नेल्स, हु वेयर द ऑफ़िसियल कैरियर्स ऑव ऑल गवर्नमेंट कम्युनिकेशन, वेयर लेबल्ड ऑब्सोलेट एंड रेडुंडांट। द एफ़िसिएंसी ऑव देयर सर्विस वाज क्वैश्चंड, एंड द पीएम हैड डिसाइडेड दैट द जंगल कुड नाउ सी ई-गवर्नेंस।

पूरा-का-पूरा महकमा एक झटके में बेरोज़गार हो गया। द कम्प्यूटर्स वेयर टु बीकम द नॉर्म इन द जंगल एंड द इंटरनेट वुड कनेक्ट दैम टु इच अदर। एनी पीस ऑव इन्फ़ॉर्मेशन वाज नाउ एक्सेसेबल कम्युनिकेट विद एनीवन, एनीटाइम एंड

एनीव्हेयर इन द वर्ल्ड वाज पॉसिबल। द जंगल हैड फ़ाउंड ए न्यू वे टु इंटरटेन इटसेल्फ़। एंड विद दिस इन्फ़ॉर्मेशन, कम्युनिकेशन एंड एंटरटेनमेंट, शेरख़ान बिलीव्ड दैट ही हैड टेकेन हिज कंट्री क्लोजर टु इट्स हैरिटेज ऑव द आईसीई एज।

शेरख़ान जंगल, झरने, पहाड़ भूल गया
इंटरनेट के चक्कर में दहाड़ भूल गया

जंगल की एनिमल रिसोर्सेज डेवलपमेंट के नाम पर बेकार थीं, के तभी कबूतर अपना दुखड़ा लेकर एनिमल रिसोर्सेज डेवलपमेंट मिनिस्ट्री और अपने दोस्त उल्लू के पास पहुँचा। उसने बयान किया कि कैसे वो महज़ पैग़ाम ही एक जगह से दूसरी जगह नहीं पहुँचाता था। वो हर उस घर का अपना था जहाँ उसने चिट्ठी पहुँचाई।

सिंस गोरू, द गोरिल्ला कुड नॉट रीड, इट वाज हिम हु हैड रीड आउट द लेटर फ्रॉम गोरू'ज सन-इन-ला, इन्फॉर्मिंग दैट ही हैड बीकम ए ग्रैंडफादर, द साइट ऑव गोरू जम्पिंग अप एंड बीटिंग हिज चेस्ट एंड द साउंड ऑव हिम येलिंग विद ज्वॉय ऑन हियरिंग द न्यूज़, वाज़ एटैच्ड इन कबूत'र्स मेमोरी। एनिमल्स इन द जंगल वेटेड फॉर हिम टु ब्रिंग गुड टाइडिंग्ज़, एंड ऑफ़र्ड स्पेशल थिंग्स टु इट व्हेनएवर ही डिड सो। एंड व्हेन ही ब्रॉट बैड न्यूज़, द एनिमल्स बुड पोर देयर हार्ट्स आउट टु हिम एंड फील रिलीव्ड। नॉट जस्ट दैट, कबूतर वाज आलसो इनटु मैचमेकिंग। इट वाज हिम हु हैड गॉट लम्बू, द जिराफ़्'स डॉटर मैरिड। बट ऑल दैट वाज़ ओवर। नो वन नीडेड हिम एनीमोर।

उल्लू के नाम पर मत जाइएगा। वो बहुत समझदार था और बावजूद इस इल्म के कि शेरख़ान अपनी बात से आसानी से पीछे नहीं हटता था, उल्लू ने कबूतर को हौसला दिया और शेरख़ान से इस बारे में बात करने का वादा किया।

व्हेन उल्लू रीच्ड द डेन इज़ द पीएम रेसिडेंस, ही फ़ाउंड शेरख़ान सिटिंग इन फ्रंट ऑव ए कम्प्यूटर, हिज पा ऑन ए स्माल फ़न्नी-लुकिंग थिंग दैट ही केप्ट मूविंग अप एंड डाउन। द पीएम हैड केप्ट ए माउस, एन ओल्ड लायलिस्ट हु हैड ऑलवेज हेल्प्ड हिम क्रैक ऑल सॉर्ट्स ऑव नेट्स, एंड नेविगेट अराउंड स्मूथली।

उल्लू ने जब कबूतर की आपबीती शेरख़ान से कही, तो जंगल के राजा ने जवाब दिया—"कुछ टुच्चे से कीड़े-मकोड़ों और एक परिन्दे के लिए मैं पूरे जंगल को नई टेक्नोलॉजी के फ़ायदों से महरूम नहीं रख सकता।" उल्लू ने बहुत समझाया कि हवाई जहाज़ के आने से रेल तो चलनी बन्द नहीं हुई, टीवी के ईजाद से सिनेमा थोड़े ही ठप पड़ गए। पर शेरख़ान उसकी आवाज़ को नज़रअन्दाज़ करता हुआ अपने कम्प्यूटर की तरफ़ लौट गया।

तभी घोड़ा दौड़ा-दौड़ा आया और शेरख़ान से बोला—साहब, वो छोटे साहब का ऐक्सीडेंट हो गया है। वो पहाड़ी के पास पत्थर से गिर गए और उनके सर पर

चोट आई है। ये सुनना था कि शेरख़ान सब छोड़-छाड़ वहाँ पहुँचा जहाँ शेरनी अपने बच्चे को दर्द में देख कराह रही थी। शेरख़ान ने घोड़े से कहा कि वो डॉ. हाथी को फ़ौरन बुलाकर लाए लेकिन डॉ. हाथी तो किसी के इलाज के लिए फ़ॉरेन गए हुए थे।

उल्लू के कहने पर शेरख़ान ने डॉ. हाथी को ई-मेल भेजने की बहुत कोशिश की, पर बीती रात जंगल में आई आँधी के चलते पूरा नेटवर्क क्रैश हो गया था। चम्पू चिम्पाजी जो कि एक कम्प्यूटर इंजीनियर था, हाथ खड़े कर चुका था। उसने नेटवर्क की मरम्मत के लिए तीन दिन की मोहलत माँगी। पर शेरख़ान के बच्चे को जल्द-से-जल्द इलाज चाहिए था। कबूतर डाल पर बैठा सारा हाल देख रहा था, और बोल पड़ा : साहब, मैं डॉ. हाथी को ले आऊँ?

ये सुनते ही शेरख़ान की आँखों में उम्मीद की रौशनी दिखी।

शेरख़ान ने कबूतर की तरफ़ इस मजबूरी से देखा कि उसने झट से उड़ान भरी और जंगल के दरख़्तों को चीरता हुआ वो सबकी नज़रों से ओझल हो गया। कुछ ही घंटे बीते थे कि कोहिस्तान के जानवरों ने पंखों के फड़फड़ाने की आहट सुनी। कबूतर थका-हारा पसीने और धूल से लथपथ लौटा था। ज़मीन पर आते ही उस तरफ़ इशारा किया जहाँ से वो आया था और बेहोश होकर गिर पड़ा।

तभी थोड़ी देर में डॉ. हाथी आते नज़र आए। अपनी सूँड़ में मेडिकल किट पकड़े, वो सीधे छोटे साहब के पास जाकर उनकी नब्ज़ देखने लगे और फिर मरहम लगाकर शेरख़ान से बोले, घंटे भर की देरी हो जाती तो मुसीबत आन पड़ती कबूतर ने आपके बच्चे की जान बचा ली। जब उस वफ़ादार परिन्दे को होश आया, तो शेरख़ान उसके पास गया और बोला—"मैंने तो तुमसे तुम्हारी रोज़ी छीन ली थी, पर तुमने मेरे बच्चे को ज़िन्दगी दी। तुमने साबित कर दिया है कि टेक्नोलॉजी जितनी भी तरक़्क़ी कर ले, वो ज़िन्दगी के जज़्बे से ऊपर नहीं पहुँच सकती।"

दास्तान जाल के खेल की और
खेल के जाल की

ख़वातीनो हज़रात, आज की ये महफ़िल दास्तानगोई की बाक़ी महफ़िलों से मुख़्तलिफ़ है। आम तौर पर हर शो में सामईन से गुज़ारिश की जाती है कि वो अपने मोबाइल फ़ोन्स साइलेंट मोड में डाल दें पर आज की इस दास्तान में ये बात और ज़रूरी हो जाती है क्योंकि आज आप साइलेंट रहेंगे और मोबाइल बोलेगा।

तो हाज़िरीन पेश है दास्तान 'जाल के खेल की और खेल के जाल की'

ये दास्तान उन एक बिलियन कठपुतलियों के नाम जिनकी उँगलियों के ज़रिये मोबाइल इस दुनिया की रंगत बदल रहा है और जो अगर अपनी आई पे आ जाएँ तो मोबाइल की दुनिया की रंगत बदल सकते हैं...और यहाँ मौजूद उन सभी लोगों के नाम जिन्होंने मोबाइल के ज़रिये उन लोगों तक बुनियादी सहूलियतें पहुँचाई हैं जो इनसे महरूम थे।

रिवायत तो ये है कि दास्तान शुरू करने से पहले साक़ीनामा पढ़ा जाता है। यानी शराब पिलानेवाले की तारीफ़ की जाती है, पर क्योंकि इस दास्तान का रंग अलग है इसलिए आज साक़ीनामा भी अलग होगा...।

आज होगा टॉकीनामा।

बल्ले-बल्ले मोबाइल फ़ोन
ओ तेरी महिमा जाने कौन
बल्ले-बल्ले मोबाइल फ़ोन
वो गौरैया जिसके लिए
शहर बन गया है डेंजर ज़ोन
वो नेता जो एसेंबली में
बैठे-बैठे देखें पोर्न
बल्ले-बल्ले मोबाइल फ़ोन
तेरी महिमा जाने कौन
इक दौर था जब हर दोस्त
हर दुश्मन का नम्बर याद
आज हाफ़िज़ है उतना
जितना महँगा मेमोरी कार्ड

नहीं याद कब हुई थी
बिना काटे कोई बात
न ये पता कि कब काटा
कुछ वक़्त ख़ुद के साथ
तो सँभालो टू जी अपना, सँभालो थ्री जी अपना
सँभालो कैमरा अपना, सँभालो रेडियो अपना
अब तो इस ख़ौफ़ में जीते हैं
कहीं हो न जाए नम्बर क्लोन
बल्ले-बल्ले मोबाइल फ़ोन
तेरी महिमा जाने कौन
बल्ले-बल्ले मोबाइल फ़ोन

गुलगूना कशाने आरिज़े शाहिदे बयान इस तरह फ़रमाते हैं कि तिलिस्म-ए-सेलुलर का बादशाह है कस्टमर द किंग जो कष्ट से मरा जा रहा है। कहने को यूज़र है पर उसे यूज़ किया जा रहा है। बाज़ उनमें से ऐसे हैं जो हर दिन एसएमएस पर की गई लाखों रुपये की प्लॉट की पेशकश को नज़रअन्दाज़ कर देते हैं, और बाज़ ऐसे हैं जो हर मौसम इस पेशकश को क़बूल करने के लिए सोचते हैं कि कैसे बनेंगे करोड़पति और इस ख़्वाब को हक़ीक़त में तब्दील करने के लिए वो इतने कनेक्शन्स ख़रीदते हैं कि उनका अपने आप से कनेक्शन टूट जाता है। इन्हीं में से कुछ मुतवस्सत तबके के लोग हैं जो हर वक़्त शहरियों के हुक़ूक के बारे में बड़ी-बड़ी बातें करते हैं या फिर इरोज़ होटल में बड़े-बड़े इवेंट अटेंड करते हैं। तिलिस्म-ए-ब्राउसिंग के सहर में मसरूफ़ रहते हैं और एक सर्विस से दूसरी, एक फ़ीचर से दूसरा और एक गर्लफ्रेंड से दूसरी ट्राई करने की फ़िराक़ में सेलफ़ोन और कॉलर ट्यून बदलते रहते हैं। मुँह पर इनके पूरी गैलेक्सी के बारे में एंग्री वर्ड्स होते हैं पर इनके गैलेक्सी पर हर तरफ़ एंग्री बर्ड्स होते हैं।

और कुछ जो इनमें से टोपी यूज़र्स हैं। ये टोपी पहनते भी हैं और पहनाते भी हैं ये आम रय्यत की तरह छोटे-मोटे मोबाइल इस्तेमाल नहीं करते। इनके पास तो किताबे सामरी है। हाज़िरीन, किताब-ए-सामरी वो टैबनुमा किताब है जिसे बाग़-ए-सेब के ख़ुदा ने ईजाद किया। इस किताब में पूरे तिलिस्म का हाल दरियाफ़्त किया जा सकता है कि कौन कहाँ किस हाल में है, क्या कर रहा है, और इस जानकारी को लेकर कुछ लोग सिर्फ़ एक उँगली के इशारे पर ये तय कर लेते हैं कि उन्हें किसे टोपी पहनानी है और कैसे। और जो टोपी पहननेवाले हैं वो बड़े-बड़े मैदानों में ऐसी रामलीला रचते हैं कि हुकूमत को कुछ मिस्ड कॉल्स के दम पर हिला देते हैं। पर सौ बातों की एक बात तिलिस्म-ए-मोबाइल

का बादशाह शहंशाह होते हुए अपनी ख़ुद की पहचान उसी ज़ंबीलनुमा मोबाइल में क़ैद पाता है।

जिसपे बैठ ख़ुद को ग़म से रिहा करते थे
आज उसी तख़्त पे ही हम गिरफ़्तार हुए।

तिलिस्म-ए-सेलुलर के तीन हिस्से और मक़ाम हैं। पहला हिस्सा इस तिलिस्म का है—परदा-ए-ज़ुल्मात यानी, अँधेरे का परदा जहाँ बड़े-बड़े सरदार पस-ए-परदा नये-नये खिलौने बनाने में मसरूफ़ रहते हैं। हर डिज़ाइन से बेहतर डिज़ाइन और हर फ़ीचर की इनहैंसमेंट के लिए शिद्दत से रिसर्च एंड डेवलपमेंट में लगे रहते हैं। और कुछ इनमें से ऐसे भी हैं जो अपनी सारी अकल नक़ल में इस्तेमाल करते हैं...किसी की अरसे की मेहनत को एक रात के अँधेरे में अपना नाम दे देते हैं, और कम दामों पर लोगों को स्मार्टनेस बेचने की होड़ में लगे रहते हैं। वैसे इस चोरी को तोड़ने के लिए पेटेंट नाम का एक सहर आजकल ज़ोर-शोर से इस्तेमाल किया जा रहा है। इनकी हाथ की सफ़ाई देखिए कि बड़ी सफ़ाई से लोगों के हाथों में खिलौना थमा देते हैं चाहे उनको उसकी ज़रूरत हो-न-हो।

दूसरा हिस्सा इस तिलिस्म का है—तिलिस्म-ए-बातिन यानी, नज़रों से छुपा हुआ तिलिस्म कि जहाँ टाटा-बिरला-अंबानी वग़ैरह जैसे साहिर अपने सहर के दम पर दुनिया को अपनी मुट्ठी में किए हुए हैं। इनकी ज़बरदस्ती से ख़रिदवा दी गई सर्विस से लोगों के दिमाग़ और मोबाइल का बैलेंस कम हो रहा है। इनके फ़ॉल्टी बिल से हुए फ़ॉल्टी दिल को लेकर उनकी ज़िन्दगी का टॉकटाइम शिकायत की क्यू में खो रहा है। बज़ाहिर ये सब एक-दूसरे की मुख़ालिफ़त करते हैं पर पस-ए-परदा इनके लिए हर एक फ्रेंड ज़रूरी होता है। यही इनके कारोबार का तरीक़ा है, जो इनके काम को सिंपल बनाता है और लोगों को सिली।

अपनी छत तक टॉवर लगाने को दे देती है रियाया, क्योंकि रेडिएशन दिखती नहीं पर दिखता है किराया। वाह साहिरो! क्या खेल खिलाया।

तीसरा हिस्सा इस तिलिस्म का है—तिलिस्म-ए-ज़ाहिर, यानी नज़रों के सामने का तिलिस्म कि जिसमें कुछ बदक़िस्मत अय्यार रहते हैं जो अपनी अय्यारी से कंटेट डेवलप तो कर लेते हैं। पर जहाँ एक तरफ़ परदा-ए-ज़ुल्मात के सरदार इन्हें टुटपुँजिया समझकर इनके मुँह तक नहीं लगते, न ही तिलिस्म-ए-बातिन के साहिर इन्हें इनका हक़ देते। चलती है तो सिर्फ़ उच्च वर्ग के अय्यारों की ज़िनकी कामयाब अय्यारियों के चर्चे फ़िरंगिस्तान और बाक़ी मग़रिबी मुल्कों से यहाँ तक पहुँच चुके हैं और जिनसे मुक़ाबला करना तिलिस्म-ए-ज़ाहिर के अय्यारों के लिए इसलिए भी मुश्किल हो जाता है क्योंकि इन्हें मौक़ा नहीं मिलता।

क्या सुनाऊँ तुम्हें हाल-ए-बाज़ार
आया था बेचने बन गया ख़रीदार
बाज़ार की हार पे अड़े हैं बाज़ार के सरदार

बात सबकी सुनी है, तो क्या मोबाइल की बात अनकही रह सकती है! अब एक दिन का वाक़या है कि एक नौजवान मोबाइल की दुकान में आया और बोला कि कोई नायाब चीज़ है तो दिखाओ। दुकानदार ने सबसे ताज़ा मॉडल लाकर सामने सजा दिए। उस जवान ने दो मोबाइल ख़रीदे एक को काग़ज़ में लपेटकर तोहफ़े की तरह रखा और लेकर चला। अब अगली दोपहर इन दोनों मोबाइल की आपस में बातचीत सुनिए। बहन, मुआ कभी यहाँ टच करता है कभी वहाँ, सखी मोबाइल बोली—तुम टच की बात करती हो, वो मेरे तो पूरे-के-पूरे क्वेर्टी को प्रेस करता है इतना कि घिस-घिस के मेरा रंग पीला हो गया। अब कल उसकी गर्लफ्रेंड की सालगिरह थी और रात मेरी काली हो गई। अरे, उसकी मैडम है न, तेरी मालकिन! उसके न जाने कितने लौंडे आशिक़ हैं। सो सबसे पहले कौन मुबारकबाद देगा इस होड़ में सब लगे हुए थे कि बारह बजें और बजाएँ उसकी घंटी। पर ये मेरा आका, बहुत शातिर चीज़ है। हरामज़ादे ने ग्यारह बजे ही नम्बर पेल दिया और फिर अगले तीन घंटे तक बस कहता रहा—मेरी जान...मेरी जान...मेरी जान तुझपे जाती है, मेरी कॉल के पहलू में आ और दिल-ए-ग़मगीन को शाद कर...जान-ए-मन, काश! मैं तेरा मोबाइल होता तो इस वक़्त तेरे होंठों के क़रीब होता। कॉल पर तो जानू-जानू करता है पर डिसकनेक्ट करते ही अपना बैलेंस देख के तेरी मैडम को दो गालियाँ दीं और बोला—

हम मिस्ड कॉल भी देते हैं तो बढ़ जाते हैं दाम
वो कॉल भी करते हैं तो ख़र्चा नहीं होता

और ये मेरी मेम साहब! पता है, तेरे आका का नम्बर किस नाम से सेव किया है—

गधा नम्बर पाँच। पर दोनों यही बोलीं कि उन्हें सबसे ज़्यादा कोफ़्त तब होती है जब उन्हें दुकान में सजाकर उनकी क़ीमत लगाई जाती है। अगर मोबाइल की क़ीमत जाननी है तो उनसे पूछो जिन्होंने मोबाइल के पहले और बाद में दोनों जहाँ देखे हैं।

तो सुनिए दास्तान-ए-मुल्क-ए-हिन्दुस्तान
के हर कोई था किसी-न-किसी वजह से परेशान
जहाँ शहर तरक़्क़ी से लरजते थे
कुछ क़स्बे तरक़्क़ी को तरसते थे

न गाँव वालों की अच्छी तबीयत थी
ख़ातिर मदारत क्या पूछते हो
मिल जाए बिजली और पानी तो ग़नीमत थी
तहज़ीब-ओ-तमद्दुन पर छाया था ख़तरा
तालीम को मिलती थी मगर क़तरा-क़तरा
अजब था पूरे जहाँ का माहौल
जिन्होंने भी देखा उनके बक़ौल

और फिर आया वो दौर जब हर चीज़ जो रुकी-सी थी मोबाइल के चलते ही चलना शुरू हो गई। स्कीमें तो बहुत चली सरकारी थीं पर अब जाके चली उनकी जानकारी थी। जहाँ माँओं और बच्चों की हालत पस्ती में थी वहाँ तक पहुँची लहर तन्दुरुस्ती की थी। जिनकी ज़बां रुकी थीं उनकी चली आवाज़, जिनकी ज़बां थीं गुम उन तक चले अल्फ़ाज़। मिलने जवान को रोज़गार चला, टूटी सड़क को जोड़ने कोलतार चला। चली मिलने सपनों को बुनियाद चली, जब खेत से मिलने को खाद चली। ख़बर दुनिया की हो आई है देहाती गली, हाँ, चली अबकी ये बदलाव की हवा जो चली। चली वो लेके हवा के ज़रिये पैग़ाम। तुम भी आगे बढ़ो रस्ते खुले हैं तमाम।

मोबाइल कहता है—

मेरी क़ीमत पूछनी है तो जौनपुर के स्कूल में पढ़नेवाले अनिल कुमार जैसे हज़ारों बच्चों से पूछो जिन्हें अब ये फ़िक्र नहीं रहती कि आज दोपहर का खाना उन्हें नसीब होगा या नहीं क्योंकि मेरी नज़र उन पर रहती है।

मेरी क़ीमत राजस्थान से दिल्ली आए बिस्नू से पूछो जो पूरा दिन मज़दूरी करके जब घर आता है तो मोबाइल पर अपने गाँव के गीत सुनकर अपनी थकान मिटाता है। और मिट्टी की उसी ख़ुशबू को महसूस करता है।

उन 62,000 किसानों से पूछो जिनमें एसएमएस पढ़कर फ़सल में इज़ाफ़े का भरोसा पैदा होता है।

या फिर उन माँ-बाप से जो अपनी बेटी को मेरे भरोसे शहर पढ़ने के लिए भेजते हैं।

ज़रा सोचिए कि अगर हम सब मोबाइल के जाल से खेलना शुरू कर दें तो हम इसमें ख़ुद को फँसा हुआ पाएँगे या आज़ाद।

मैंने उसको देखा है ख़ामोश-ख़ामोश गलियों में
पैदा करते एक हलचल-सी
बातों-बातों में आगे बढ़ते
ठोस चाल मुसलसल-सी

जब वो घंटी बजाकर अपनी चुप्पी तोड़ता है
दुनिया को वो जोड़ता है
कौन है वो जो हर तरफ़
फैलाए अपने नेटवर्क का जाल
ताक़त से अपनी दे रहा है ताक़त बेमिसाल
कौन है वो गुस्ताख़...ताख तड़ाक
कौन है वो गुस्ताख़...ताख तड़ाक
कौन है वो गुस्ताख़...ताख तड़ाक

दास्तान उर्दू महाठगनी की

हाज़िरीन, अमृतलाल नागर साहब अक्सर एक क़िस्सा सुनाया करते थे! देखिए मैंने पहले जुमले में ही एक ऐसा लफ़्ज़ इस्तेमाल कर दिया है—अक्सर—जिसे कुछ लोग स्कूल की हिन्दी किताबों से हटाना चाहते हैं। ख़ैर, सदियों पहले की बात है, एक नगर में फ़ारसी ज़बान की बड़ी धूम थी।

वहाँ ज़हीन सिर्फ़ उसी को समझा जाता था जो फ़ारसी अदब का जानकार था। कहावत मशहूर थी—

अलंगू रा चे बाशद आरसी, सुख़नवर रा चे बाशद फ़ारसी

फ़ारसी ना बोलने-जाननेवाले को गँवार समझा जाता था।

फ़ारसी ज़बान दरबार की शहज़ादी थी, और दूसरी ज़बानें उसकी लौंडियाँ।

एक रोज़ हुआ यूँ कि दरबार में अदबी महफ़िल सजी थी। दरबारी शुअरा बड़ी शान से सुलतान के सामने अपना कलाम सुनाते थे। तभी एक शख़्स—दिखने में बिलकुल आम आदमी, मामूली से भेस में वहाँ हाज़िर हुआ। उसके पास ढेर सारी पोथियाँ थीं। जितने अज़ीम दरबारी शायर थे, इस आदमी के कपड़े देख इस पर हँस पड़े। बादशाह ने भी ताना देते हुए कहा, "अदीब साहब, क्या सुनाएँगे?"

इस पर उस आदमी ने जवाब दिया कि मैंने अपने देस की बोली में कुछ कहानियाँ लिखी हैं—आपको सुनाना चाहता हूँ। राजा ने एक ज़ोरदार ठहाका लगाया और कहा, "क़िस्साख्वा साहब, ये दरबार की अदबी महफ़िल है। यहाँ ज़बान-ए-फ़ारसी में किसी और ज़बान की मिलावट करने की जुर्रत मत कीजिए। अपनी पोथी-पतरा उठाओ और चौक-चौराहे पर जाओ।" अहलियाने दरबार ने भी ख़ूब चुटकी ली। क़िस्सागो ज़हर का घूँट पीकर वहाँ से चला आया।

कई दिन गुज़र गए। अच्छा, इस बीच पता नहीं क्यों बादशाह को लगने लगा कि जो मांस उन्हें खाने के लिए परोसा जा रहा था उसमें पहले जैसी लज़्ज़त नहीं थी। सुलतान ने बावर्ची को बुलाकर वजह पूछी, तो उसने अपनी सफ़ाई में कहा कि हुज़ूर, इसमें मेरा कोई दोष नहीं, इसके ज़िम्मेदार शाही शिकारी हैं। पता नहीं पिछले कुछ रोज़ से कैसे बीमार से जानवर मारकर लाते हैं। शाही शिकारी को जब बुलवाया गया तो उसने जानवरों की कमज़ोरी के पीछे एक अजीबोग़रीब वजह बयान की। वो बोला कि सारे जंगल के परिन्दो-चरिन्द नदारद हैं। सब

एक टीले पर जा बैठे हैं। वहाँ आग धधक रही है। सामने एक आदमी बैठा है, जो बड़ी रसीली ज़बान में कमाल की कहानियाँ सुनाता है। सब जानवर उसकी कहानियों में यूँ खो गए हैं कि उन्हें खाने-पीने तक का होश नहीं। वो क़िस्सागो पोथी का हर सफ़हा उठाता है और सुनाने के बाद आग में झोंकता जा रहा है।

ये सुनना था कि सुलतान वहाँ से भागा और टीले पर पहुँचा और देखता क्या है कि ये तो वोही क़िस्सागो है जिसे उसने दरबार से निकाल दिया था। बादशाह उसकी कहानी में डूब गया, पर जैसे ही कहानीकार ने वो सफ़हा आग में डालने के लिए हाथ बढ़ाया, राजा ने उससे माफ़ी माँगते हुए दरख़्वास्त की, कि वो ऐसे बेशक़ीमती अदब को धुआँ ना होने दे। क़िस्सागो ने सुलतान को माफ़ किया और वो पोथियाँ उसे सौंपकर अपने गाँव लौट गया।

पर हाज़िरीन, कम-से-कम वो राजा सुनता तो था। आजकल के तो...ख़ैर, जैसा फ़िराक़ साहब कह गए हैं।

माज़ी से दामन मेरा अटका सौ-सौ बार,
माज़ी ने दिया हमको झटका सौ-सौ बार,
आए थे माज़ी के दोश पर चढ़ने,
माज़ी ने ला-ला के पटका सौ-सौ बार

अठारहवीं सदी में एक अवामी शायर के साथ फिर से ऐसा ही कुछ हुआ। नज़ीर अकबराबादी ने अपनी शायरी में सिर्फ़ बाज़ार में बिकनेवाली चीज़ों के बारे में ही बात नहीं की, बल्कि पूरी दुनिया और ज़िन्दगी को बाज़ार की रौनक़ में देखा। और ज़ाहिर है के उनकी ज़बान भी इसी बाज़ार में पली-बढ़ी। सड़क पर चलनेवाले आम आदमी के लिए शायरी की।

बैठे हैं आदमी ही दुकानें लगा-लगा
और आदमी ही फिरते हैं रख सर पे खोमचा
कहता है कोई 'लो' कोई कहता है 'ला-रे-ला'
किस तरह की बेचें हैं चीज़ें बना किस—बना
और मोल ले रहा है सो है वो भी आदमी

और ये आदमी जिसे अपने अहद के तक़रीबन 150 बरस तक मेलों-ठेलों का शायर कहकर ख़ारिज किया जाता रहा, जिसे नाकिदीन ने अदब से बाहर रखा—आज वो ही अवामी आदमी क्लासिक बन चुका है।

लेकिन माज़ी ने बाज़ार के आदमी को एक बार और पटका। कैसे?

हाँ तो मेहरबान क़दरदान, ज़रा मेरी तरफ़ दीजिए ध्यान। ये बस लम्बे सफ़र पर निकलेगी, तो घंटों के इस सफ़र में अगर बोर हो रहे हैं तो हम लाए हैं आपके

लिए सायरी की किताबें—सायरी हम सबको लुभाती है, हँसाती है, रुलाती है और इस्क में तड़पाती है।

मिलकर जुदा हुए तो न सोया करेंगे हम,
एक-दूसरे की याद में रोया करेंगे हम,
मजबूरियों के ज़हर से कर लेंगे ख़ुदकुशी,
ये बुज़दिली का जुर्म भी गोया करेंगे हम।

सायरी के अलावा और भी किताबें हैं 'बेवफा आशिक़', 'दिलरुबा आशिक़', 'हज़ार दास्तान अलिफ़ लैला की', 'क़िस्सा हातिम ताई का', 'क़िस्सा तोता-मैना का', 'क़िस्सा चाहर दरवेश का', 'क़िस्सा मनोरमा का', 'लतीफा बीरबल का', 'लैला-मजनू', ''शीरीं-फरहाद', 'शाहरूम की कहानी', 'अलादीन का चिराग', 'बेताल पचीसी', 'सिंहासन बत्तीसी'। सायरी का दाम नहीं होता, पर सायर के नाम दीजिए 10 रुपये, 10 रुपये, 10 रुपये।

हाज़िरीन, मीर तकी मीर भी कह गए हैं कि :

शेर मेरे हैं गो ख़वास-पसन्द पर मुझे गुफ़्तगू अवाम से है

तो उर्दू अदब का एक ज़ख़ीरा जो अवाम से गुफ़्तगू करता है, और जिस उर्दू में अवाम गुफ़्तगू करते हैं, उसे सस्ता, मेयार से नीचे, ये लेबल दे दिया गया। फिर भी करोड़ों लोग इसी उर्दू को पढ़ रहे हैं, इसी उर्दू में लिख रहे हैं, क्यों? फ़रमाते हैं शायर दिलावर फ़िगार :

द नेशन टॉक्स इन उर्दू द पीपुल फाइट इन उर्दू
डियर रीडर, दैट इज़ व्हॉइ आइ राइट इन उर्दू
न हो जब हार्ट इन द चेस्ट तो फिर टंग इन द माउथ क्यों
टु ब्यूटीफाई दिस लाइन, थ्रो सम लाइट इन उर्दू
पोएट्री की कल्चरल शो ही सही लेकिन
पहलीज ऐ साहेबान-ए-दिल मुझे इनवाइट इन उर्दू
मेरी नज़्मों का ये मजमूआ है पब्लिश्ड इन उर्दू में
देयरफोर आइ वुड लाइक ए कॉपीराइट इन उर्दू
देयर शुड बी यक़ीनन नो मिलावट इन द लिटरेचर
देयरफोर आइ नेवर कॉल शब को नाइट इन उर्दू
फ़िगार इस नज़्म में तेरी जुबाँ उर्दू हो और इंग्लिश
मगर लिक्खे हैं तूने क़ाफ़िए क्या टाइट पद उर्दू
द नेशन टॉक्स इन उर्दू, द पीपुल फाइट इन उर्दू
डियर रीडर, दैट इज़ व्हॉइ आइ राइट इन उर्दू

जो जानता है वो जानता है, जो नहीं जानता वो जान ले कि बर्रे सग़ीर में तिलिस्म-ए-पॉपुलर कल्चर के तीन हिस्से और मक़ाम हैं :

पहला हिस्सा इस तिलिस्म का है—तिलिस्मे बातिन यानी जहाँ असली चेहरा हमेशा नज़रों से छुपा रहता है। तफ़सील में बताएगा आपका अपनाइच चैनल रियल न्यूज़—

बड़े लोगां बोलते, हर चीज़, अपनी असलियत पे जाती गते। ऐसा मालूम होरा लम्बे अरसे तक बेकारी में हाथां पावाँ मार-मार के चक्कराँ लगा-लगा के चन्द्रबाबू नायडू थक गए। इन्हों अब आख़िरी कोशिश करने कीचड़ में कूदके कँवल के फूल को पकड़ने को जारे। इन्हों बीजेपी से मिलने के बाद इनके हाथ से हुकूमत चली गई थी। इन्हों जब बोले थे अब कभी भी बीजेपी से दोस्ती नहीं करूँगा। अब इलेक्शन को थोडाइच महीने रह गए। इन्हों फिर से भगवा रंग में पीला रंग मिलाके अपना रंग दिखा रे।

लोगां सहीच बोलते, सियासी लोगों के और गिरगिट के रंगों का भरोसा नहीं करना। हफ़्ते को भोपाल में चीफ़ मिनिस्टर मध्य प्रदेश की हैसियत से शिवराज सिंह चौहान हलफ़ लिए। इसमें चन्द्रबाबू नायडू भी शरीक हुए। स्टेज पे इनका एक हाथ नरेंदर मोदी, दूसरा हाथ शिवसेना के लीडर उद्धो ठाकरे थामे हुए थे। एक-दूसरे के हाथां पकड़के ऊपर उठाके ऐसे पोज़ां मार रहे थे, जैसा थोड़ी देर में भंगड़ा नाच शुरू करना चाह रे। बीजेपी के जनरल सेक्रेटरी रामेश्वर चौरसिया बोले, कांग्रेस अब ऐसे चौरस्ते पे खड़ी जहाँ पे सिवाय प्रियंका गांधी को पार्टी के चेहरे के तौर पे पेश करने के अलावा कोई रास्ता नहीं है। चौरसिया ये भी बोले, कांग्रेस की आदत है, ख़ानदान का एक आदमी फेल हो गया तो दूसरे को सामने लाते। इस वास्ते इनके पास सिर्फ़ प्रियंका का चेहराइच रह गयावा है। ख़ानदान के आदमी को लाना अच्छा है या नहीं है, इसपे तो हम कुछ भी नहीं बोल सकते, मगर लीडर देखने में सेहतमन्द, ख़ूबसूरत और जवान रहा तो अच्छा रहता। लीडर से मिलने दुनिया भर से लोगां आते, देखें तो ख़ुशी होना। हमारे पास के लीडरां इतने खटारा हो गए ख़ुद से चलना नहीं आ रहा। आजू-बाजू वालों को हैबत कब नेताजी इधर गिरते की उधर गिरते। बदहवासी ऐसी मोहनदास गांधी को मोहनलाल बाबू बोल देते। ऐसे लीडरां मुल्क के बड़े ओहदों पे बैठ गए तो पूरे अवाम को शर्मिन्दा होना पड़तां। इस वास्ते दिमाग़ी हालत से और सूरत से ठीक-ठाक और कम उमर लोगां सियासत में आएँ तोइच अच्छा है। आइए इस पर एक्सपर्ट कमेंट ले लेते हैं—

वो दरिया ही नहीं जिसमें नहीं रवानी,
जब जोश ही नहीं तो किस काम की जवानी।
ठोको!

दूसरा हिस्सा इस तिलिस्म का है ज़ाहिर—जहाँ सारा खेल सबके सामने चल रहा है।

सीरीज़ का आख़िरी मैच। हम उड़ीसा के इस ख़ूबसूरत शहर कटक में हैं, जो महानदी के किनारे आबाद है। यहाँ के मन्दिर बहुत मशहूर हैं।

गुरु, ये शहर मैदान का हाल भी बयान कर रहा है।
जहाँ हर सर झुक जाए वो ही मंदर है
जिसमें हर नदी समा जाए वो ही समंदर है
ज़िन्दगी हर क़दम इक नई जंग है
जो हर जंग जीत जाए वो ही सचिन सिकंदर है।
ठोको...।

ठोक दिया है सचिन ने पाजी की बात सुनकर एक और शानदार चौका, ज़ोर से मारने की बिलकुल कोशिश नहीं की। इसे कहते हैं तकनीक का जादू। लगता है इंग्लैंड ने यहाँ देर कर दी है। एक अच्छी साझेदारी मज़बूत बन चुकी है और ख़ास तौर पर सचिन की बल्लेबाज़ी को रंग चढ़ रहा है।

हुज़ूरे आला मैं तो कहता हूँ कि ये बल्लेबाज़ी भी प्रेम की बाज़ी की तरह है।

ख़ुसरौ बाज़ी प्रेम की, मैं खेली पी के संग,
जीत गई तो पिया मोरे, हारी पी के संग।

कि मुझे याद आता है वो दिन जब इमरान ख़ान ने हुक्म दे रखा था ग्राउंड्समैन को कि घास काटी तो गर्दन काट दूँगा। वक़ार यूनुस उन दिनों जवान था और उसकी बाज़ू में ऐसा ज़ोर था कि उस हरी विकट पर हमारी छाती लाल कर देता था। 22 पर 4 विकेट गिर चुके थे और छोटू बच्चू तेंडुलकर क्रीज़ पर आता है। उसका पहला मैच और दूसरी बाल बिजली की तेज़ी से आई और सीधे बच्चे की नाक पर लगी—खटैक! मैंने कहा मर गया छोरा, ख़ून का फव्वारा निकल रहा है नाक से। मैं सोच रहा हूँ, ये बचेगा नहीं। लेकिन लड़का कहता है मैं खेलेगा।

ये प्रेम की बाज़ी है, प्रेम अपने देश के लिए, अपने वतन के लिए और
जिसको एक बार लग गया प्रेम का रोग, वो नहीं सोचता
मेरे बारे में क्या कहेंगे लोग
ठोको!

अच्छा हाज़िरीन, यहाँ तो क्रिकेट में मुशायरा चल रहा है, लेकिन फ़िगार साहब फ़रमाते हैं।

मुशाइरे का भी तफ़रीह अेम होता है
मुशाइरे में भी क्रिकेट का गेम होता है
वहाँ जो लोग खिलाड़ी हैं वो यहाँ शायर
यहाँ जो सद्र-नशीं है वहाँ है एम्पायर
वहाँ रियाज़-ए-मुसलसल से काम चलता है
यहाँ गले के सहारे कलाम चलता है
वहाँ भी खेल में नो-बाल हो तो फ़ाउल है
यहाँ भी शेर में इहमाल हो तो फ़ाउल है
वहाँ है एल-बी-डब्ल्यू यहाँ ये चक्कर है
कि अंदलीब मोअन्नस है या मुज़क्कर है
वहाँ जो लोग अनाड़ी हैं वक़्त काटते हैं
यहाँ भी हैं कुछ शायर दिमाग़ चाटते हैं
की बद-नसीब रन-आउट वहाँ भी होते हैं
अदब-नवाज़ पे शाउट यहाँ भी होते हैं
मिरे ख़याल को अहल-ए-नज़र करेंगे कैच
मुशाइरा भी है इक तरह का क्रिकेट मैच

तीसरा हिस्सा इस तिलिस्म का है—पर्दा-ए-ज़ुल्मात। यानी वो सिल्वर स्क्रीन जो है तो अँधेरे में लेकिन जिस पर रंग-ही-रंग नज़र आते हैं। हाज़िरीन, फ़िल्मी दुनिया की पूरी तारीख़ में उर्दू कैसे रची-बसी है ये बयान करने के लिए तो कुछ महीने लगेंगे, पर नमूने के तौर पर कल्चर के सबसे बड़े कल्ट के बारे में आपको बता दूँ कि ख़ुदा गवाह है इस बात का कि अँधेरी रातों में, सुनसान रातों पर हर ज़ुल्म मिटाने को एक मसीहा निकलता है जिसे लोग शहंशाह कहते हैं। ग़ुलामी की ज़ंजीर तोड़कर, ख़ून-पसीना एक करता हुआ, मोहब्बतें लुटाता हुआ, वो कहता है, मैं आज़ाद हूँ। हिन्दी कवि की इस औलाद का अपना वारिस मुक़द्दर का सिकन्दर तो है लेकिन बाग़बान ने कहा—ऐ मेरे अक्स, बस इतना-सा ख़्वाब है कि तेरा जादू चल जाए!

आ मेरे साथ झूम बराबर झूम,
लेकिन दोनों मिलकर नहीं मचा सके धूम
वो तो भला हो गुलज़ार साब का कि कजरारे लिख दिया।

ओ माइ गॉड (ओएमजी) दैट रिमाइंड मी आइ लऽऽव गुलज़ार साब, यू नो दिस गाइ आइ वाज़ डेटिंग, आइ बौरोड अ बुक फ्रॉम हिम, एंड हि वांटेड इट बैक, सो हि आस्कड फ़ॉर इट इन उर्दू, सेइंग मेरा कुछ सामान तुम्हारे पास पड़ा है। ओएमजी ही इज़ सो क्यूट।

कबीर ने प्रेम के ढाई आखर लिखे और अब उर्दू कबीर में लिख रही है कि :

इक पल का जीना फिर तो है जाना
तोहफ़ा क्या लेके जाइए दिल ये बताना
ख़ाली हाथ आए थे हम ख़ाली हाथ जाएँगे
बस प्यार के दो मीठे बोल झिलमिलाएँगे

हाज़िरीन, उर्दू वो भी है जो चलती बस में एफ़एम रेडियो पर बजती है पर हम लोग समझ लेते हैं कि एक उर्दू पुण्य है तो एक उर्दू पाप है। पॉपुलर कल्चर के इस जादू में उर्दू ज़बान एक अय्यार है और वो लोग जो समझते हैं कि ये ज़बान उनके घर की लौंडी है, उनसे उर्दू कह रही है :

मोको कहाँ रक्खे रे बन्दे मैं ना तेरे पास में
ना मैं मीर में, ना ग़ालिब में, और ना हूँ इक़बाल में
जितनी किसी दीवान में हूँ, उतनी सिनेमा हॉल में
जितनी चुप पोथी में हूँ, मैं उतनी गूँजूँ दाद में
जितनी गुलों की ख़ुशबू में, उतनी चिरकीं की पाद में
ग़ज़ल की हरकत में भी हूँ, और एफ़बी की दीवार में
ऑटो में चलती भी हूँ, और नाचूँ मैं मज़ार पे
हम्द-नात में माँगी, मिली देवी के आशीर्वाद में
जितनी नौहाख़ानी में हूँ, उतनी मौक़ा-ए-शाद में
जितनी मदरसे में हूँ, उतनी आइवीवाइ लीग के बाब में
जितनी हूँ सरकार में बैठी, उतनी इंक़लाब में

फ़र्क़ बस इतना है कि काहू के हीरा होइ बैठी, काहू के कौड़ी कानी
उर्दू—महाठगनी हम जानी, उर्दू—महाठगनी हम जानी, उर्दू—महाठगनी हम जानी।

द बेअर दैट वॉज़ नॉट

तो एक बार क्या हुआ, मंगल का वार था, भालू एक बड़े से जंगल के किनारे खड़ा होकर आसमान में टकटकी बाँधकर देख रहा था। उसने देखा के दूर ऊँचाई पर हंसों का एक झुंड दक्खिन की तरफ़ जा रहा था। फिर उसने जंगल के पेड़ों को एकटक देखा। पत्ते सब-के-सब पीले और भूरे हो चले थे, और शाखों से गिरने लगे थे। भालू जानता था के जब हंस दक्खिन को उड़ने लगें और पेड़ों से पत्ते झड़ने लगें, सर्दी जल्द ही आनेवाली होगी और जंगल बर्फ़ से ढक जाएगा। वो वक़्त आ गया था जब उसे एक गुफ़ा में जाकर मौसम बदलने तक आराम से सोना था और उसने ठीक वही किया। कुछ देर बाद, बुद्ध का वार था, आदमी आए...बहुत से आदमी, चार्ट, नक़्शे और सर्वेक्षण के साधनों के साथ। और उन्होंने जंगल भर में हर जगह जाकर चार्ट बनाए, नक़्शे बनाए और सर्वेक्षण किया। फिर और आदमी आए, बहुत से आदमी, खोदक मशीनें, आरियों, ट्रैक्टर और कुल्हाड़ियों के साथ।

और उन्होंने जंगल में हर जगह जाकर खुदाई, घिसाई और चीर-फाड़ का वो काम करने लगे और लगे रहे, तब तक जब तक उन्होंने एक बड़ी, बहुत बड़ी, विशाल फ़ैक्ट्री नहीं बना दी। और ये फ़ैक्ट्री ठीक उस गुफ़ा के ऊपर थी जिसके अन्दर भालू सो रहा था। पूरी सर्दी उस फ़ैक्ट्री में काम चलता रहा। मौसम बदला और बसंत फिर से आया। उस फ़ैक्ट्री की बहुत सी इमारतों में से एक के नीचे, कहीं गहराई में, भालू नींद से जागा। उसने पलकें झपकाईं और ली जम्हाई। फिर सुस्ती से खड़ा हुआ और इधर-उधर देखा। बहुत अँधेरा था। उसे मुश्किल से कुछ नज़र आ रहा था।

फिर उसने दूर एक रौशनी देखी। "आह! वो रहा गुफ़ा में आने का रास्ता।" ये कहकर उसने फिर से जम्हाई ली। वो सीढ़ियाँ चढ़कर दरवाज़े पर पहुँचा और बाहर क़दम रखा तो बसंत की खिली-खिली धूप पाई।

उसकी आँखों में अब भी नींद थी। वो आधी ही खुली थीं। पर ज़्यादा देर तक नहीं। अचानक उसकी आँखें बाहर निकल आईं, उसने ठीक सामने देखा।

जंगल कहाँ गया? घास कहाँ है? पेड़ कहाँ गए? फूल किधर हैं?

ये हुआ क्या? वो कहाँ था?

चीज़ें अजीब-सी नज़र आने लगीं। उसे पता ही न था के वो था कहाँ। पर हमें तो पता है। है ना? हमें पता है के वो उस फ़ैक्ट्री के बीचोबीच खड़ा था।

"लगता है, मैं सपना देख रहा हूँ," वो बोला।

"हाँ-हाँ, मैं ज़रूर सपना देख रहा हूँ।" तो उसने अपनी आँखें बन्द कीं और ख़ुद को एक चिकोटी काटी। तब उसने बहुत धीरे से अपनी आँखें खोलीं और आसपास देखा। वो बड़ी-सी इमारतें अब भी वहीं खड़ी थीं। वो एक सपना नहीं था। वो सब सच था।

तभी एक दरवाज़े से एक आदमी आया। "ओ! वापस काम पर चलो," उसने कहा। "मैं फ़ोरमैन हूँ और काम ना करने के लिए तुम्हारी रिपोर्ट कर दूँगा।" भालू बोला, "मैं यहाँ काम नहीं करता। मैं तो एक भालू हूँ।"

फ़ोरमैन ख़ूब ज़ोर से हँसा, "हा हा हा हा हा! ये अच्छा बहाना है काम न करने का। मैं एक भालू हूँ। हा हा हा हा हा!"

भालू बोला, "पर मैं एक भालू हूँ।"

फ़ोरमैन ने हँसना बन्द किया। वो बहुत ग़ुस्से में था, "ए, मुझे बेवकूफ़ बनाने की कोशिश मत करो।" वो बोला, "तुम एक भालू नहीं, तुम एक बेवकूफ़ आदमी हो जो एक फ़र कोट पहने हुए है और जिसे हजामत की ज़रूरत है। मैं तुम्हें जनरल मैनेजर के पास ले जाऊँगा।" भालू ने कहा, "नहीं, आप ग़लत समझ रहे हैं। मैं एक भालू हूँ।"

जनरल मैनेजर को भी बहुत ग़ुस्सा आया। उसने कहा, "तुम एक भालू नहीं, तुम एक बेवकूफ़ आदमी हो जो एक फ़र कोट पहने हुए है और जिसे हजामत की ज़रूरत है। मैं तुम्हें थर्ड वाइस प्रेसिडेंट के पास ले जाऊँगा।" भालू बोला, "मुझे पता नहीं, आप ऐसा क्यों कह रहे हैं। देखिए, मैं एक भालू हूँ।"

थर्ड वाइस प्रेसिडेंट को और भी ग़ुस्सा आया। उसने कहा, "तुम एक भालू नहीं, तुम एक बेवकूफ़ आदमी हो जो एक फ़र कोट पहने हुए है और जिसे हजामत की ज़रूरत है। मैं तुम्हें सेकंड वाइस प्रेसिडेंट के पास ले जाऊँगा।" भालू उसकी मेज़ पर झुक के बोला, "पर ये सच नहीं है। मैं एक भालू हूँ, एक सीधा-सादा मामूली भालू।"

सेकंड वाइस प्रेसिडेंट अपने आपे से बाहर हो गया। उसने अपनी उँगली भालू पर उठाते हुए कहा, "तुम एक भालू नहीं, तुम एक बेवकूफ़ आदमी हो जो एक फ़र कोट पहने हुए है और जिसे हजामत की ज़रूरत है। मैं तुम्हें फ़र्स्ट वाइस प्रेसिडेंट के पास ले जाऊँगा।" "कौन! मैं?" भालू ने पूछा। "आप ये कैसे कह सकते हैं जब मैं एक भालू हूँ?"

फ़र्स्ट वाइस प्रेसिडेंट ग़ज़बनाक होकर चिल्लाया। उसने कहा, "तुम एक भालू नहीं, तुम एक बेवकूफ़ आदमी हो जो एक फ़र कोट पहने हुए है और जिसे हजामत की ज़रूरत है। मैं तुम्हें प्रेसिडेंट के पास ले जाऊँगा।" भालू ने विनती की, "देखिए, आपको कोई बहुत बड़ी ग़लती लग रही है क्योंकि जब से मुझे याद है मैं हमेशा से एक भालू ही रहा हूँ।"

"सुनिए!" भालू ने प्रेसिडेंट से कहा, "मैं यहाँ काम नहीं करता हूँ। मैं एक भालू हूँ और कृपा करके ये न कहिएगा के मैं एक बेवकूफ़ आदमी हूँ जो एक फ़र कोट

पहने हुए है और जिसे हजामत की ज़रूरत है, क्योंकि फ़र्स्ट वाइस प्रेसिडेंट और सेकंड वाइस प्रेसिडेंट और थर्ड वाइस प्रेसिडेंट और जनरल मैनेजर और फ़ोरमैन मुझे ये पहले ही बता चुके हैं।"

"बताने के लिए शुक्रिया!" प्रेसिडेंट ने कहा, "मैं ये नहीं कहूँगा, पर मेरे ख़याल में भी तुम वही हो।"

भालू ने कहा, "मैं एक भालू हूँ।"

प्रेसिडेंट मुस्कुराया और बोला, "तुम भालू नहीं हो सकते। भालू या तो चिड़ियाघर में होते हैं या सर्कस में। वो कभी भी किसी फ़ैक्ट्री के अन्दर नहीं होते और तुम ठीक वहीं हो। एक फ़ैक्ट्री के अन्दर। तो तुम भालू कैसे हो सकते हो?"

भालू बोला, "पर मैं एक भालू हूँ।"

प्रेसिडेंट बोला, "न सिर्फ़ तुम एक बेवकूफ़ आदमी हो जो एक फ़र कोट पहने हुए है और जिसे हजामत की ज़रूरत है, पर तुम बहुत ढीठ भी हो। इसलिए मैं ये हमेशा के लिए साबित कर दूँगा के तुम एक भालू नहीं हो।"

भालू बोला, "पर मैं एक भालू हूँ।"

और तब वो सब प्रेसिडेंट की गाड़ी में बैठे और चिड़ियाघर को चले।

चिड़ियाघर में रह रहे भालुओं से प्रेसिडेंट ने पूछा, "क्या ये एक भालू है?"

वो बोले, "नहीं, ये भालू नहीं है, क्योंकि अगर ये एक भालू होता तो ये पिंजरे के बाहर आपके साथ नहीं होता। ये पिंजरे के अन्दर हमारे साथ होता।"

भालू बोला, "पर मैं एक भालू हूँ।"

तभी चिड़ियाघर में रह रहा एक नन्हा-सा भालू का बच्चा बोला, "मैं जानता हूँ ये कौन है। ये एक बेवकूफ़ आदमी है जो एक फ़र कोट पहने हुए है और जिसे हजामत की ज़रूरत है।"

ये सुन पिंजरे के अन्दर के सभी भालू हँसने लगे।

भालू बोला, "पर मैं एक भालू हूँ।"

और तब वो सब चिड़ियाघर से निकले और वहाँ से 600 मील दूर जो सबसे पास सर्कस था, वहाँ को चले।

सर्कस के भालुओं से प्रेसिडेंट ने पूछा, "क्या ये एक भालू है?"

वो बोले, "नहीं, ये भालू नहीं है, क्योंकि अगर ये एक भालू होता तो ये आपके साथ एक शानदार-सी गद्दी पर ना बैठा होता। ये हमारे साथ ये धारीदार फीते वाली टोपी पहनकर, हाथ में गुब्बारा लिये साइकिल चला रहा होता।"

भालू बोला, "पर मैं एक भालू हूँ।"

सर्कस में रह रहा एक नन्हा-सा भालू का बच्चा बोला, "मैं जानता हूँ ये क्या है। ये एक बेवकूफ़ आदमी है जो एक फ़र कोट पहने हुए है और जिसे हजामत की ज़रूरत है।"

ये सुनते ही सर्कस के भालू इतना हँसे के साइकिल से गिरने लगे थे।

भालू बोला, "पर मैं एक भालू हूँ।"

वो सब सर्कस से निकले और वापस फ़ैक्ट्री की तरफ़ चले।

और तब उन्होंने भालू को एक बड़ी-सी मशीन पर, और बहुत से आदमियों के साथ, काम पर लगा दिया। भालू ने उस बड़ी-सी मशीन पर कई महीने काम किया। फिर एक दिन, काफ़ी वक़्त के बाद, फ़ैक्ट्री बन्द हो गई और सब काम करनेवाले अपने घरों को चले गए। भालू भी चला, उनके बहुत पीछे। वो बिलकुल अकेला था, और उसके पास जाने के लिए कोई ठिकाना ना था।

चलते-चलते उसकी नज़र आसमान पे पड़ी। उसने देखा के दूर ऊँचाई पर हंसों का एक झुंड दक्खिन की तरफ़ जा रहा था। फिर उसने जंगल के पेड़ों को एकटक देखा। पत्ते सब-के-सब पीले और भूरे हो चले थे और शाखों से गिरने लगे थे। भालू जानता था के जब हंस दक्खिन को उड़ने लगें और पेड़ों से पत्ते झड़ने लगें इसका मतलब है सर्दी जल्द ही आनेवाली होगी और जंगल बर्फ़ से ढक जाएगा। वो वक़्त आ गया था जब उसे एक गुफ़ा में जाकर मौसम बदलने तक आराम से सोना था।

तो वो एक बड़े से पेड़ तक चला, जिसकी जड़ों के नीचे ज़मीन खोखली हो एक गुफ़ा बन गई थी। भालू उस गुफ़ा के अन्दर जाने ही वाला था के वो रुका और बोला, "पर मैं अन्दर जाकर नहीं सो सकता। मैं एक भालू नहीं हूँ। मैं एक बेवकूफ़ आदमी हूँ जो एक फ़र कोट पहने हुए है और जिसे हजामत की ज़रूरत है।"

तो सर्दी आई। बर्फ़ गिरी। उसने जंगल को ढक दिया और भालू को भी। वो वहाँ बैठा ठंड से काँपता रहा और बोला, "पर काश, मैं एक भालू होता।"

वो जितनी देर वहाँ बैठा, उसे उतनी ही ज़्यादा ठंड लगने लगी। उसके पैरों की उँगलियाँ जम रही थीं, उसके दाँत बज रहे थे। बर्फ़ ने उसकी नाक और ठुड्डी को ढक दिया। उसे इतनी बार ये बताया गया था के वो एक बेवकूफ़ आदमी है जो एक फ़र कोट पहने हुए है और जिसे हजामत की ज़रूरत है, के उसने इस बात को सच मान लिया था।

तो वो वहाँ बैठा रहा, क्योंकि वो नहीं जानता था के एक बेवकूफ़ आदमी जो एक फ़र कोट पहने हुए है और जिसे हजामत की ज़रूरत है, ऐसी हालत में क्या करेगा जब वो बर्फ़ में जमकर मरनेवाला हो। बेचारा भालू बहुत अकेला और बहुत उदास था। फिर अचानक वो उठा और बर्फ़ से गुज़रता हुआ गुफ़ा की तरफ़ चला। गुफ़ा के अन्दर का माहौल आरामदायक था। भालू को गरमी महसूस हुई। नीचे पड़ीं चीड़ की टहनियों को बिस्तर बना, वो उन पे ख़ुशी से सो गया और सुन्दर सपनों में खो गया।

ठीक वैसे जैसे बाक़ी सब भालू सर्दी आते ही सो जाते हैं। तो चाहे फ़ोरमैन और जनरल मैनेजर, और थर्ड वाइस प्रेसिडेंट और सेकंड वाइस प्रेसिडेंट और

फ़र्स्ट वाइस प्रेसिडेंट और प्रेसिडेंट और चिड़ियाघर के भालू और सर्कस के भालू ये कहते थे कि वो एक बेवकूफ़ आदमी था जो एक फ़र कोट पहने हुए था और जिसे हजामत की ज़रूरत थी, मुझे नहीं लगता के उसने उनकी बात मान ली। तुम्हें क्या लगता है?

नहीं, वो बेशक एक बेवकूफ़ आदमी नहीं था और न ही वो एक बेवकूफ़ भालू था।

क़िस्सा चींटी का

एक छोटी-सी चींटी हर सुबह अपने घर से दफ़्तर के लिए निकलती। वो वक़्त से पहले दफ़्तर पहुँच जाती और फ़ौरन अपना काम शुरू कर देती। दिन भर दिल लगाकर काम करती। वो अपनी नौकरी से बेहद ख़ुश थी। उसकी कम्पनी का सीईओ जो कि एक शेर था, इस बात से हैरान रहता कि चींटी बिना किसी की निगरानी के इतना काम कैसे कर लेती है? और वो भी ख़ुशी से।

तो एक दिन शेर ने सोचा कि अगर चींटी के ऊपर एक सुपरवाइजर रख दिया जाए तो...।

सुपरवाइजर बता सकेगा कि चींटी की मेहनत कहाँ और कैसे बेकार जा रही है, वो कैसे अपनी परफॉरमेंस को बेहतर कर सकती है, जिससे के उसके मोराल को बूस्ट मिले, उसका सेल्फ़ कॉन्फ़िडेंस बढ़े, वो अपना पोटेंशियल रियलाइज कर पाए, और उसके आउटपुट में इज़ाफ़ा हो। ज़ाहिर-सी बात है, इस सबसे कम्पनी के मुनाफ़े में भी बढ़ोतरी होगी।

यही सब सोचकर शेर ने उसी दिन सुपरवाइजर की पोजिशन के लिए इश्तहार दे दिया। अगले ही दिन दफ़्तर के बाहर उम्मीदवारों की क़तार लग गई। तरह-तरह के जानवरों ने अर्ज़ी दी। पर शेर समझता था के अगर एक चींटी पर कोई क़ायदे से निगरानी रख सकता है तो वो एक मकड़ा ही है।

दुनिया में अब कदीम से है ज़र का बन्दोबस्त
और बेज़री में घर का, न बाहर का बन्दोबस्त
आक़ा का इन्तज़ाम, न नौकर का बन्दोबस्त
मुफ़लिस जो मुफ़लिसी में करे घर का बन्दोबस्त
मकड़े के तार का है वो नाउस्तुवार बन्द
है इस शहर की खल्क़ का जो रोज़गार बन्द

तो एक मकड़े को नौकरी पर रख लिया गया और चींटी का सुपरवाइजर बना दिया गया।

मकड़े को इस काम का काफ़ी तजुर्बा था। वो अच्छी रिपोर्ट बनाने, टीम बिल्डिंग और अपनी मोटीवेशनल स्किल्स के लिए मशहूर था।

अपनी ज़िम्मेदारी सँभालते ही मकड़े ने पहला फ़ैसला यह लिया कि दफ़्तर में एक बड़ी-सी घड़ी लगा दी जाए। उसका मानना था कि वक़्त के मुताबिक़ काम करने से प्रोडक्टिविटी बढ़ती है।

उसने यह भी ऐलान कर दिया कि चींटी अब अपने हर घंटे किए गए काम का हिसाब रखेगी और इस काम में किसी भी तरह की कोई भी ढील नाक़ाबिल-ए-बर्दाश्त होगी बिकॉज़ प्रोसेस ओरिएंटेशन इज़ द बैकबौन ऑव ए सिस्टम।

मकड़े की पहली रिपोर्ट देखकर शेर बहुत ख़ुश हुआ। उसने मकड़े को प्रोडक्शन रेट का ग्राफ़ बनाने और प्राइसिंग प्लान्स का डिटेल्ड ऐनालाइसिस करने के लिए कहा ताकि वो ख़ुद भी इस रिपोर्ट का बोर्ड मीटिंग में इस्तेमाल कर सके।

मकड़े को यह सब काम करने और रिवाइस्ड रिपोर्ट तैयार करने के लिए एक सेक्रेटरी की ज़रूरत महसूस हुई। उसने इस काम के लिए एक दीमक को रख लिया। दीमक मकड़े का शेड्यूल, उसकी फ़ाइल्स, उसकी मीटिंग, फ़ोन कॉल्स, ई-मेल्स का ख़याल रखती और ज़रूरत पड़ने पर मकड़े की बाक़ी ज़रूरतों का भी।

दीमक को इन सब कामों के लिए एक कम्प्यूटर और प्रिंटर की ज़रूरत पड़ी, जिनकी देखभाल करने के लिए उसने एक मक्खी को रख लिया।

दिलबरों की ये शामत आई है
आँख मक्खी ने काट खाई है
ठोड़ी, भौं, आँख सब सुजाई है
हुस्न की भी ये बदनुमाई है
रो गई रंग-रूप की सब रै
इस क़दर धूम मक्खियों की है

उधर, हर वक़्त ख़ुशी से काम करनेवाली मेहनतकश चींटी इन तमाम नये सिस्टम्स और प्रोसेस और मीटिंग्स...और मीटिंग्स के बारे में, मीटिंग्स की वजह से परेशान रहने लगी। उसका ज़्यादातर वक़्त इन्हीं सब कामों में गुज़रने लगा जिससे उसके आउटपुट पर भी असर होने लगा। डेडलाइंस को नज़र रखते हुए टारगेट्स देने की आदत तो चींटी की थी नहीं इसलिए आउटपुट कम होने की सारी ज़िम्मेदारी उसी की बनी।

मेरे कुछ पल मुझको दे दो, बाक़ी सारे दिन,
ओ लोगो तुम जैसा-जैसा कहते हो, सब वैसा-वैसा ही होगा।

शेर भी इस फ़ैसले पर पहुँचा कि चींटी के महकमे के लिए एक इंचार्ज लाने का वक़्त आ गया है। इसके लिए एक चूहे को मुअय्यन किया गया। उसे भी कम्प्यूटर, प्रिंटर और सेक्रेटरी की ज़रूरत पड़ी जिन्हें वह अपनी पिछली कम्पनी से ले आया।

चूहे ने केबिन में क़दम रखते ही फ़र्शे मुकल्लफ़ लगवाया, पलंगे मुरस्सा बिछवाया, काबुली कालीन मँगवाया और अपनी अर्गनामिक कुर्सी पर बैठकर कॉस्ट कटिंग और बजट कंट्रोल करने लगा।

इन सब तब्दीलियों का नतीजा ये हुआ कि चींटी के महकमे में अब चींटी समेत सभी काम करनेवाले लोग मायूस रहने लगे। लोगों के चेहरे से हँसी ग़ायब हो गई। हर कोई परेशान था।

शेर हवा के इस रुख़ को भाँप गया। तफ़्तीश करने पर शेर ने ये भी पाया कि चींटी के महकमे का आउटपुट पहले के मुक़ाबले काफ़ी कम हो गया है।

शेर ने जब इस बात का ज़िक्र चूहे से किया तो चूहे ने शेर को यह यक़ीन दिलाया कि इस तरह का सब्जेक्ट एसेसमेंट कम्पनी के लिए ठीक नहीं है। उसका कहना था कि कम्पनी को अपने ऑर्गनाइजेशनल कल्चर पर एक स्टडी करवानी चाहिए।

प्रोजेक्ट स्कोप तैयार किया गया और प्रेजेंटेशन, रैटरेशन और डेलीब्रेशन्स के बाद ये तय हुआ कि कम्पनी को ऑर्गनाइजेशनल कल्चर की स्टडी की ज़रूरत है। फिर इनवीटेशन, कोटेशंस और इवोल्यूशन के बाद दो कंसलटेंट्स को चुना गया।

कई मीटिंग्स, डिनर्स और एंग्रीमेंट्स के बाद, चूहे के कहने पर शेर ने कौए को ये प्रोजेक्ट सौंपा—क्योंकि कौए की क्रेडिबिलिटी और रेपुटेशन पर किसी को कोई शक नहीं था। धीरे-धीरे पर दमदार ढंग से बोलनेवाला कौआ अपनी सब्जेक्ट मैटर एक्सपर्टीज के मुताबिक़ स्पेशलाइज़्ड टर्मिनोलॉजी का इस्तेमाल करते हुए अपनी बात बेहद असरदार तरीक़े से पेश करता। कौए को रिपोर्ट तैयार करने में तीन महीने लगे और एक भारी-भरकम रिपोर्ट शेर के सामने रख दी गई। यह रिपोर्ट कई सेक्शंस में थी। इसे पढ़ने में शेर को कई दिन लगे। कई बार तो ऊबकर उसने एक साथ कई पन्ने पलट डाले। आख़िर, जब उससे न रहा गया तो वो सीधे रिजल्ट्स एंड फ़ाइंडिंग वाले सेक्शन में पहुँचा। नतीजा साफ़ था—एक्सेस ऑव ह्यूमन रिसोर्सेज विस-ए-विस द नीड्स ऑव द डिपार्टमेंट।

कम्पनी के फ़ायदे को मद्देनज़र रखते हुए शेर ने ये फ़ैसला लिया के उन सभी लोगों को नौकरी से निकाल दिया जाए जिनमें काम को लेकर लगन मौजूद नहीं है। ख़ासकर उनको जिनकी सोच नेगेटिव हो चुकी है। निकाले जानेवाले लोगों की लिस्ट तैयार हुई और उसमें सबसे पहला नाम एक छोटी-सी चींटी का था।

मेहनत से हाथ-पाँव की कौड़ी न हाथ आए
बेकार कब तलक कोई क़र्ज़ा उधार खाए
देखूँ जिसे वो कहता है रो-रो के हाय-हाय
आता है ऐसे हाल पे रोना हमें भी भाय
दुश्मन का भी ख़ुदा न करे कारोबार बन्द
देना मुझे ही वोट गर कहानी हो पसन्द॥

लखनऊ के बाज़ार में क़िस्सागोई

तो हाज़िरीन, सुब्ह-ए-बनारस हो या शाम-ए-अवध हिन्दुस्तान जन्नत निशान की रौनक़ उसके बाज़ारों में है। यहाँ मरघट भी बाज़ार है और दरगाह भी और बाज़ारों में बाज़ार है लखनऊ का बाज़ार—दुनिया भर के बाज़ार इसी के चिराग़ों से रौशन थे। आप शीशे के बरतनों की तलाश में निकले, लीजिए इस्फ़ाहान लखनऊ पहुँच गया। मलमल लेना चाहते हैं, मुर्शिदाबाद लखनऊ आ गया। चीनी के ज़रूफ़ में बिरयानी खानी थी तो कशगर लखनऊ चला आया। हाथी दाँत का शौक़ हुआ तो मालाबार को लखनऊ बुलवा लिया।

एक छोटा-सा लड़का था मैं जिन दिनों
एक मेले में पहुँचा हुमकता हुआ
जी मचलता था, एक-एक शै पर मगर
जेब ख़ाली थी कुछ मोल ले ना सका
लौट आया लिये सैकड़ों हसरतें
ख़ैर महरूमियों के त्रो दिन तो गए
आज मेला लगा है उसी शान से
आज चाहूँ तो इक-इक मकां मोल लूँ
आज चाहूँ तो सारा जहाँ मोल लूँ
ना रसाई का जी मैं वह धड़का कहाँ
पर वह अल्हड़-सा मासूम लड़का कहाँ
किस शान का बाज़ार है
अजब शहर गुलज़ार है
हर गली दिलचस्प कूचा बाग़ो बहार है
हर शख़्स अपने तौर का बावज़ा क़ता दार है
सजाया बाज़ार किस अन्दाज़ का है
हर दुकान में सरमाया नाज़ो-नियाज़ का है
गो हर मोहल्ले में जहाँ का साज़ो-सामान मुहैया है
पर अकबरी दरवाज़े से जिलो खाने और पक्के पुल तक के
सिराते मुस्तकीम है
क्या जलसा है!

हाज़िरीन, पेश है क़िस्सा एक बाज़ार का—

इस बाज़ार की सैर की शुरुआत भी वहीं से होनी चाहिए जहाँ से हमारे दिन की शुरुआत होती है। एक ऐसी चीज़ के साथ जो हम सभी ने कभी-न-कभी बाज़ार से ख़रीदी होगी—चाय।

कश्मीरी चाय

तो साहब, चाय पीने दुकान की तरफ़ बढ़े तो एक फ़क़ीर मिला। बोला—दस रुपये दे दो, चाय पीनी है। मैंने कहा—अरे, चाय तो पाँच रुपये की आती है! तो मुझसे कहता है, क्यों, आप नहीं पिएँगे? बताइए साहब—मतलब वो एक-दूसरे को शामिल करके आगे बढ़ने की रवायत जो है वहीं से लखनऊ की और उसके बाज़ार की सैर का आग़ाज़ होता है। तो मीठी-मीठी ठंड हो और समावर में ख़ूब सारी बालाई सर पर रखे वो कश्मीरी चाय का लुत्फ़ बस वो ज़बान ही बयान कर सकती है जिसने इसे चखा हो। अहा! वो इलाइची की ख़ुशबू उसकी ख़ुशबू को समेटने की कोशिश जारी थी कि पास ही से महक की ऐसी लहर आई के हम उठे और चल पड़े उस तरफ़। पास पहुँचे तो :

फूलवाला

कोई कहता था यूँ पुकार-पुकार
हर तरह के हमारे पास हैं हार
गुलफ़रोशों की देखी तुरफ़ा बहार
रश्क़ से बोस्तां को भी हो हार
तौक़ है मोतियों की कलियों का
इसको पहने तो नूर का हो गला
हैं चमेली के हार ख़ुशबूदार
जिनसे आती है बू-ए-जिस्म-ए-निगार
जो फूल था इत्रफ़रोश था
बहार का जोश था
बाद-ए-सबा ख़रीदार थी
बू-ए-गुल हर सिम्त ले जाती थी
मशाम-ए-गुलरुखां रोज़गार मुअत्तर फ़रमाती थी
पर ज़ुल्फों में जो ख़ुशबू है वो फूलों या इत्र में कहाँ?
रंग पैराहन का ख़ुशबू ज़ुल्फ लहराने का नाम
मौसम-ए-गुल है तुम्हारे बाम पर आने का नाम

लेकिन हाज़िरीन यहीं पर मुझे याद आता है एक और शेर—

बेरुख़ी के साथ सुनना दर्द-ए-दिल की दास्तां
वो कलाई में तेरा कंगन घुमाना याद है।

साहब, अब महबूबा की कलाई का ज़िक्र आया है तो बताइए, है कोई कलाई जो चूड़ियाँ, कड़े, कंगन, पुड़ियाँ, पहुँचियाँ, दस्तबन्द, शौक़बन्द, जूहे, दातियाँ और गजरे...इन सब ज़ेवरों को पहनने का दम रखती है? पर हाज़िरीन वक़्त था कि इसी शहर में ये तमाम चीज़ें ख़वातीन की कलाइयों को आरास्ता करती थीं। तो चलिए, आ पहुँचे हैं हम सराफ़ा बाज़ार।

जहाँ साजी और सेठ टाट के नीचे पैसों का ढेर लगाए, रुपये छुपाए बैठा है, एक-एक जौहरी हसीन याक़ूत लब-ए-मरजां दस्त फ़र्श माकूल बिछाए, डब्बे हीरे-पन्ने के खोले, जवाहिर की जाँच-परख कर रहे हैं। तो हाज़िरीन, नख-शिख वर्णन तो आपने सुने होंगे पर बताएँ जहाँ सर पर पहनने के इतने ज़ेवर हों वहाँ इस बयाँ में क्या लुत्फ़ आता होगा। है कोई सर जो सिंगार पट्टी, छापका, टापका, मीना और झूमर का वज़न लेने को आगे बढ़ना चाहेगा—

लब-ए-लाली पे लाखा है, न रुख़सारों पे गाज़ा है
जबीने नूर अफ़शां पर न झूमर है, न टीका है
जवानी है सुहाग उसका, तबस्सुम उसका गहना है
नहीं आलूदा-ए-ज़ुल्मत सहर-दामानियाँ उसकी है

कहाँ हैं वो पैर जिनकी उँगलियों में छल्ले और बिछिया और पैरों में छागुल, कड़े-छड़े यानी लच्छे झाँझ, बेड़ियाँ, तोधे, पाज़ेब, परी-झपक, चाँद-तारे और रामझोल पहनने की ख़्वाहिश है?

कपड़े की दुकान

आइए तो इनको देखते हुए आगे बढ़ते हैं कि लीजिए बजाजा आरास्ता बैठे हैं कि थान उमड़ा कपड़ों के ढेर किए हैं और दलाल दुकानों के क़रीब फिरते हैं।

बेलबूटे की बेलबूटे पर
सद्क़ा होते हैं हर घड़ी गुलतार
कामदानी के हैं वो नाज़ुक कार
ज़र्गिल की ख़जल है जिससे बहार
ताक़े मख़मल की उन दुकानों पर
गुल-ए-तर से भी हैं कहीं बेहतर
गठरियों में भी ख़ुशनुमा किमख़्वाब

वज़ा में ख़ूब तर्ज़ में नायाब
नैन को सुख हो मन को ख़ुश आए
ख़ाली ग्राहक न यहाँ से फिर जाए

गोटा-किनारी

आगे चलिए, देखिए गोटे वाले अपनी चमक-दमक दिखा रहे हैं। कुछ माल सामने खुला है, लुचका लोग लेते हैं। कोई मोती बाम का माँगता है कि दामों में सस्ता होगा। कोई चौड़ा पट्टा चाहता है, किसी ने बन्द की ख़्वाहिश की तो कोई तोलाई का ख़रीदार है।

अच्छा, लखनऊ के बाज़ार में कपड़ों की बात चले और चिकन की बात न आए ये तो नामुमकिन है। ऐसा भी कहा जाता है कि चिकन बनाने या काढ़ने की ईजाद ग़रीब शुरफ़ा के तबके में हुई थी। इस रवायत के सबूत में यही सूरत-ए-हाल काफ़ी है कि अहद-ए-क़दीम से ये कारोबार लखनऊ की पुरानी आबादी में होता आया है। बेहतरीन चिकनकारी करनेवाले कश्मीरी मोहल्ला बिलख़ुसूस मुत्तसिल दरगाह हज़रत अब्बास, मुफ़्तीगंज, अहाता मिर्ज़ा अली ख़ाँ, हुसैनाबाद और इन्हीं मोहल्लों के आसपास यानी महमूद नगर वग़ैरह में पैदा हुए थे और आज भी मौजूद हैं। बाज़ ख़ानदानों में ये काम सौ बरस बल्कि उससे भी ज़्यादा मुद्दत से मुसलसल जारी है। रफ़्ता-रफ़्ता एक तबका आर्टिस्ट का पैदा हो गया जिन्होंने तर्ज़ें बना-बनाकर चिकनसाज़ों को फ़राहम की थीं। बहुत पुरानी तर्ज़ों में जो अब तक राइज़ हैं उनमें से बखिया, उलटी बखिया, जाली सारी, हाथ काटी, सातख़ानी और फन्दा क़ाबिल-ए-ज़िक्र है। कामदानी की जो वज़ें मरग़ूब हुईं वो थीं सलीमी, बादली उरिया, पट, मन्दाकिरां, चपटा किरां, सात मील रंग, चाँद और नाख़ूनी। और इन चिकन बनानेवाले हाथों में अगर मेहँदी लगी हो तो क्या बात है—

मेहँदी

मियाँ, ये किस परी के हाथ पर आशीक हुई मेहँदी
के बातिन में हुई है सुर्ख ज़ाहिर में हरी मेहँदी
कटी-कुचली गई टूटी छनी भीगी पिसी मेहँदी
जब इतने दुख सहे तब उसके हाथों में लगी मेहँदी
नज़ीर उस गुल बदन ने और ही मेहँदी लगाई है
मुबारकबाद अच्छा, वाह-वाह ख़ासी रची मेहँदी

अब जहाँ एक तरफ़ ख़वातीन मेहँदी लगे हाथों से अपने चिकन के दुपट्टे सँभालती फिरतीं, वहीं हज़रत अपनी टोपियों पर ख़ासा ध्यान देते। पर टोपी का रिवाज लखनऊ में आया कैसे। तो क़िस्सा ये है कि देहली में ताज की वज़ा से लेकर एक कमरखी

टोपी ईजाद हुई जिसमें उस गोल हलके के ऊपर जो सर में पहना जाता था चार कोने निकले रहते। ये टोपी सही मायनों में चौगोशिया कहलाती थी। थोड़ी तरमीम के बाद कमरखी कोने निकालकर एक गोली कबानुमा टोपी ईजाद हो गई। चार-पाँच ऐसी कता के काट के जोड़े जाते हैं कि एक लम्बूतड़ा कबा सर पे नज़र आता है। जब इस टोपी को पहने हुए लोग लखनऊ में आए तो दरबार-ए-लखनऊ पे इसका असर पड़ना शुरू हुआ। पानों के जोड़ों पर लम्बी सुराहियाँ बनाई गईं, इन सुराहियों के दरमियाँ ख़ुशनुमा चाँद क़ायम किए गए। ये टोपियाँ बहुत पसन्द की गईं। पगड़ी छोड़ हर मुहाज़िर आदमी सर पर इस टोपी को पहनने लगा। इतने में नसीरुद्दीन हैदर का ज़माना आ गया जिनकी हिदायत के मुताबिक़ टोपी में चार की जगह पाँच पाने कर दिए गए। चार पानों की टोपियाँ बिलकुल फ़ना हो गईं। मगर चौगोशिया का नाम न मिट सका। बादशाह ने ये पाँच पानों वाली टोपी इब्तदाअन ख़ास अपने लिए ईजाद की थी पर उनका इन्तक़ाल होते ही हर दाना-ओ-आला ने इसे इख़्तेयार कर लिया।

सर पर हवाएँ ज़ुल्म चले सौ जतन के साथ
अपनी कुलाह कज है उसी बाँकपन के साथ

पतंग

पर साहब, दोपल्ली टोपी पहनकर पतंग उड़ाने का जो मज़ा है उसकी तो बात ही अलग है। पतंग लड़ाने में पहले ढील का रिवाज था। बड़े-बड़े कनकौए बनते और सेरों डोर पी जाते। फिर वो छोटे लड़के जिनके पास छोटी ही डोर होती। उन्होंने खेंच का रिवाज चलाया। दूसरों की पतंग में पेच डालकर अपनी बेमायगी से बेतहाशा खींच जाते और काट डालते। आज लखनऊ में ऐसे बीसियों उस्ताद पड़े हुए हैं जिन्होंने इसी शौक़ में लाखों रुपये उड़ाकर फ़ौक़ियत हासिल की है और पतंगबाज़ी के मैदानों में बड़े शौक़ से बुलाए जाते हैं।

वो भी क्या दौर था जब इश्क़ लड़ा लेते थे
प्यार की डोर को चरखी पे चढ़ा लेते थे
बाँध के डोर में हम टीन के डिब्बों को हुज़ूर!
ख़ूब लेते थे मोहब्बत भरी बातों का सुरूर
दूर रहकर भी मोहब्बत का मज़ा लेते थे
आ गए पेच लड़ाने में मेरे भी उस्ताद
सब उन्हें कहने लगे अहले मोहल्ला दामाद।

लखनऊ के पतंगबाज़ी के शौक़ का अन्दाज़ा इस बात से लगाया जा सकता है कि नवाब आसफ़ुद्दौला की पतंग में पाँच रुपये की मुक़्कैश की झुलमुल होती। जो लूट के लाता उसे पाँच रुपये देकर तुक्कल ले ली जाती।

बरतन

अच्छा अब आसफ़ुद्दौला का ज़िक्र आया है तो एक बात और आपको बता दूँ कि उन्होंने लखनऊ को अपना दारुल्-सल्तनत बनाया था और दौलतख़ाना आसिफ़िया में क़यामफ़रमा थे। उस ज़माने में शाही अस्तबल यहियागंज में क़ायम हुआ जिससे ये इलाक़ा आबाद हुआ। तब अस्तबल दूसरी जगह मुंतकिल कर दिया गया। ये मालूम होता है कि इस मोहल्ले के बाशिन्दों में ताँबे के बरतन बनानेवाले कसरत से थे। इसलिए यहाँ ऐसा एक बाज़ार क़ायम हो गया जो अब तक बरक़रार है, और यहाँ इस वक़्त भी 1880 में क़ायम हुई कन्हैयालाल प्रागदास की दुकान मौजूद है और हमारी ख़ुशक़िस्मती है कि उन्हीं के ख़ानदान से एक शख़्स यहाँ हमारे बीच मौजूद है।

मिट्टी के बरतन

अब बात बरतनों की चली है तो ज़रा कुम्हार की तरफ़ भी चल लें। मिट्टी के बरतन की ख़ासियत उसका सोंधापन है। सुराहियों का पानी रूह में बालीदगी और जिस्मों जां में ख़ुन्की बख़्शता है। इस पानी की ख़ुशबू ख़ुद अपनी जगह एक नेमत है।

काग़ज़ी अशिया, घरेलू ज़रूरतों के अलावा बाज़ारी सामान में भी काम आते हैं। फ़ालूदे वाले काग़ज़ी पियालों में शरबत पेश करते हैं। खीर वाले कहते हैं कि काग़ज़ी पियालों में खीर ले लीजिए। बाज़ मिठाइयाँ जिनमें बरफ़ी खुसूसियत के साथ क़ाबिल-ए-ज़िक्र है, काग़ज़ी हंडियों में ख़रीदी जाती है। लेकिन काग़ज़ी आबख़ोरों का भरपूर लुत्फ़ बालाई की बर्फ़ में मिलता है जो इन्हीं बरतनों में जमाई जाती है। काग़ज़ी आबख़ोरों में मीठा दूध भरकर काग़ज़ी ढकने को गूँधे हुए आटे से गुल-हिकमत कर दिया जाता है और ये आबख़ोरे एक बड़ी मटकी में राइज़ तरीक़े पर रखकर मीठे और ख़ूब अच्छी तरह पके हुए दूध की बर्फ़ जमा दी जाती है, जिसकी लज़्ज़त में आबख़ोरों की ख़ुशबू से चार चाँद लग जाते हैं। तो साहब आइए, बस अब और रोका नहीं जाता ख़ुद को।

ठंडाई

एक सिम्त को सिलबट्टे की दुकान, ठंडाई पीसने का सामान लिये लोगों का मजमा, कोई लेता चढ़ाता है, कोई चुल्लू लगाता है। कोई कहता मेरी ठंडाई में बादाम भी डालना, कोई लौंग-इलाइची की फ़रमाइश करता। कोई कहता है दाता गफूर, नशा हो भरपूर, कोई कहता है गाढ़ी होगी तो निगाह ताड़ी होगी। तो लीजिए बग़ल में हलवाइयों की दुकानें बसद सफ़ाई और ज़ेबाई नज़र आती हैं कि हलवाई की दुकान पर थाल बरन्जी बराबर चुने हैं। अन्दर नौकरों ने गोले पर कढ़ाव चढ़ाए हैं। मिठाई

बनाते हैं, अलमारियाँ मिठाई से भरी रखी हैं, मिठाई पर वरक़, तिलाई और नुक़राई लगे हैं। अजब जोबन देते हैं।

हलवा

ऐसे ख़ुशरंग थाल रखे हैं, तश्त-ए-मेहर फ़लक से अच्छे हैं
हलवा सोहन में ऐसी लज़्ज़त है, टूटे देखे से वो लताफ़त है

पर साहब, महफ़िलें अब कहाँ नवाबों की, खींच लाती है ख़ुशबू टुंडे-क़बाबों की। नानबाई बसद ख़ुश अदाई, ज़रूफ़ साफ़-ओ-शफ़्फ़ाफ़ और उनमें तमाम लज़ीज़ चुने हुए हैं। पुलाव, ज़रदा, कोरमा, मुर्ग़ का शोरबा, बाक़रख़ानी, आबी नान, शीरमाल ओ कबाब...अह्हाहाहा!

जनाब-ए-मीर दिल्ली से लखनऊ जो आए
पकड़ के बैठ गए वो रहीम के पाए
ज़फर को जाके नये शेर वो सुनाते थे
जनाब-ए-हज़रत-ए-ग़ालिब भी पाए खाते थे
शीरमालों को लेकर जो खाए
नान-ए-नेमत का वो मज़ा पाए
उनकी सुर्ख़ी थी एक अदा के साथ
माहरूओं के जूं हिनाई हाथ
वो निहारी जो देख ले बीमार
दिल से जाता रहे शिकेब-ओ-क़रार
चटपटे वो कबाब जो खाए
ज़ीस्त का लुत्फ़ उसके हाथ आए

अच्छा, मिट्टी के बरतनों के ज़ेल में एक चीज़ जिसका ज़िक्र रह गया वो है पान। रखने के लिए छोटी-छोटी हाँड़ियाँ तैयार की जाती हैं। हाँड़ियों में सुर्ख़ रंग के तर कपड़े में पान की गिलौरियाँ रखी जाती थीं। इस इन्तज़ाम में पान में तरी और ख़ुशबू का इज़ाफ़ा हो जाता। रऊसा के यहाँ ऐसी कई हाँड़ियाँ पानों स भरी हुई दिन भर हाज़िर रहतीं। तो अकबर ने पूछा बीरबल से कि पत्ता किसका अच्छा। बीरबल ने जवाब दिया पान का, कि जिसको खाने से दुश्मन भी दोस्त बन जाते हैं। पान हिन्दुस्तान की क़दीम चीज़ है। अगले दिनों बादशाह को जब कोई ज़िम्मेदारी का काम पेश आता तो पान का बीड़ा यानी गिलौरी बनाकर सामने रखते और कहते कि कौन इसे उठाएगा, जिसका मतलब होता कि इस मुहिम पे कौन जाएगा। जी हाँ हाज़िरीन, बीड़ा उठाने का मुहावरा यहीं से निकला।

लखनऊ के तरक़्क़ीपसन्द उमरा की तवज्जो से तंबोलियों यानी पान वालों ने सनती उसूल पर पानों को तरक़्क़ी देना शुरू किया। वो पानों को महीनों ज़मीन में दफ़न करके रखते जिससे उसका कच्चापन दूर हो जाता। रगें नाज़ुक और नर्म हो जातीं और ऐसा लतीफ हो जाता कि कहीं और का पान इस बेगमी पान के आगे न ठहरता।

लखनऊ में पान में इस्तेमाल होनेवाले चूने पर भी काम हुआ। इसको छाना गया, साफ़ किया गया जिससे इसके मुँह काटने के दम का तोड़ निकला। एक तदबीर ये की गई कि इसमें थोड़ी-सी बालाई या ताज़े दही को मिला दिया करते जिससे ये और ख़ुशगवार हो जाता। कत्थे के कड़वेपन को भी लखनऊ में ठीक किया गया। लखनऊ में डलियों का काटना भी एक सनत बन गया। ख़वातीन अकसर बाजरे के दानों के बराबर काटती हैं जिसमें सब दाने यकसां होते हैं और इस शर्त के साथ ही चूरा ज़्यादा न निकले और डली का कोई हिस्सा ज़ाया न होने पाए।

शोर बाज़ार से नहीं उठता
मीर घर गए शायद

तो हाज़िरीन, वो बाज़ार ही क्या जहाँ अरबाब-ए-निशात न हो, रक़्स-ओ-सरोद और शाइरी की महफ़िल न हो, साक़ी न हो, पैमाना न हो, भाँग न हो, अफ़ीम न हो। बाज़ार के जिस हिस्से में हम आपको ले चल रहे हैं वो एक तिलिस्म के अन्दर है इसलिए हो सकता है कि पहले-पहल नज़र न आए। मगर आप में से वो लोग जिनकी निगाहें थोड़ी तेज़ हैं, नज़र दाना है, चाल-चलन थोड़े बिगड़े हुए हैं, मिज़ाज ज़माना शनास है, रूह लज़्ज़त आशना है, किरदार बांका है, अगर वो राह पकड़कर चलते चलें तो उन दरवाज़ों तक ज़रूर पहुँचेंगे और आप में से वो जो दूर-ही-दूर से इसका लुत्फ़ उठाना चाहते हैं, कुछ घबराए हुए से, कुछ झिझके हुए से कि निगाह पड़ न जाए कहीं, उनके लिए हम उसका मंज़र बयाँ कर देते हैं—

तो पालें साक़िनों की तनी देखिए, नीचे पाल के चौका तख़्तों का बिछा है, उस पर चाँदनी का फ़र्श और कालीन आरास्ता है, संदूकचा धरा है और संदूकचे से लगा हुआ आईना हलबी रखा है।

साक़ी ने हज़ारों बनाव किए
दुलाई सफ़ेद ऊदी गोट की ओढ़े
आगे से तौक़ सोने का दिखाने को गला खोले
पायचे पजामे के पीछे तख़्त पर पड़े
माथे पर अफ़्शां लगाए
पाते छोड़े बाल बनाए

लबे तख़्त बनाज़ो अन्दाज़ बैठी है
कान के ज़ेवर झूमकर झोंके लेता है
रुख़ ताबिंदा बहरे हुस्न है
उसमें उस ज़ेवर का अक़्स पड़ता है
ये ज़ाहिर था जैसे कँवल दरिया में तैरते हैं
या मछलियाँ और जानवराने आबी पैरते हैं
हाथों में कड़े पड़े दस्ते हिनाई में पोर-पोर छल्ले हैं
एक सिम्त लगन और पतीलों में नीचे भीगते हैं
सामने कुछ हुक्के तैयार ताज़े किए रखे हैं
हुक्के अजब बहार के हैं
सदक़े दिल उन पर सौ हज़ार के हैं

तिपाइयाँ सूराख़दार हैं, चिलमनें बहार-बहार हैं, ख़रीदारों का हुजूम कोई कन्धा-कन्धा लड़ाता है, कोई दिवाली चिलम उड़ाता है, कोई जवाँ अशरफ़ी और रुपया देनेवाला आकर तख़्त पर साक़ी के क़रीब बैठा और आँख लड़ाता है, साक़ी भी मुस्कुराती है, ये कैफ़ियत दो नानशाह जमाती हैं, एक तरफ़ सामने ख़रीदार दुआएँ देते हैं। कोई कहता है कि साक़ी के दम की ख़ैर, आज पेड़ ऊपर की हमको भी पिलवाइए। साक़ी कहती थी—बेटा, अब तो अंगिया के अन्दर की पियो। ये बहुत उम्दा है। सुरूर होता था।

कुछ मादक वाले वाँ पे बैठे हैं, नौजवानों को छींटे देते हैं
गंगा-जमुनी भरे हुए छर्रे, रखे थे माहरूओं के आगे।

आगे बढ़े तो मयख़्वारों का जलसा नज़र आता है, दुकान कलवार की बसंती सजी चबूतरे पर गुलाबियाँ शराबे अर्ग़वानी और ज़ाफ़रानी की चुनी है। कुछ लोग अन्दर दुकान में बैठे हैं, बोतलें और खुजियाँ सामने रखी हैं, दौर चलता है, शेर पढ़ते हैं, दायरा और दफ़ तख़्त पर बैठकर बजाते हैं। टप्पा, ठुमरी, ग़ज़ल गाते हैं। अजब समा का नया जलसा है, कोई कुछ गाता है और दुकान के सामने जो मयख़्वार जमा थे वो बहक रहे हैं। कोई कहता है मियाँ छूटी दुनिया, कोई थर-थर काँप रहा है, कोई बेहोश पड़ा है। मुँह से राल बह रही है, किसी को डोली में डालकर लोग ले जा रहे हैं। कोई नशे में तमाम उम्र की अपनी कैफ़ियत बयाँ कर रहा है।

शोहरत तेरी चार सू हो साक़ी, दुनिया हो और तू हो साक़ी
दे जाम के बादाख़्वार हैं हम, कब से उम्मीदवार हैं हम

तो हाज़िरीन, बाज़ार की किस-किस चीज़ का ज़िक्र करें, इसकी किस-किस सिफ़त को बयाँ करें! बाज़ार है कि चीज़ों से भरा पड़ा है, चीज़ें हैं कि हुनरमन्दी

की मेराज हैं। महवे इन्तज़ार नज़रें ख़रीदार हैं, तो आज ये जो ख़यालों का, क़िस्सों का, सनत इस जश्न-ए-बाज़ार में हुआ है, हमें उम्मीद है कि इसका हिस्सा होने के बाद क़द्रदानों के ज़हन अपनी विरासत के क़िस्सों की ख़रीद-फ़रोख़्त की आदत डालेंगे। और बाज़ार और उसके क़िस्सों को ठीक उसी तरह क़ायम रखेंगे जैसे ख़रीदार इसकी रौनक़ को रखते हैं।

तो कुछ क़िस्से बाज़ारों में होते हैं, कुछ क़िस्से बाज़ारों के होते हैं, बाज़ार का क़िस्सा आपने सुना अब बाज़ार का लुत्फ़ उठाइए—

बातें हमारी याद रहें अब बातें न ऐसी सुनिएगा
पढ़ते किसी को सुनिएगा तो देर तलक सर धुनिएगा।